J. Nichols

HIGH

Karen Ollrogge

HIGH

Roman

SCHWARZKOPF & SCHWARZKOPF

Für Viktorian

PROLOG

Ist der Sinn verloren, dann das Leben.
Ist das Leben verloren, dann die Liebe.

Laotse

Langsam verschwammen die Wassermassen vor meinen Augen. Die Moldau nahm immer mehr Farben an, sie flackerten auf wie helle Lichter. Es sah so aus, als ob sie von einer unsichtbaren Kraft angezogen würden, und es bildete sich ein alles verschlingender Farbstrudel.

Gelb, rot, blau, türkis, lila – alles wurde von dem Strom erfasst. Ein sanfter Luftzug kitzelte meinen Nacken, und es fühlte sich an wie ein Kuss des Himmels. Schwerelos blickte ich in die Tiefe. Ich war fasziniert von der Schönheit der Landschaft. Ich hätte für immer hierbleiben mögen. Hier auf dem Dach einer heruntergekommenen Kaserne in Prag. Ich brauchte nicht mehr, ich wollte nicht mehr. Leise flüsterte ich dem Wind zu, dass er die Zeit anhalten solle, doch er schien mich nicht zu verstehen.

Wie hypnotisiert blickte ich auf den Himmel, die Bäume und den Fluss, die von hellen Farbsprenkeln bedeckt waren. Es war, als ob ein Gemälde Monets zu Leben erwacht wäre, allein um mir seine unendliche Schönheit zu beweisen.

Ich fühlte mich so sorglos. Wie hätte auch etwas Schlimmes in einer so wunderschönen Welt geschehen können?

Von irgendwoher kam ein Lichtstrahl und leuchtete in die unendliche Tiefe der Nacht. Er tastete sich durch die Dunkelheit wie ein Raubtier auf Beutezug. Meine Sinne waren aufs Äußerste geschärft, in diesem Moment hätte ich es mit jedem aufnehmen können. Ich war unbesiegbar, stark und schnell zugleich, mit den Reflexen einer Raubkatze. Ich hörte jeden Grashalm, jedes Blatt, jeden Wassertropfen. Ja, ich konnte sogar den Atem meiner Freunde hören, obwohl ich sie schon vor langer Zeit verloren hatte. Aber das war nicht wichtig, letztendlich war alles egal. Ich hatte mich und meine Farben. Ich war glücklich.

Lachend ließ ich meinen Kopf in den Nacken fallen und nahm dabei jedes kleine Detail wahr. Das Lachen klang unnatürlich laut in der Stille der Nacht, doch ich hatte das Gefühl, dass alles mit mir lachte.

Ich blickte auf den einzigen Stern, der am Himmel zu erkennen war, und schickte ihm all meine Gedanken. Wie musste es wohl als Stern sein? Plötzlich tat er mir unglaublich leid, wie er da so einsam in der Nacht funkelte. Ich wollte zu ihm, ihm sagen, dass er nicht alleine war. Mit einer fließenden Bewegung sprang ich auf und stellte mich an den Rand des Daches.

Dann breitete ich meine Arme aus und schrie.

KAPITEL 1

Die Mittelmäßigkeit verurteilt meist alles, was ihren Horizont übersteigt.

François de La Rochefoucauld

Wie ein aufgebrachter Bienenschwarm wuselte meine Familie herum. Hektische Hände zupften Kleid und Haare meiner Cousine zurecht, die den Fehler begangen hatte, sich dem Rest der Familie bereits vor der Trauung zu zeigen. An ihrer Stelle wäre ich schon längst ausgerastet, aber sie schien die Aufmerksamkeit zu genießen. Sie lächelte ihrem Hofvolk zu und gab knappe Anweisungen, die alle so rasch wie möglich zu befolgen versuchten. Ich hatte mir einen Platz in der Ecke des kleinen Zelts gesichert, das eigens dafür aufgestellt worden war, dass sich die Braut darin auf ihren großen Tag vorbereiten konnte. Der Mann, den meine Cousine am heutigen Tag an sich binden wollte, tat mir schrecklich leid. Charlotte war gerade mal dreiundzwanzig, sieben Jahre älter als ich, und ich kannte wirklich keine anstrengendere Person als sie.

Meine Tante betrat das Zelt und ein Aufschrei des Glücks entfuhr ihren Lippen. Wahrscheinlich war sie froh, dass sie endlich ihre Tochter los wurde. Eine ältere Frau, die ich noch nie zuvor gesehen hatte, verscheuchte mich von meinem Platz. Ich stand etwas deplatziert im Raum und schaute mich um. Meine Finger fuhren über den vergoldeten Spiegel, der zum ersten Mal an diesem Tag nicht von der eitlen Braut in Anspruch genommen wurde, und ich betrachtete meine etwas hilflos wirkende Gestalt. Ich bin nie wirklich groß gewesen, aber gerade sah ich noch mal um einiges kleiner aus, als ich tatsächlich war. Meine 1,70 Meter schienen um zehn Zentimeter geschrumpft. Ich hoffte, dass es nur an dem Spiegel lag. Meine blonden Haare waren hochgesteckt, nur eine kleine Strähne hatte sich gelöst und schmiegte sich an mein Gesicht. Da meine Mutter nichts von zu viel Make-up hielt, färbte einzig Mascara meine sonst braunen Wimpern schwarz. Das schwarze Kleid stand mir ganz gut, auch wenn ich von einer Modelfigur weit entfernt war. Aber es machte sich schon ein wenig bemerkbar, dass ich vor Kurzem darauf umgestiegen war, mich hauptsächlich von Obst und Gemüse zu ernähren. Mein Ziel waren 51 Kilo. Ich war gerade dabei, einen kleinen schwarzen Strich, der wahrscheinlich von dem Mascara kam, von meiner Wange zu wischen, als die elegante Gestalt Charlottes im Spiegelbild erschien.

»Na Cousinchen, wie geht es dir?« Sie hauchte mir einen Kuss auf die Wange, ohne mich wirklich zu berühren und betrachtete sich im Spiegel.

Ich wusste nicht, ob sie tatsächlich eine Antwort erwartete, und nickte etwas unbeholfen. »Und dir an deinem großen Tag? Hast du schon kalte Füße?«

Sie lachte hell, meiner Meinung nach etwas zu hell, aber das war ja Geschmackssache. »Wieso sollte ich? Alles ist perfekt geplant. Ich habe meine Traumhochzeit. Nachher holt uns eine Kutsche ab, alle, die da sein sollten, sind da, und die Kirche ist wunderschön.«

Ich lächelte leicht gequält und verkniff mir zu sagen, dass das nicht unbedingt meine Kriterien wären. Aber solange eine Kutsche kam, konnte ihr der Bräutigam ja egal sein. Sie bewunderte noch ein paar Sekunden ihr Spiegelbild und drehte sich dann zum ersten Mal richtig zu mir um.

»Kannst du mir einen Gefallen tun? Irgendwo dahinten müsste eine Kamera liegen.« Sie wies mit der Hand auf eine Ecke, wo sich die unterschiedlichsten Utensilien häuften. »Kannst du ein paar Fotos machen? Es kommt zwar auch noch ein Fotograf, aber ich finde, gerade die spontanen Fotos haben manchmal so etwas Natürliches.«

Ich nickte und sie tat ganz begeistert.

»Danke schön, Ella, das ist echt lieb von dir.« Sie hauchte mir erneut einen Luftkuss zu und tauchte wieder im Gewusel ihres Hofstaates unter.

Etwas angenervt suchte ich nach der Kamera und fand sie in einem Kasten mit leeren Wasserflaschen. Achtlos war die schöne digitale Spiegelreflex dort einfach hineingeworfen worden. Ich machte erst mal die Linse sauber. Auch wenn ich nicht wirklich Ahnung von Kameras hatte, so war ich doch froh, dass ich wenigstens etwas zu tun hatte, und begann, wild herumzuknipsen.

Als ich genug von den aufgeregten Frauen hatte, die meine Cousine umgarnten, als wäre sie ihre Bienenkönigin, wollte ich das Zelt verlassen und stieß dabei fast mit dem Pfarrer zusammen. Ich nuschelte ein kurzes »Entschuldigung« und er lächelte warm zurück. Irgendwie hatten Gläubige etwas an sich, was sie mir sofort sympathisch machte. Er fragte die Braut, ob sie bald anfangen könnten, und meine Tante nickte anstelle Charlottes geschäftig.

Die Glocken läuteten, und wie immer befiel mich ein bedrückendes Gefühl bei dem dumpfen Klang. Ich hielt Ausschau nach meinem Bruder, aber er und meine Eltern waren in der Menge der Hochzeitsgäste untergegangen. So setzte ich mich alleine in die letzte Reihe der Kirche. Charlotte hatte nicht übertrieben, als sie die Kirche gelobt hatte. Ich war mir nicht sicher, ob ich hier auch Fotos machen sollte, und schaltete sicherheitshalber den Blitz aus. Irgendwie kam mir moderne Technik in Kirchen generell falsch vor, aber ich hatte zu große Angst vor Charlottes Reaktion, wenn ich ihr sagte, dass ich in der Kirche keine Fotos gemacht hatte. Meine Augen schweiften über die prachtvollen, mit Gold geschmückten Wände und blieben an dem gekreuzigten Jesus hängen. Wie musste es wohl sein, für seinen Glauben zu sterben? Hatte er wirklich so sehr auf Gott vertraut, dass er sich sicher war aufzuerstehen? Was hätte ich nur dafür gegeben, in meinem Leben so einen Sinn zu spüren. Einfach zu wissen, dass es nicht unnötig war, auf der Erde zu verweilen, dass man nicht so unbedeutend war wie ein Sandkorn am Strand.

Die Musik begann und für einen Moment schloss ich meine brennenden Augen. Der Bräutigam schritt nach vorne, und man konnte seinem Blick entnehmen, dass er es kaum erwarten konnte, die Trauung endlich hinter sich zu bringen. Am Altar angekommen blieb er stehen und nun betrat auch die Braut die Kirche. Alle taten überrascht und entzückt, als meine Cousine in all ihrer Pracht den Gang entlangschritt, aber eigentlich kannte jeder alles bis ins kleinste Detail. Nichts war überraschend an ihrem weißen Barbietraum. Ich zwang mich zu einem Lächeln und erhob mich genauso wie der Rest der Gemeinde. Sich ihrer Wirkung ganz genau bewusst, genoss die Braut jeden kleinen Schritt. Sie hatte sich bei ihrem Vater untergehakt, der steif und mit ausdrucksloser Miene neben ihr herging. Vermutlich war ihm der ganze Zirkus eher unangenehm. Ich zoomte an sein Gesicht heran und machte noch ein Foto. Wenn schon, denn schon.

Die Trauung begann, und ich wusste an jedem Punkt des Zeremoniells genau, was als Nächstes kommen würde. Wie vorbestimmt doch alles war. Nicht nur der Ablauf der Trauung, sondern eigentlich das gesamte Leben. Man hat nie eine Wahl. Schon alleine darauf, dass und von wem man geboren wird, hat man keinen Einfluss, und wenn man ehrlich ist, geht es danach auch nicht besser weiter. Hatte mich je jemand gefragt, ob ich in den Kindergarten wollte? Oder in die Schule? Und genauso wenig würde ich eine andere Wahl haben, als mein Abitur zu machen, zu studieren und dann zu arbeiten. Und dann kamen halt noch irgendwann Mann, Haus und Kind. Aber vielleicht machte ich es mir auch selbst schwer. Ich konnte schließlich die Schule abbrechen und nur noch die zehnte Klasse beenden. Doch so war ich nicht, ich würde meinen vorgezeichneten Weg gehen, egal wie sehr mir das eigentlich widerstrebte.

Ich blickte auf meinen abgeblätterten Nagellack und nahm erst jetzt wahr, dass ich die ganze Zeit daran gekratzt hatte. Meine Mutter würde nicht glücklich sein. Ich richtete meine Aufmerksamkeit wieder auf das Brautpaar, das der Predigt des Pfarrers lauschte.

»... Die Liebe ist wachsam und erlahmt nicht, sie kennt keine Furcht, sie wird nicht beunruhigt. Die Liebe leuchtet auf wie eine helle Flamme und eine brennende Fackel ...«

Das Brautpaar lächelte sich an, doch ich kam nicht umhin zu denken, dass das nur gespielt war. Die Worte des Pfarrers waren schön, aber auch irgendwie kitschig. Liebe. Als ob es so etwas tatsächlich gab. Wie oft ich doch schon diese Diskussion geführt hatte, wie oft ich doch schon versucht hatte, die anderen davon zu überzeugen, dass das alles nur eine große Lüge war. Eine Lüge unserer Kultur, erfunden in Geschichten, die wiederum andere prägten, bis jeder davon überzeugt war, dass sie stimmten. Mir war durchaus bewusst, dass ich mir mit dieser Ansicht keine Freunde machte, und ich sagte auch jedem, dass ich hoffte, irgendwann eines Besseren belehrt zu werden, aber im Moment erschien mir meine Ansicht die einzig richtige zu sein. Es war für mich einfach unvorstellbar, dass man sich selbst aufgab, um nur noch mit dieser einen Person zusammenzuleben.

Allerdings war mein jetziger Lebensstil ja auch nicht so viel besser. Eigentlich war er sogar ziemlich langweilig. Ich stand jeden Tag auf, ging zur Schule, traf mich mit Freunden und ging dann wieder ins Bett. Eine Routine, die ich seit zehn Jahren nicht verändert hatte.

Ich lauschte wieder den Worten des Pfarrers, der begonnen hatte, den 1. Korinther vorzulesen. »›Die Liebe ist langmütig und freundlich, die Liebe eifert nicht, die Liebe treibt nicht Mutwillen, sie bläht sich nicht auf, sie verhält sich nicht ungehörig, sie sucht nicht das Ihre, sie lässt sich nicht erbittern, sie rechnet das Böse nicht zu, sie freut sich nicht über die Ungerechtigkeit, sie freut sich aber an der

Wahrheit; sie erträgt alles, sie glaubt alles, sie hofft alles, sie duldet alles.‹ So steht es im 1. Korinther 13, dem Hohelied der Liebe. So bitte ich nun auch euch, euer Liebesbekenntnis abzulegen …«

Ich betrachtete das Gesicht Charlottes und kam nicht umhin zu denken, dass sie solchen Sätzen nicht gewachsen war. Sie, die doch in Wahrheit an nichts anderes dachte als an das Geld ihres künftigen Mannes. Doch Charlotte war nichts anzumerken, ihr Lächeln blieb süß wie die ganze Zeit, und als sie ihr »Ja, ich will« aufsagte, klang ihre Stimme klar und fest. Vielleicht tat ich ihr auch unrecht und sie war wirklich selbst davon überzeugt, dass sie den Mann an ihrer Seite liebte. Wer war ich denn, dass ich mir überhaupt ein Urteil erlaubte?

Die Ringe wurden ausgetauscht, und ich machte erneut Fotos, die aber wegen der weiten Entfernung alles andere als scharf waren. Der Pfarrer sprach noch ein paar Abschlussworte, und als die Musik erneut erklang, erhob sich die Gemeinde noch einmal, während das Brautpaar die Kirche verließ. Ich legte meine Jacke über den Arm und folgte den anderen nach draußen an die Luft. Das Sonnenlicht war so hell, dass ich einige Zeit brauchte, um mich daran zu gewöhnen und wieder alles zu erkennen. Ich sah mich ein wenig in der Menge um und fand meinen Bruder wieder.

Er grinste. »Na, gut geschlafen?«

Ich ignorierte seine Frage und stellte mich mit ihm zusammen in die Schlange der Wartenden, um dem Brautpaar zu gratulieren. Immer wieder wurden wir von älteren Menschen begrüßt, die ich höchstens flüchtig kannte.

Nachdem sich die Massen langsam aufgelöst hatten, machten wir uns auf den Weg zum Auto, wo unsere Eltern bereits auf uns warteten. Meine Mutter fragte, ob nicht mein Bruder fahren wolle, und etwas widerwillig gab mein Vater Moritz den Schlüssel. Sichtlich stolz ging der zur Fahrertür. Etwas skeptisch setzte ich mich nach hinten, es war das erste Mal, dass Moritz mit dem Auto meines Vaters fuhr. Meine Mutter setzte sich zu mir nach hinten und sagte, ich solle mich bloß anschnallen. Das Auto setzte sich mit einem Ruck in Bewegung und meine Mutter schrie kurz auf. »Der Gang, Sebastian, zeig ihm doch noch mal, wie das mit dem Gang-Einlegen funktioniert!«

Wütend drehte sich Moritz um. »Ich weiß schon, wie das funktioniert.«

Etwas holperig, aber dennoch sicher parkte er aus der Lücke aus. Meine Mutter stöhnte und ich schaute genervt aus dem Fenster. Wir fuhren durch kleinere Straßen und meine Mutter rief Moritz die ganze Zeit Anweisungen wie »Rechts!«, »Links!« oder »Achtung!« zu, obwohl diese eigentlich komplett unnötig waren. Sie machte uns alle so irre, dass mein Bruder sich mehrmals verfuhr, was meine Mutter nur zu noch mehr Zwischenrufen verleitete. Ich hatte Mühe, sie nicht anzumeckern, sie solle endlich mal leise sein. Es war also kein Wunder, dass wir die Letzten waren, die am Haus meiner Cousine ankamen. Sie hatten sich eine schicke kleine Villa in der Nähe des Wannsees gekauft, beziehungsweise Charlottes Mann hatte sie gekauft. Moritz und meine Mutter fingen an, darüber zu diskutieren, ob wir nun tatsächlich einen so großen Umweg gefahren waren, und ich ging vor, die Stimmen der beiden Streitenden im Rücken.

Drinnen winkte mich Michelle, meine gleichaltrige Cousine, zu sich, und ich ließ mich auf den leeren Stuhl neben ihr fallen. Sie drückte mir einen Kuss auf die Wange und schob mir ein Glas Sekt hin. »Na, wie geht es dir?«

Ihre Stimme klang fremd, und ich überlegte, wie lange ich sie nicht gesehen hatte. Es mussten fast zwei Jahre gewesen sein. Ich lächelte. Wie ich diese Frage hasste. Was blieb einem denn da anderes übrig, als zu lügen?

»Eigentlich ganz gut, es ist nur gerade alles etwas stressig mit der Schule. Ich sitze die ganze Zeit an meinem MSA-Vortrag und habe trotzdem das Gefühl, dass ich nicht vorankomme«, leierte ich den Text herunter, mit dem ich in letzter Zeit immer auf die Wie-geht-es-dir-Frage antwortete. »Wie weit bist du denn damit?«

Ich sah sie an und merkte sofort, dass ich das falsche Thema angesprochen hatte. Ihr Gesicht verzog sich zu einer Grimasse.

»Ich habe noch gar nicht angefangen. Aber es ist sowieso nicht so wichtig, ich wiederhole wahrscheinlich die zehnte Klasse, dann habe ich noch Zeit.«

Ich suchte nach einem Anzeichen, dass das ein Witz war. Ich fand keines.

»Das ist doch gut, dann kannst du dir wenigstens noch über alles klar werden. Wir sind sowieso zu jung für so wichtige Entscheidungen«, versuchte ich, meine Bestürzung zu überspielen.

Michelle grinste über meine Unsicherheit. »Komm, erheb dich! Wir sprechen einen Toast aus, ich will endlich trinken.«

Und schon stand sie, bewaffnet mit einem Sektglas und einer Gabel, die sie laut klirrend daran stieß.

»Sehr geehrte Damen und Herren, liebe Verwandte und Unbekannte. Meine geliebte Cousine Ella möchte gerne einen Toast auf unser Brautpaar aussprechen. Ich bitte um Ruhe, ihre Stimme ist nicht so laut.«

Damit übergab sie mir das Wort. Perplex starrte ich sie an. War das ihr Ernst? Meine Gesichtsfarbe wechselte von Blass zu Rot. Was sollte ich denn jetzt sagen? Ich zitterte so sehr, dass der Sekt über meine Hand schwappte. Sag etwas, Ella, ermahnte ich mich selbst.

»Vielen Dank, Michelle.« Meine Stimme klang unnatürlich hoch. Sehr gut, Ella, das war doch schon mal ein Anfang, mach einfach weiter. Aber was konnte man noch sagen? Alle meine Gedanken schienen wie weggeblasen. Ich fühlte mich wie ein Reh im Scheinwerferlicht, unfähig mich zu bewegen. Ich räusperte mich. Alle starrten mich mit erwartungsvollem Blick an.

»Ja, warum sollte ich hier eine große Rede schwingen? Ich glaube, es reicht aus, wenn ich sage: Auf unser Brautpaar, auf dass die beiden ein Leben voll wildem Sex, Liebe und Gesundheit haben!«

Stille.

Langsam begriff auch ich meine Worte. O Gott, hatte ich das wirklich gesagt? Hatte ich gerade tatsächlich meine Familie aufgefordert, auf den wilden Sex ihrer Enkelin, Tochter und Schwester anzustoßen? Wenn es überhaupt ging, wurde meine Gesichtsfarbe noch röter. Die Stille zog sich eine Ewigkeit hin, doch dann hoben alle ihr Glas und wiederholten meine Worte.

»Auf wilden Sex, Liebe und Gesundheit!«, leierten sie lachend im Chor und schnell kippte ich mir die sprudelnde Flüssigkeit in den Mund. Wieder einmal fiel mir auf, dass mir Alkohol überhaupt nicht schmeckte.

Michelle bekam sich fast nicht mehr ein vor Lachen und wir setzten uns wieder.

»Vielen Dank auch«, zischte ich ihr zu.

»Ach komm schon, ich glaube nicht, dass jemals jemand so einen guten Toast bekommen hat wie deinen eben. Spätestens in dreißig Jahren, wenn es in allen anderen Ehen langweilig wird, werden sie dir für den wilden Sex danken.«

Nun musste auch ich grinsen. Ich hoffte nur, dass man meinen Fauxpas so schnell wie möglich vergessen würde.

Nachdem wir gegessen hatten, überredete mich Michelle zu einem Spaziergang. Ich war froh, dass ich endlich von dem verführerisch duftenden Buffet wegkam, denn es fiel mir schwer, nur bei Salat zu bleiben. Wir liefen an den schicken Häusern vorbei, und schon wieder überfiel mich ein bedrückendes Gefühl, als ich daran dachte, dass auch ich irgendwann in so einem Kasten leben würde.

Michelle kramte in ihrer Tasche und fand schließlich das, was sie suchte. Sie holte eine kleine viereckige Packung heraus, und ich brauchte einige Zeit, bis ich verstand, dass es sich dabei um Zigaretten handelte. Geübt zündete sie sich eine an und hielt mir dann die Packung hin. Ich schüttelte den Kopf. Ich hatte nicht gewusst, dass sie rauchte, und aus irgendeinem Grund war ich darüber fast ein bisschen schockiert. In meiner Stufe rauchten zwar auch schon einige, aber mit denen hatte ich eher wenig zu tun.

Ich erinnerte mich daran, dass meine Mutter mir eine Woche zuvor erzählt hatte, Michelle sei das schwarze Schaf der Familie geworden. Damals hatte ich ihren Worten keine Beachtung geschenkt, aber plötzlich verstand ich, was sie meinte. Ob meine Mutter wohl auch wusste, dass meine Cousine rauchte?

Wir setzten uns auf eine Bank. Michelle zog an ihrer Zigarette und pustete den Rauch in den Himmel.

»Was ist passiert?«, durchbrach ich die Stille.

Verwirrt blickte sie mich an.

»Ich meine, was ist passiert, dass du dich so verändert hast? Vor zwei Jahren noch sind wir an Rauchern vorbeigegangen und haben demonstrativ gehustet. Vor zwei Jahren noch hattest du einen Notendurchschnitt von 1,6 und wir haben zusammen mit deinen Eltern Urlaub in Österreich gemacht. Was ist geschehen, dass jetzt plötzlich alles so anders ist?«

Sie überlegte einen Moment und starrte auf das Geäst eines abgestorbenen Baumes.

»Die Zeit. Das ist passiert.«

Ihre Stimme klang gebrochen, und ich dachte schon, dass das ihre endgültige Antwort war, als sie erneut zu sprechen begann.

»Ich weiß nicht, es gibt nicht wirklich einen Grund. Es ist ja nicht so, dass sich wirklich etwas verändert hat, ich bin ja jetzt nicht abgestürzt oder so. Ich bin nur älter geworden und meine Freunde halt auch. Mit sechzehn trinkt man, raucht man. Da ist nichts weiter bei. Ich kann auch gar nicht verstehen, was meine Eltern da für einen Mist erzählen, von wegen ich wäre ganz schlimm geworden. Klar bleibt man mal länger weg, übertreibt ein bisschen und bereut am nächsten Tag das eine Glas zu viel. Eigentlich habe ich nichts getan, es ist von alleine passiert. Ich wurde schlechter in der Schule, bekam andere Freunde, fing an zu rauchen. Da ist kein Geheimnis, es ist nicht schwer, »das schwarze Schaf« zu werden. Es geht schneller, als man denkt. Ich habe mir nicht vorgenommen, dass es so kommt, aber auf manche Dinge hat man einfach keinen Einfluss.«

Sie hatte sehr schnell gesprochen, und mich überkam das Gefühl, dass sie sich schon oft darüber Gedanken gemacht und sich ihre kleine Rede zurechtgelegt hatte. Aber ich wusste, dass sie unrecht hatte. Man hat immer eine Wahl, egal, worum es geht. Niemand muss die zehnte Klasse wiederholen oder mit dem Rauchen anfangen, wenn er es nicht will.

Es war nicht so, dass ich direkt eine Abneigung gegens Rauchen oder Trinken hatte, ich hatte es einfach überhaupt nicht mit Michelle in Verbindung gebracht. Also nickte ich nur, anstatt zu antworten.

»Ich weiß, du verstehst mich nicht, aber das ist nicht schlimm. Irgendwann wirst du es auch tun, glaub mir mal. Irgendwann wirst du anfangen zu rauchen, zu trinken, und dann werde ich dir sagen, dass ich es dir ja gesagt habe. Ich meine ja nicht, dass du komplett abstürzen wirst, aber jeder macht auf die eine oder andere Weise seine Erfahrungen.«

»Das kann ich mir nicht vorstellen. Natürlich werde ich meine Erfahrungen machen, aber nicht auf diese Weise. Ich habe mich unter Kontrolle, ich weiß, was ich tue.«

Michelle lächelte, und ich fühlte mich plötzlich wie ein kleines naives Kind, das die Welt erklärt bekommt. Vielleicht hatte sie recht, es würde bestimmt mal passieren, dass ich ein Glas zu viel trank, aber bei ihr klang es so, als ob ich gar keine andere Wahl hatte, als all das zu machen, was sie gerade machte. Michelle drückte ihre Zigarette aus. Sie richtete sich auf und streckte sich.

»Lass uns wieder zu den anderen gehen, sie vermissen uns bestimmt schon.«

Auch wenn ich das stark bezweifelte, stimmte ich zu und folgte ihr. Nach unserem Gespräch fühlte ich mich Michelle irgendwie näher; und selbst wenn ich von ihrem Lebensstil vielleicht nicht so begeistert war, musste ich zugeben, dass ich ihn auf eine Art interessant fand. Ein wenig beneidete ich sie auch, dass sie alles so leicht nahm.

Inzwischen hatten die Erwachsenen sich bereits ausgiebig dem Alkohol gewidmet, entsprechend gelöst war die Stimmung. Ich stellte mich zu meinem Opa und verfolgte belustigt, wie er mit der ganzen Überzeugungskraft eines Fabrikchefs versuchte, einer Freundin der Braut zu erklären, dass es absolut unmöglich sei, guten Whisky mit Eiswürfeln zu trinken. Ich verkniff mir ein Grinsen und ließ die verzweifelte Frau mit meinem echauffierten Opa alleine.

Es war bereits 23 Uhr, als wir endlich erschöpft ins Auto fielen. Mein Vater hatte den ganzen Abend über nichts getrunken, damit er fahren konnte, und war dementsprechend schlecht gelaunt.

Meine Mutter seufzte selig, als sie sich in das weiche Polster sinken ließ. »Ach, das war doch ein schöner Abend. Ich weiß gar nicht, warum wir solche großen Familienfeste nicht wieder öfter machen. Bis vor zwei Jahren haben wir das doch auch fast wöchentlich hinbekommen.«

Mein Bruder sagte, er glaube nicht, dass wir tatsächlich jede Woche eine Hochzeit gefeiert hätten, aber das war meiner Mutter herzlich egal.

»War es denn auch für dich nett, Ella?«

Ich nickte. »Es war echt schön, Michelle mal wiederzusehen, sie hat sich so verändert.«

Meine Mutter drehte sich zu mir um. »Ja, das hat sie. Ich habe heute ganz schreckliche Geschichten von ihrer Mutter gehört, ich weiß gar nicht, wie sie ihrer Tochter das alles erlauben kann. Ich an ihrer Stelle hätte schon viel härter durchgegriffen oder es einfach überhaupt nicht dazu kommen lassen. Das Mädchen ist kaum noch zu Hause – und sie hat jetzt sogar einen fünfundzwanzigjährigen Freund, wusstest du das?«

Ich murmelte irgendetwas Uneindeutiges, weil ich wusste, dass meine Mutter diese Art von Konversation am liebsten mit sich selbst führte und alle anderen somit zu ihren Zuhörern verdammte. Ich blickte aus dem Fenster und dachte an Michelle. Es war erstaunlich, wie sehr Menschen sich verändern konnten, und das eigentlich ohne richtigen Grund. Und doch war sie ja irgendwie das gleiche blonde Mädchen, das damals nicht einschlafen konnte, wenn nicht mindestens eine Lampe im Zimmer leuchtete. Die Fahrt dauerte genauso lange, wie der Monolog meiner Mutter anhielt, und ich war froh, als wir endlich zu Hause ankamen und ich in mein Zimmer flüchten konnte. Sofort schaltete ich meinen Computer an. Fünf ungelesene Nachrichten wurden mir bei Facebook angezeigt. Eine war von meiner besten Freundin Maja, die mich fragte, ob ich »es« schon gesehen hatte. Typisch Maja.

Was soll ich gesehen haben?, schrieb ich zurück.

Aber die Frage erübrigte sich schnell, da ich als Nächstes die Einladung zu einer Veranstaltung vorfand. Mein Herz schlug schneller.

Ich feiere am Samstag meinen 17. Geburtstag und würde mich freuen, wenn ihr dabei seid. Deswegen habe ich einen Raum in einem Jugendclub in Charlottenburg gemietet, der uns von 21 bis 6 Uhr zur Verfügung stehen wird. Die genaue Adresse werde ich noch bekannt geben. Für Getränke und Essen ist gesorgt, alles andere müsst ihr aber selbst mitbringen. Bestellungen gebe ich sonst an Chris weiter, wenn ihr wollt. Na dann, ich freue mich auf euch! Svea.

Sofort schrieb ich Maja, dass ich jetzt wusste, was sie meinte. Es war die erste Feier in einem Club für uns. Meine Gedanken überschlugen sich förmlich, so aufgeregt war ich. Was zog ich da an? Was machte ich mit meinen Haaren? Musste ich Svea etwas schenken? Und was meinte sie überhaupt mit »Bestellungen«?

Ein leises »Plopp« ertönte und eine Nachricht von Maja erschien. »Also darfst du hin?«

Mist. Daran hatte ich überhaupt noch nicht gedacht. Die Feier begann um 21 Uhr und ich musste eigentlich spätestens um 22 Uhr zu Hause sein.

Verzweifelt huschte ich ins Bad zu meiner Mutter, die sich gerade abschminkte, und setzte meinen Hundeblick auf. »Mama?«

Sie zeigte keine Regung.

»Nächsten Samstag ist eine Feier, wo ich hin möchte, kann ich da hingehen?«

Meine Mutter schaute in den Spiegel und wischte weiter ungerührt ihre Mascara ab. »Ja klar, warum auch nicht?«

Das war ja leicht gewesen. Doch ich kannte meine Mutter inzwischen gut genug, um zu wissen, dass es nicht lange dauern würde, bis ihr »Aber« kam.

»Solange du um 22 Uhr wieder hier bist, habe ich damit doch kein Problem.«

Verzweifelt stöhnte ich auf. »Aber da hat es doch noch überhaupt nicht richtig begonnen. Dann brauche ich da gar nicht erst hinzugehen.«

Meine Mutter beendete ihr Abschminken und fing an, sich mit ihrer Antifaltencreme einzuschmieren. »Na, warum diskutieren wir dann überhaupt noch?«

Wie ich meine Mutter doch liebte. Ich ballte meine Hand zu einer Faust und atmete tief durch. »Bitte Mama, es ist mir wirklich sehr wichtig.«

Eigentlich stimmte das noch nicht einmal, aber ich wusste, dass es Maja ziemlich viel bedeutete. Ich kannte Svea überhaupt nicht so gut und wahrscheinlich würden da lauter fremde Gesichter sein, aber es ging mir ums Prinzip. Alle durften länger draußen bleiben und ich wollte auch wenigstens ein Mal in einen Club gehen. War das zu viel verlangt?

Letztendlich hatte ich es wahrscheinlich der Müdigkeit und den Promille meiner Mutter zu verdanken, dass wir uns darauf einigten, dass sie mich um Mitternacht abholen würde. Das war ihr letztes Wort. Immerhin besser als nichts.

Das Problem war nur, dass wir noch eine ganze Woche warten mussten, und wenn es um so etwas wie eine Feier ging, war Maja wirklich gut darin, Panik zu schieben. Schon am Montag begrüßte sie mich beim Volleyballtraining mit den Worten »Nur noch fünf Tage«. Wir joggten am Ende, damit wir uns ungestört unterhalten konnten.

»Ich weiß nicht, ob wir da wirklich hingehen sollten, ich glaube, das ist nichts für mich«, jammerte ich.

»Du bist verrückt, das ist die Chance, das wird perfekt!«

Es war typisch Maja, dass sie sich da so reinsteigerte, aber ich musste zugeben, dass sie mich ein wenig ansteckte. Zwar war es natürlich nicht die erste Feier, auf die wir gingen, aber es war die erste in einem Club und zumindest ich würde so gut wie niemanden kennen, weil ich Svea auch nur durch Maja kannte, die erstens auf einer anderen Schule und zweitens einen Jahrgang über mir war.

Die Woche zog sich endlos hin. Am Freitag stand unser Plan: Sie würde am Samstag zu mir kommen, wir würden uns fertig machen, was essen und dann in den Club gehen. Meine Mutter würde uns um zwölf abholen und Maja würde bei mir schlafen. Der Plan schien perfekt.

KAPITEL 2

Verliebtsein ist nur ein außerordentlicher Fall von freiwilliger Blindheit.

Honoré de Balzac

Es war die Nacht der Nächte. Jedenfalls kündigte Maja so unseren Abend an. Sie saß in Jogginghose auf meinem Bett und lackierte sich ihre Fingernägel. Rot. Was sonst? Ich versuchte währenddessen, meine noch nassen Haare durchzukämmen, und riss mir dabei die Hälfte aus. Nebenbei lief der Fernseher, aber weder Maja noch ich würdigten ihn eines Blickes. Wir waren viel zu sehr mit uns selbst beschäftigt. Langsam fing ich an zu verzweifeln. Maja bemerkte meine skeptischen Blicke in den Spiegel und lachte.

»Ich kenne niemanden, der so merkwürdig in einen Spiegel schaut wie du. Sei doch mal zufrieden mit dir, du bist einfach mal der schönste Mensch, den ich kenne.«

»Sagt der schönste Mensch, den *ich* kenne, und verschmiert dabei seinen Nagellack.«

Maja fluchte und versuchte, ihre Nägel zu retten. Ich wusste, dass sie es nur gut meinte, aber sie konnte noch so oft meine Figur, meine Haare und mein Aussehen loben, ich würde ihr trotzdem nicht glauben. Allein durch Worte wurde man nicht schöner. Außerdem fand ich es unnötig, dass gerade Maja so etwas sagte, weil sie einfach tausend Mal hübscher war als ich. Sie war groß und schlank, hatte braune lockige Haare und große braune Augen, die immer perfekt geschminkt waren. Manchmal war ich schon etwas neidisch auf ihr Aussehen. Aber ich hatte ja andere Qualitäten, wie meine Mutter immer sagte.

Es waren bereits zwei Stunden vergangen, als wir endlich so einigermaßen mit uns zufrieden waren. Ich hatte in meinem ganzen Leben noch nicht so viel Zeit für mein Aussehen verschwendet.

Wir kamen um genau 21.05 Uhr im Club an, bis auf Svea und drei Freunde von ihr, die ich nicht kannte, war noch niemand da. Ich umarmte Svea zur Begrüßung und überreichte ihr Majas und mein Geschenk. Sie war sichtlich verwirrt über das Geschenk, wahrscheinlich, weil es nicht die Form einer Flasche hatte, sondern ein Buch war. Ich blickte Maja etwas sauer an, weil sie mich leise auslachte. Sie hatte mir von Anfang an gesagt, dass ein Buch unpassend war, aber ich hatte darauf bestanden. Vielleicht hätte ich doch besser auf sie hören sollen. Svea führte uns zu den Getränken und drückte jeder ein Bier in die Hand. Wir setzten uns zu den anderen Mädchen auf das Sofa und ich schaute Maja enttäuscht an.

Sollte das etwa die Nacht der Nächte sein? Aber Majas Augen schienen mir zu sagen: »Warte es ab, da kommt noch was.«

Aber da kam erst mal nichts und das auch ziemlich lange.

Die Mädchen, die mit uns auf dem Sofa saßen, rekelten sich ab und zu mal und schmissen sich immer dann in Pose, wenn ein Junge den Raum betrat, aber sonst sahen auch sie etwas gelangweilt aus.

Es war bereits 22 Uhr, als die Feier langsam losging. Der DJ begann aufzulegen und es wurde Discolicht angemacht. Es wirkte wie ein Startschuss, und allmählich begannen die ersten, zu dem nervig flackernden Licht zu tanzen. Ich konnte Maja ansehen, dass sie auch unbedingt auf die Tanzfläche wollte. Als sie merkte, dass ich keine Anstalten machte, meinen Allerwertesten zu bewegen, sprang sie ohne mich auf und tanzte mit den Mädchen, die vorher mit uns auf dem Sofa gesessen hatten. Zwar konnte ich es Maja nicht wirklich übel nehmen, aber etwas angenervt war ich schon. Vielleicht war es nur Neid. Ich hätte mich nie einfach so wie sie auf die Tanzfläche zu irgendwelchen fremden Menschen stellen und mit ihnen herumspringen können.

Ganz allein saß ich auf dem riesigen Sofa und hielt mein immer noch fast volles Bier fest. Wenigstens hatte ich so eine Ausrede dafür, dass ich nicht tanzte. Interessiert schaute ich mich um. Der Raum, der mir vorhin noch so groß vorgekommen war, schien nun viel zu klein. Die meisten tanzten, aber es gab auch einige, die an der Seite standen und versuchten, die laute Musik mit ihren Stimmen zu übertönen und ein Gespräch zu führen. Mein Sofa stand ganz in der Nähe der kleinen Bar, wo immer mehr Menschen, angezogen von dem Alkohol, sich bedienten. Svea hatte auf einen Barkeeper verzichtet und so experimentierten die Jungen hinter dem hohen Tresen herum. Sie spielten sich alle so schrecklich auf, wie sie die Flaschen fünf Zentimeter hoch warfen und Applaus dafür verlangten, aber die Mädchen, die auf der anderen Seite des Tresens standen, schauten ihnen tatsächlich bewundernd zu.

Es setzte sich keiner neben mich, und ich war eigentlich ganz froh darüber, hätte ich doch sonst Small Talk führen müssen, den ich so verabscheute. Ich kannte außer Svea und Maja fast niemanden auf der Feier, höchstens vom Sehen. Mit der Zeit wurde es immer stickiger in dem Raum, und ich musste feststellen, dass es eine gute Idee meiner Mutter gewesen war, uns bereits um zwölf abzuholen.

Ich sagte mir einfach, dass es eine Erfahrung war, dass ich jetzt immerhin wusste, dass solche Feiern nichts für mich waren, aber dadurch fühlte ich mich auch nicht wohler. Zwei Jungen setzten sich auf das Sofa gegenüber und fingen an, lautstark zu diskutieren. Ich beobachtete, wie sie immer heftiger wurden, und plötzlich drehte sich einer zu mir um. »Was meinst du, Whisky mit oder ohne Eiswürfel?«

Entgeistert starrte ich sie an. Hatten sie sich wirklich wegen einer solchen Kleinigkeit gestritten? Ich erinnerte mich daran, was mein Opa immer sagte. »Eiswürfel zerstören den Geschmack.«

Der eine Junge schaute den anderen triumphierend an. Sie versuchten, mich einzubeziehen in ihr Gespräch über Whiskysorten, und da ich ja eigentlich absolut keine Ahnung hatte, schaute ich mich etwas hilflos um. Wieso kam nie Rettung, wenn man sie brauchte?

»Ich hol mir noch was zu trinken«, versuchte ich der Diskussion zu entkommen und stand auf.

Ich bahnte mir einen Weg durch die Meute und griff nach einem Bier. Ich hatte zwar keinen Durst und mochte normalerweise auch kein Bier, aber wenigstens stellte es eine Beschäftigung dar, die Flasche zu öffnen, zumal ich keinen Flaschenöffner fand. Ich kramte in jeder Schublade, aber es war weit und breit keiner zu finden.

»Darf ich?«, ertönte plötzlich eine melodische Stimme hinter mir und irgendjemand griff nach meinem Bier.

»Hey!« Empört drehte ich mich um und blickte direkt in die schönsten Augen, die ich je gesehen hatte. Sie waren von einem ganz klaren Blau – wie das Meer in der Karibik.

»Keine Angst, ich wollte es dir nicht klauen«, grinste der zu den Augen gehörige Junge, öffnete das Bier mit einem Feuerzeug und reichte es mir dann wieder.

Ich brachte ein kurzes »Danke« hervor und nahm es entgegen. Der Junge nickte und öffnete sein eigenes Bier. Dabei fielen ihm seine blonden Haare leicht ins Gesicht, und unwillkürlich zuckte es in meiner Hand, sie ihm wegzustreichen. Ich bemerkte, dass ich leicht zitterte, als er sich wieder mir zuwandte.

»Woher kennst du Svea?«, fragte er mich, und es schien, als würde meine Antwort ihn unheimlich interessieren. Warum sprach er mit mir? Er kannte mich doch überhaupt nicht, und ich konnte mir auch nicht vorstellen, dass ich auf irgendeine Art und Weise interessant wirkte.

»Durch eine Freundin.« Das war zwar nicht die geistreichste Antwort, aber immerhin hatte ich überhaupt eine zustande gebracht.

»Du tanzt nicht sonderlich gerne, oder?«, fragte er.

Ich wurde rot. Hatte er mich etwa beobachtet, oder woher wusste er das? Wenn ja, musste er gesehen haben, wie ich die ganze Zeit alleine auf dem Sofa gesessen hatte.

»Nein, das alles ist nicht unbedingt mein Ding.«

Er lächelte leicht und stellte sein Bier ab. »Würdest du trotzdem mitkommen, wenn ich dich darum bitten würde? Ich habe meinen Freunden versprochen, dass ich nur kurz etwas trinke.«

Ich stellte mein Bier ebenfalls ab und nickte. Verdammt, warum nickte ich nur? Warum folgte ich ihm, als er sich zwischen den Tanzenden hindurchschlängelte?

Während wir uns einen Weg zu seinen Freunden bahnten, drehte er sich auf einmal um, so, als sei ihm plötzlich etwas eingefallen.

»Wie heißt du eigentlich?«

»Ella«, erwiderte ich mit heiserer Stimme.

Seine Augen verengten sich leicht, so als durchforste er sein Gedächtnis. Als ihm auffiel, dass er wohl noch nie meinen Namen gehört hatte, wurde seine Miene wieder weicher.

»Chris.«

Mein Gehirn begriff erst, als wir in der Mitte der Tanzfläche angelangt waren, dass das wohl sein Name war. Chris. Irgendwie hatte ich was Einfallsreicheres erwartet. Ich konzentrierte mich wieder auf meine Umgebung und erkannte sofort Chris' Freunde, da sie eine ähnlich selbstbewusste Ausstrahlung wie er hatten. Sie passten irgendwie so gar nicht zu den verschwitzten, wild herumhüpfenden Teenagern um uns herum. Ich weiß nicht genau, was sie anders machten, aber sie schienen auf jeden Fall älter als die meisten zu sein, und sie hatten irgendetwas an sich, was sie mir sofort interessant machte. Den anderen im Raum schien es ähnlich zu gehen wie mir, ich hatte das Gefühl, dass alle ihnen neidische oder bewundernde Blicke zuwarfen. Und die meisten dieser Blicke waren Chris gewidmet.

Wir gesellten uns zu seinen Freunden. Die Mädchen schauten mich abschätzig an. Ich konnte förmlich spüren, dass sie sich fragten, warum er mich mitgebracht hatte. Ich dachte mir, dass ich das wirklich nicht nötig hatte, aber irgendetwas hielt mich dort. Dort auf der Tanzfläche, inmitten der Schwitzenden, im Kreis der Unerreichbaren. Wir tanzten, und bald waren mir die Blicke der Mädchen egal, ich war viel zu sehr auf das konzentriert, was meine Füße machten.

Als ich zwischendurch kurz aufschaute, traf mein Blick den von Chris. Ich wollte mich schnell abwenden, aber er zog mich so in seinen Bann, dass ich es nicht konnte. Er grinste und ich errötete. Es konnte doch nicht sein, dass ich mich wegen irgendeinem Schönling so albern aufführte! Ein Mädchen mit kurzem Kleid flüsterte ihm etwas ins Ohr und er lachte. Sie war dünn und unglaublich hübsch. Ihre langen braunen Haare umspielten ihren kleinen Kopf mit einer solchen Perfektion, dass ich nicht anders konnte, als sie darum zu beneiden.

Auf einmal spürte ich eine Hand auf meiner Schulter und drehte mich überrascht um. Svea.

»Endlich tanzt du auch mal«, schrie sie mir ins Ohr. Sie war verschwitzt und hatte sich offensichtlich ausgiebig an der Bar bedient. »Ich bin das Geburtstagskind, ein Tanz mit mir ist Pflicht!«, jaulte sie und drehte sich lachend in meine Arme.

Etwas peinlich berührt drehte ich mich um, aber Chris war verschwunden. Also hüpfte ich ein wenig lustlos mit Svea herum. Sie warf die ganze Zeit ihre Hände in die Höhe und sang lautstark die Lieder mit. Es war mir irgendwie unangenehm, nicht weil sie sich so aufführte, sondern weil ich mich einfach nicht in ihre Stimmung hineinfühlen konnte. Alle anderen waren ähnlich drauf wie Svea, nur ich versuchte, möglichst unauffällig von der Tanzfläche zu flüchten. Ich schaute mich die ganze Zeit nach Chris um. Ein paar Mal hätte ich schwören können, seine blonden Haare in der Menge der Tanzenden zu sehen, aber ich kam nie nah genug heran, um einen richtigen Blick auf ihn zu erhaschen. Wahrscheinlich vergnügte er sich mit der schönen Brünetten.

Plötzlich riss mich Maja aus meiner Trance und fragte mich, ob ich mit ihr auf Toilette gehen würde. Froh, endlich eine Aufgabe zu haben, willigte ich ein und folgte ihr in den kleinen Raum. Es war ein merkwürdiges Gefühl, wieder in helles Licht zu blicken, das nicht flackerte, und ich rieb mir die gereizten Augen. Ich betupfte meine verschwitze Stirn mit nassem Klopapier und schaute Maja zu, wie sie ihren Lippenstift auffrischte. Dabei bemerkte sie nicht, dass sie die Hälfte daneben schmierte. Ich nahm ein Tuch und versuchte, das Lippenstiftdesaster zu beseitigen.

»Wie viel hast du schon getrunken?«, fragte ich sie besorgt, aber sie zuckte nur mit den Schultern.

»Vielleicht zwei, drei Bier.«

Ich grinste und drückte ihr einen Kuss auf die Stirn. Ich hoffte, dass es bei dieser Anzahl blieb.

»Hast du Luca gesehen?«, fragte sie.

Ich schüttelte den Kopf. Luca war ein Junge, der zwei Semester über ihr war. Ich hatte ihn erst ein paar Mal flüchtig gesehen. Maja wollte schon lange etwas von ihm, aber er hatte, soweit ich wusste, seit ein paar Wochen eine Freundin.

»Maja, lass es lieber«, versuchte ich, sie vor einem großen Fehler zu bewahren, aber sie fuhr mich nur an: »Was ist? Ich habe dich doch nur gefragt, ob du ihn gesehen hast, nichts weiter.«

Ich hatte nicht sonderlich Lust auf eine Diskussion und wurde sofort beschwichtigend. Zu gut wusste ich, dass es böse enden konnte, wenn man Maja aufbrachte, und ich wollte nicht, dass wir uns wegen so einer Kleinigkeit stritten. »Tut mir leid, so war das nicht gemeint. Lass uns wieder reingehen.«

Etwas versöhnt stimmte sie zu. Gerade, als wir die Toilette verließen, sah ich Chris, der zusammen mit der Brünetten aus dem Club ging.

»Gehen die etwa schon?«, fragte ich enttäuscht, aber Maja, die meinem Blick folgte, schüttelte den Kopf.

»Manchmal bist du echt naiv, Ella.«

»Was meinst du damit?«, fragte ich sie leicht irritiert, aber Maja lächelte nur verschwörerisch.

Wir stellten uns an die Bar und ich holte mir erneut ein Bier, auch wenn ich bis jetzt noch keines ausgetrunken hatte. Ich stellte mich extra so hin, dass ich die Tür im Blick hatte und sehen konnte, falls Chris reinkam. Maja flirtete mit einem Jungen, der neben ihr stand, aber ich beachtete sie gar nicht. Bei jedem, der reinkam, setzte mein Herz einen Moment aus, doch es war nie Chris' muskulöse Gestalt. Was sie da draußen wohl machten?

Ich war gerade dabei, mir die schlimmsten Fantasien auszumalen, als die beiden wieder reinkamen. Sie gingen sehr langsam, und die Brünette wirkte irgendwie schwerfällig – wenn ich mich nicht irrte, stützte Chris sie sogar etwas. Hinter ihnen kamen drei ganz gut aussehende Jungs herein. Ich erinnerte mich, dass sie unter den Tanzenden gewesen waren, und war froh, dass Chris und das Mädchen wenigstens nicht alleine draußen gewesen waren. Ich wandte mich wieder Maja zu, die gerade auf die Uhr blickte.

»Deine Mutter kommt bald, lass uns noch einmal tanzen«, schlug sie vor, aber mir war die Lust vergangen, und so verschwand sie alleine in der Menge.

Ich beobachtete, wie Chris und die hübsche Brünette sich auf ein Sofa setzten. Sie lachte die ganze Zeit überdreht und benahm sich, als ob sie ihm am liebsten gleich die Klamotten vom Leib reißen würde. Fasziniert beobachtete ich, wie sie sich immer wieder durch die Haare fuhr. Ihre Bewegungen waren ungewöhnlich langsam, sie wirkte wie in Trance. Plötzlich nahm Chris ihren Kopf in seine Hände und blickte ihr tief in die Augen, als ob er sie hypnotisieren wollte. Mit leiser Stimme redete er auf sie ein und hielt dabei ununterbrochen ihren Blick. Die Augen des Mädchens weiteten sich und sie ließ immer wieder ihren Kopf in seine Hände sacken. Verwirrt beobachtete ich das Schauspiel und bemerkte erst verspätet, dass Chris mir etwas zurief. Er fragte mich, ob ich ein Glas Wasser bringen könne, und schnell lief ich zur Bar, um ihm eins zu holen. Doch im Kühlschrank gab es nur alkoholische Getränke. Hektisch suchte ich nach einem Glas, um es mit Leitungswasser zu füllen, aber auch davon gab es weit und breit keine Spur. Ich hatte das Gefühl, dass es um Leben und Tod ging, dass es unglaublich wichtig war, dass das Mädchen Wasser bekam. Ich war den Tränen nahe.

Panisch nahm ich eine Bierflasche, leerte sie und füllte sie im Waschbecken. Dann hastete ich, so schnell ich konnte, zu den beiden hinüber und reichte Chris die Bierflasche. Ruhig nahm er sie entgegen und lächelte mich an. Das Mädchen war wie weggetreten und wiegte sich im Schneidersitz langsam hin und her. Der Junge setzte ihr die Bierflasche an die Lippen und zwang sie zum Trinken. Doch sie ließ das Wasser einfach wieder aus ihrem Mund laufen.

»Bitte, tu mir einen Gefallen und trink!«, sagte er eher streng als gefühlvoll, und in mir keimte die Hoffnung auf, dass zwischen den beiden über eine Freundschaft hinaus nichts lief.

Die Brünette blickte Chris treu in die Augen und schluckte nun endlich.

»Sie hat ein bisschen zu viel getrunken, aber es geht ihr gut. Ich würde fast sagen, es geht ihr mehr als gut«, erklärte Chris zu mir gewandt. Er grinste und entblößte dabei eine Reihe perfekter weißer Zähne. Ich hörte zwar die Anspielung, doch ich verstand sie nicht.

Er bedeutete mir, mich zu setzen, und begann zu plaudern. Ich versuchte, darauf einzugehen, aber es fiel mir schwer, hatte ich doch vor wenigen Augenblicken noch befürchtet, dass seine Freundin sterben würde. Und jetzt unterhielt er sich mit mir über das Wetter.

Ich wollte mich versichern, dass es der Brünetten wirklich gut ging, und musterte sie. Plötzlich blickte sie auf und schaute mir direkt in die Augen. Ihre Pupillen waren unglaublich groß, sie schienen fast das Grün der Iris zu verschlucken. Es war, als schaue man in einen dunklen Brunnen, mit einer so unendlichen Tiefe, dass er gänzlich leer erscheint. Es wirkte, als ob sie mich nicht einmal wirklich ansah, sie schien direkt durch mich hindurchzusehen. Ein eisiger Schauer überlief mich. Durch eine Berührung von Chris wurde ich in die Realität zurückgeholt.

»Ist alles okay bei dir?«

Stumm nickte ich. »Was ist mit ihr?«

Er blickte auf seine Freundin, als wenn er sie schon längst vergessen hätte. Ihre Haut schimmerte fast durchscheinend weiß.

Chris setzte an, mir zu antworten, hielt aber auf einmal inne und sah amüsiert zur Tür hinüber. »Ich wusste gar nicht, dass Svea auf reifere Frauen steht«, grinste er belustigt.

Ich folgte seinem Blick, und was ich da sah, war mein Untergang. Der Teufel höchstpersönlich, entsprungen aus meiner eigenen Hölle. Meine Mutter.

Was machte meine Mutter hier? Mit einem schnellen Blick auf mein Handy überprüfte ich die Uhrzeit. 24.05 Uhr und zehn verpasste Anrufe. War das ihr Ernst?

Schnell sprang ich auf und suchte den Club mit meinen Augen nach Maja ab. Auch sie hatte das Unheil kommen sehen und war schon auf dem Weg zum Ausgang.

»Es tut mir leid, ich muss gehen. Meine Mutter …«, versuchte ich, Chris die Peinlichkeit zu erklären.

Ohne weitere Worte stand er auf und begleitete mich zur Tür. Dass seine Freundin immer noch wie tot auf dem Sofa lag, schien er vollkommen vergessen zu haben. Der Adlerblick meiner Mutter folgte uns, doch Maja war schon bei ihr und so musste sie ihre Aufmerksamkeit auf diese richten, wahrscheinlich vor allem, weil Maja irgendwelches wirres Zeug redete.

Wir blieben in einigem Abstand von der Tür stehen und er umarmte mich zum Abschied. Unfähig, mich zu bewegen, erwiderte ich die Umarmung nur zur Hälfte. Ich fühlte mich wie aus Gummi.

»Ich bin froh, dich kennengelernt zu haben.«

Verblüfft schaute ich ihn an, damit hatte ich nicht gerechnet. Ich war mir nicht sicher, wann ich diese altmodische Wendung das letzte Mal gehört hatte. Wahrscheinlich noch nie. Ich wusste nicht so ganz, was ich dazu sagen sollte, und das Einzige, was ich noch hervorbrachte, bevor ich zu meiner Mutter und Maja hinüberstolperte, war ein gekrächztes »Ja«.

Wir verließen zu dritt den Club, und kaum war ich an der frischen Luft, hätte ich mich ohrfeigen können. Wie konnte man nur so unfähig sein wie ich? Hätte ich nicht einfach sagen können: »Ja, das bin ich auch!«?

Doch ich kam nicht wirklich dazu, länger darüber nachzudenken, denn meine Mutter war sichtlich verärgert. »Wir hatten eine Abmachung, Ella, ich dachte, ich könnte mich darauf verlassen, dass du pünktlich vor der Tür stehst.«

Wir liefen zum Auto, das in einiger Entfernung auf einer Auffahrt stand.

»Es waren nur fünf Minuten!«, versuchte ich mich zu rechtfertigen, aber meine Mutter schien das ganz anders einzuschätzen. »Darum geht es doch gar nicht Ella. Du hast mir versprochen, dass du um 12 Uhr draußen stehen würdest, und das hast du nicht. Wieso sollte ich dich dann noch einmal so lange rauslassen, wenn ich mich nicht auf dich verlassen kann?«

Ich war zu wütend, um darauf zu antworten. Außerdem schien es mir ohnehin keinen Sinn zu machen, denn wenn meine Mutter dachte, dass sie recht hatte, war es ziemlich unvorsichtig, ihr zu widersprechen. Man konnte dabei nur verlieren.

Das Auto war unangenehm warm und ich lehnte meine pochende Stirn an das kühle Fenster. Mir ging es eigentlich ganz gut, ich war nur noch etwas fertig von der lauten Musik und der schlechten Luft. Maja schien es um einiges schlechter zu gehen. Dummerweise versuchte sie auch noch, mit einer Unterhaltung von ihrem Zustand abzulenken.

»Es ist echt nett, dass Sie uns abholen. Es ist ja schon … Wenn man rausschaut, kann man sogar schon die Sterne sehen. Ist das schön. Schaut mal! Ist das dort nicht der große Wagen?«

Ich blickte in das begeisterte Gesicht Majas und musste feststellen, dass es anscheinend nicht bei den drei Bier geblieben war. Meine Mutter starrte verbissen vor sich auf die Straße. Wahrscheinlich versuchte sie genau wie ich, das anstrengende Geplapper auszublenden.

Bei uns zu Hause angekommen, legte sich Maja sofort ins Bett. Ich selbst putzte mir die Zähne und schminkte mich ab. Ich verstand Menschen nicht, die ohne dieses Ritual einschlafen konnten. Danach kroch ich zu Maja unter die Decke und stellte fest, dass sie alles andere als müde war.

»Hast du Luca und Anja gesehen? Ich schwöre dir, er hat sie extra vor mir geküsst. Er wollte mich nur eifersüchtig machen.«

Ich ersparte mir die Mühe, ihr zu sagen, dass ich weder wusste, wer Anja war, noch Luca gesehen hatte, und ließ sie weiterreden. Meine Gedanken schweiften zu Chris. Warum hatte er diese Worte am Ende gesagt? Meinte er sie wirklich ernst, oder sagte er das zu jedem, den er kennenlernte? Wieder dachte ich an die Brünette, wie sie so ganz in sich selbst versunken auf dem Sofa gesessen hatte. Was war mit ihr los gewesen? Und vor allem, warum hatte ihn das so kalt gelassen?

»Ella, ich rede mit dir. Wo bist du nur mit deinen Gedanken? Etwa bei dem Jungen, mit dem du auf dem Sofa gesessen hast?«

Ich war überrascht, dass sie das überhaupt mitbekommen hatte, und erzählte ihr von unserem Abschied.

»Ich will jetzt echt nicht deine Hoffnungen zerstören, aber ich weiß nicht, ob das was zu bedeuten hat. Irgendwie scheint er mir nicht so der Typ zu sein, der …«

Sie schaute mich an und versuchte, Worte zu finden, die mich nicht beleidigten, aber ich beendete den Satz schon selbst.

»… der auf Mädchen wie mich steht. Ich weiß.«

Ihre Lippen verzogen sich zu einem entschuldigenden Lächeln.

»Was hast du auch gedacht? Das war eine Party, du hättest vielleicht was mit ihm haben können, aber du kannst jetzt nicht erwarten, dass das der Grundstein für eine langjährige Beziehung ist. Und außerdem bist du nicht der Typ für was Lockeres. Du brauchst immer einen Plan, und dafür ist er garantiert nicht der Richtige. Du brauchst eher so einen Strebertypen.«

Sie hatte keine Ahnung, wie sehr mich ihre Worte verletzten, auch wenn sie das sicher gar nicht wollte. Bei Maja war das Problem, dass ihre Worte oft schneller waren als ihre Gedanken. Ich wusste, wie viel ich ihr bedeutete, weil sie mir das Gleiche bedeutete, und sie kannte mich wahrscheinlich besser als ich selbst, was auch der Grund dafür war, dass es mich so verletzte, wenn sie mich mal wieder auf den Boden der Tatsachen zurückholte.

Ich konnte sehen, dass Maja ihre Worte sofort bereute. Sie wusste ja, wie sehr ich mir wünschte, eben nicht dieses »langweilige« Mädchen zu sein. Ich war zwar intelligent, aber Intelligenz gehörte schon lange nicht mehr zum Charme-Faktor. Mein Aussehen war durchschnittlich, und es fiel mir ziemlich schwer, auf Fremde zuzugehen. Ich plante tatsächlich *alles*, in meinem Terminkalender gab es normalerweise frühstens in zwei Wochen einen Platz. Also alles in allem kein Partykracher.

Inzwischen hatte Maja schon längst das Thema gewechselt und redete wieder über Luca, doch ich hatte wenig Lust, ihr zuzuhören. Nicht schon wieder, nicht dieses Mal. Normalerweise hörte ich mir immer ihre Probleme an, aber heute war ich mit meinen eigenen Gedanken genug beschäftigt. Ich drehte mich auf die Seite und rekapitulierte den Abend. Ich hatte mir nie vorstellen können, dass mir mal so etwas passieren würde. Dass ich in meinem Bett lag und an einen Jungen dachte, den ich nicht mal wirklich kannte und mit dem ich nicht viel geredet hatte. Ich hatte immer gedacht, dass das nur irgendwelchen Mädchen passierte, die Spaß daran hatten, sich so was einzubilden und alle in ihrer Umgebung damit zu nerven. Seit wann gehörte ich zu denen? Immer und immer wieder ging ich den Abend durch, jeden kleinsten Satz, den Chris zu mir gesagt hatte. Irgendwann fiel ich in einen unruhigen Schlaf.

*

Ich wachte von dem Gestöhne Majas auf, die sich hin und her wälzte. Die Sonnenstrahlen schienen hell durch meine Vorhänge. Verschlafen schaute ich auf die Uhr. Schon 10 Uhr, das war erstaunlich spät für meine Verhältnisse. Ich rappelte mich auf und ging nach unten, wo meine Mutter bereits am Küchentisch saß.

»Na, gut geschlafen?«, fragte sie, ohne von der Zeitung aufzublicken.

Ihre Haare waren noch nass von der Dusche, und ihr Gesicht strahlte eine Frische aus, die mich darauf schließen ließ, dass sie bereits Joggen gewesen war. Ich setzte mich zu ihr.

»Ja, eigentlich schon. Ist Papa wach?«, erkundigte ich mich, denn langsam bekam ich Hunger.

»Er ist gleich fertig im Bad, dann können wir essen. Dein Bruder müsste eigentlich auch gleich aufstehen, aber du kannst ja schon mal den Tisch decken.«

Als alle endlich so weit waren – auch Maja war inzwischen wach –, standen die Zeiger bereits auf 12 Uhr. Ich schaute auf die Berge an Essen, die meine Mutter mal wieder aufgetischt hatte, und musste unwillkürlich an die Figur der Brünetten denken. Meine Waage zeigte inzwischen 52,7 Kilo an, aber irgendwie schien es nicht mehr weniger zu werden. Vielleicht war ich zu inkonsequent? Ich beschloss, noch weniger zu essen, schob Übelkeit vor und blieb bei einer halben Grapefruit.

»Zu viel gefeiert gestern, was?«, witzelte meine Bruder. Mein Mutter warf uns beiden einen tadelnden Blick zu.

Die Zeit zog sich unendlich lange hin, und ich freute mich schon auf den Moment, wenn ich alleine auf meinem Bett liegen und lesen konnte. Ich liebte es, in das Leben von anderen Menschen zu entfliehen, und dieses Mal war es das Leben des Dorian Gray. Ich sehnte mich nach den unmoralischen Worten Lord Henrys, der mich wie kein anderer zum Nachdenken brachte.

Doch Maja schien es gar nicht in den Sinn zu kommen, mich alleine zu lassen. Ich war irgendwie ein wenig sauer auf sie, auch wenn ich selbst noch nicht genau wusste, woran das lag. Sie legte sich auf mein Bett und tippte auf ihrem Handy rum, während ich meinen Computer startete. Ich öffnete Facebook und schaute nach meinen Nachrichten. Ich hatte keine einzige. Nur eine Freundschaftsanfrage. Chris Miel. Das Profilbild zeigte zwei blaue Augen – wie das Meer in der Karibik – und einen Jungen wie vom Werbeplakat. Wie hatte er mich gefunden? War er auf Facebook die Einladungsliste zu Sveas Geburtstagsparty durchgegangen? Oder hatte er sie gefragt, wie ich hieß?

Schnell drückte ich auf »Annehmen« und schaute mir seine Pinnwand an. Tausende Einträge von hübschen Mädchen, die sich entweder auf »morgen« freuten oder ganz viele »<3« zu verschenken hatten. Meine Hoffnung sank mit jedem Eintrag, den ich las.

Ich spürte, wie sich Maja über meine Schulter beugte.

»Wieder der Junge von gestern?«

Ich nickte.

Sie klickte sich durch seine Bilder. »Heiß.«

Sie grinste und ich verdrehte die Augen.

»Ella, es tut mir leid wegen gestern, es sollte nicht so klingen, als wenn ich mich nicht für dich interessieren würde. Es ist nur …«, sie holte tief Luft, »ich weiß nicht, ich will einfach nicht, dass du verletzt wirst.«

Ich gab ihr einen Kuss auf die Wange. »Das weiß ich doch, und du hattest auch irgendwie recht. Es war nur eine Feier, aber trotzdem …«

Ich wurde mitten im Satz von einem »Plopp« unterbrochen: Eine Nachricht von Chris Miel.

Verwirrt schaute ich Maja an. »Er hat mir geschrieben.«

Sie lachte erstaunt auf. »Jetzt nicht wirklich, oder?« Schnell rückte sie gleich noch ein wenig näher, um besser mitlesen zu können.

Hey. Ich wollte mich noch mal für gestern bedanken, dass du mir mit Vivien geholfen hast.

Mein Mund fing ganz von alleine an zu grinsen.

»Schau nicht so doof, schreib zurück!«, befahl Maja, die sich sichtlich mit mir freute.

Das ist doch selbstverständlich, ich hoffe ihr geht es besser, tippte ich aufgeregt in die Tasten. Nach einem kurzen Blick auf Maja, die mir ihr Okay gab, schickte ich die Nachricht ab.

Es dauerte nicht lange und ich bekam die nächste Nachricht. Maja hatte sich inzwischen einen Stuhl an den Schreibtisch herangezogen und trommelte ungeduldig mit einem Stift auf das Holz.

Wie fandest du es gestern?

Ich brauchte einige Zeit, bis ich eine Nachricht zustande gebracht hatte, die auch Majas Ansprüchen genügte. Ich war froh, dass sie mir half, da meine Antwort ihn sonst wahrscheinlich sofort in die Flucht geschlagen hätte.

Wir schrieben noch den ganzen Tag, und Maja blieb bis 20 Uhr, um mich zu unterstützen. Sie mochte manchmal ihre kleinen Eigenheiten haben, aber man konnte sich wirklich immer auf sie verlassen. Nachdem sie sich von mir verabschiedet hatte, kam ich mir auf einmal richtig verlassen vor. Hatte ich mich ein paar Stunden zuvor noch danach gesehnt, alleine zu sein, war es mir nun, als ob irgendwas fehlen würde.

Ich wollte gerade den Chat mit Chris beenden, als er mich fragte, ob ich mich mit ihm treffen wolle. Mein Herz schlug so schnell, dass ich mir sicher war, dass es jeden 100-Meter-Sprint gewinnen würde. Da ich vorher keine Zeit hatte, verabredeten wir uns für Freitag nach der Schule am Alexanderplatz, und glücklich schaltete ich sowohl den Computer als auch das Telefon aus.

*

Am Montag hatte ich überhaupt keine Lust, wieder in die Schule zu gehen, was zum einen daran lag, dass es eben Montag war und somit der schrecklichste Tag in der Woche, und zum anderen daran, dass es genau die Zeit war, wo den Lehrern schrecklicherweise auffiel, dass sie schrecklicherweise noch gar nicht so weit gekommen waren mit dem Unterrichtsstoff, wie sie sich das eigentlich vorgestellt hatten. Schrecklicherweise geschah dies jedoch jedes Mal ein paar Wochen vor den Ferien.

Ich erzählte gerade einer Freundin aus meiner Klasse von der Feier, als es zur Stunde klingelte und sich unsere Wege trennten, da ich Französisch und sie Italienisch gewählt hatte. Das war der einzige Unterricht, den wir klassenübergreifend hatten. Im Französischraum herrschte ein großer Tumult, alle hatten sich um ein Stück Papier gedrängt, das den neuen Sitzplan zeigte. Als sich die Schar aufgelöst hatte, erhaschte ich einen Blick auf das Blatt, das mir verriet, dass ich neben Alex saß. Ich ließ mich neben ihn auf den leeren Stuhl in der letzten Reihe fallen und wartete darauf, dass er irgendeine Reaktion zeigte, aber nichts dergleichen geschah. Mir fiel auf, dass ich mit Alex fast noch nie ein Wort geredet hatte, außer, wenn wir mal in einer größeren Gruppe zusammen gewesen waren. Sowieso bekam man ausgesprochen wenig von ihm mit, er war eher ruhig, wurde aber trotzdem von allen respektiert und hatte, so weit ich wusste, eigentlich auch ganz gute Freunde.

Er wirkte erstaunlich blass und sein Gesicht war von tiefen Augenringen gezeichnet. Vielleicht hatte er einfach nur schlecht geschlafen. Oder er hatte zu viel gekifft. Alle in der Schule wussten, dass Alex kiffte. Ich beschloss, ihn lieber in Ruhe zu lassen, schließlich war es Montag. Französisch war das einzige Fach, in dem ich teilweise wirklich Mühe hatte mitzukommen. Wenn ich ein Mal nicht aufpasste, fiel es mir in der nächsten Stunde schon schwer, wieder alles zu verstehen, und folglich gab ich mir in diesem Fach besonders Mühe. Dass mein Sitznachbar nicht so gesprächig war, kam mir also eigentlich ganz gelegen.

Die nächsten Tage waren von keinen besonderen Ereignissen gezeichnet. Davon abgesehen, dass wir drei Arbeiten schrieben, herrschte keine große Aufregung. Ich wollte nur, dass der Freitag kam, aber gleichzeitig fürchtete ich mich auch davor. Langsam keimten in mir Zweifel. Ich fragte mich, warum sich Chris überhaupt mit mir treffen wollte. War es vielleicht nur eine dumme Wette? Würde er tatsächlich zum Alex kommen oder würde ich dort verzweifelt auf ihn warten?

Ich hatte die ganze Woche kaum etwas gegessen, die Waage zeigte 52,4 Kilo an, aber mein Gefühl sagte mir, dass ich bestimmt doppelt so viel wog, und jedes Mal, wenn ich in den Spiegel schaute, bestätigte er mir, wie wenig ich die Beachtung auch nur irgendeines Jungen verdient hatte. Und Chris war leider mehr als irgendein Junge.

Es war Freitag und meine gesamten Gedanken waren nur auf den Nachmittag ausgerichtet. In der Schule schrieb ich mir mit Maja Nachrichten, und sie versuchte, mich aufzubauen. Doch Worte wie »Sei einfach du selbst« machten mich eher noch nervöser, wusste ich doch gar nicht, wie ich selbst war. Die letzten Stunden zogen sich schier endlos hin und als ich endlich in der S-Bahn saß, überprüfte ich alle paar Sekunden nervös mein Aussehen in meinem kleinen Handspiegel. Ich kam mir zwar selbst lächerlich vor, aber daran konnte ich auch nichts ändern. Ich hatte meine Lieblingsjeans an und ein lockeres schwarzes T-Shirt, das, wie ich hoffte, meinen Bauch kaschierte.

Chris hatte mir seine Nummer gegeben, falls wir uns verpassen sollten, und ich umklammerte mein Handy, als wäre es eine Rettungsboje. Die schmale Anzeigetafel ließ mich wissen, dass die nächste Station Alexanderplatz war, und mit zitternden Knien stand ich auf. Ich machte die Musik aus und nahm die Kopfhörer aus dem Ohr, damit ich mich besser konzentrieren konnte. Mein Orientierungssinn war sowieso nicht der beste. Chris hatte mir geschrieben, dass er an der Weltzeituhr warten würde, und auch, wenn ich nicht oft am Alex war, wusste ich wenigstens die ungefähre Richtung.

Schon vom Weitem erkannte ich seine Gestalt und mein Herz machte einen kleinen Hüpfer. Er war tatsächlich gekommen! Ich bemühte mich um einen besonders lässigen Gang, geriet dabei aber in ein so merkwürdiges Hüpfen, dass ich das mit dem Lässigsein schnell wieder ließ. Wenigstens schien Chris es nicht bemerkt zu haben, denn er unterhielt sich noch mit einem anderen Jungen. Kaum sah er mich, unterbrach er sein Gespräch und der andere Junge verschwand.

Er umarmte mich zur Begrüßung, und mich umhüllte ein Geruch, der mich an irgendjemanden erinnerte, aber ich kam nicht darauf, an wen.

»Er hätte doch nicht gehen müssen«, sagte ich.

Chris schien zunächst nicht zu wissen, wen ich meinte, und schaute etwas verwirrt, aber dann verstand er und lachte. »Nein, das ist kein Problem. Ich kenne ihn sowieso nur geschäftlich.«

Bevor ich nachfragen konnte, was er mit »geschäftlich« meinte, wechselte er schnell das Thema.

»Ich habe mir gedacht, wir gehen hier in der Nähe in ein kleines Café. Da gibt es auch was zu essen, du hast doch wahrscheinlich Hunger, wenn du gerade aus der Schule kommst, oder?«

Ich wollte schon widersprechen, als mir auffiel, wie dämlich die Begründung, ich wolle auf meine Figur achten, klang. Also stimmte ich zu. Wir kamen an einem Tabakladen vorbei, und er fragte mich, ob ich rauche. Ich verneinte, und er erzählte mir, dass er auch aufhören wolle. Es war angenehm, sich mit ihm zu unterhalten, wir redeten in kürzester Zeit über alle möglichen Themen. Wir quatschten übers Rauchen, Trinken, Probleme mit den Eltern, Schule, Politik, Musik … Mit ihm war alles so leicht. Es fühlte sich an, als hätten wir überall die gleiche Meinung, und ich bemerkte überhaupt nicht, wie schnell die Zeit verging.

Es war schon dunkel geworden, als wir das Café verließen. Ich hatte ein schlechtes Gewissen, weil ich zu dem Salat ein Brötchen gegessen hatte, aber ich beschloss, morgen einfach auf das Frühstück zu verzichten. Chris und ich gingen gemeinsam zur S-Bahn. Er schien genau zu wissen, wo wir lang mussten, und auch wenn ich das Gefühl hatte, dass er den falschen Weg ging, vertraute ich ihm. Plötzlich löste sich eine dunkle Gestalt von einer Wand und kam direkt auf uns zugeschlendert. Ich erschrak, aber Chris blieb stehen und begrüßte die Gestalt mit Handschlag. Es handelte sich um einen jungen Mann, der vielleicht um die zwanzig war und irgendwie eine gefährliche Ausstrahlung hatte. Er redete leise auf Chris ein, aber ich konnte nichts verstehen. Es war schwer, den Tonfall zu definieren, aber er klang weder besonders freundlich noch bedrohlich. Sie schlugen erneut ein und Chris und ich gingen weiter. Ich versuchte, meine Neugierde zu zähmen und nicht nachzufragen, aber es fiel mir schwer. Plötzlich herrschte zum ersten Mal eine unangenehme Stille zwischen uns. Als Chris wenig später erneut von einer Gruppe Jugendlicher begrüßt wurde, erreichte meine Neugierde ein fast unerträgliches Level. Woher kannte er so viele Leute hier? Wohnte er in der Nähe oder war er hier einfach oft unterwegs? Er schien eine Erklärung aber nicht für nötig zu halten und redete stattdessen darüber, wie schön Berlin doch bei Nacht sei. Ich stimmte ihm zu, merkte jedoch an, dass es durchaus seine gefährlichen Seiten haben konnte.

»Das mag stimmen, aber wenn man in Berlin wohnt, muss man eigentlich keine Angst vor der Nacht haben. Du musst nur die richtigen Leute kennen und wissen, wo du aufpassen musst, dann kann dir eigentlich nichts passieren. Das Einzige, was du nicht tun darfst, ist Angst zu zeigen. Das ist wie mit wilden Hunden.«

Er schaute mich mit seinen wunderschönen Augen an und ich glaubte ihm aufs Wort. Ich konnte einfach nicht mehr an mich halten und stellte ihm die Frage, die mich die ganze Zeit beschäftigte.

»Was waren das für Leute, die dich vorhin begrüßt haben?«

Er lächelte, inzwischen fühlte sich dieses Lächeln schon so vertraut an, dass mein Herz sich relativ schnell wieder beruhigte.

»Das waren Kunden.«

So wie er es sagte, war klar, dass er dachte, ich wüsste, wovon er redete. Aber ich wollte diesmal wirklich verstehen, worum es ging, auch wenn er mich danach als dumm abstempeln würde.

»Kunden?«

»Du weißt es nicht?«, fragte er ungläubig, doch als er meinen leicht beschämten Gesichtsausdruck sah, redete er sofort weiter.

»Nein, tut mir leid, woher solltest du es auch wissen? Wir haben ja nicht die gleichen Freunde, aber ich dachte, spätestens nach Sveas ungeschickter Ankündigung hätte es jeder gewusst. Ich deale mit Gras.« Er machte eine Pause und studierte meine Reaktion.

Ich versuchte, mir meinen Schock nicht anmerken zu lassen. Deswegen also »geschäftlich«. Und jetzt verstand ich auch, was Svea in ihrer Einladung mit »Bestellungen« gemeint hatte. Sie hatte Gras gemeint. Grasbestellungen, die sie dann an Chris weitergegeben hatte. Langsam fügte sich alles zusammen. Wie naiv ich gewesen war, ich hätte es schon viel früher bemerken müssen.

»Ich finde, so siehst du aber überhaupt nicht aus«, stellte ich, vielleicht etwas ungeschickt, fest.

»Wie sehen denn sonst deine Dealer aus?«, fragte er verblüfft. »Tragen sie ein Hanfblatt am Revers, oder was?«

Ich grinste über die Vorstellung. Irgendwie schien die Tatsache, dass er mit Gras dealte, nicht viel zu verändern.

»Ich habe noch nie gekifft«, gab ich nach einer kurzen Weile kleinlaut zu. Es ärgerte mich, dass das wie ein Schuldgeständnis klang, war es ja eigentlich nichts, was einem peinlich sein musste.

Zuerst wirkte er sehr erstaunt, doch er hatte sich schnell wieder gefangen. »Das ist auch nichts, was man machen muss. Ich beneide dich sogar dafür, dass du es nie getan hast, denn dann kennst du nicht dieses Gefühl von Unbeschwertheit, und du vermisst es auch nicht.«

Ich war froh, dass er so reagierte, und fühlte mich auf eine verdrehte Art und Weise von ihm akzeptiert. Irgendwie hatte ich Angst gehabt, dass er mich dazu drängen würde zu kiffen. Er brachte mich bis zur S-Bahn-Station, da er sich sowieso noch mit ein paar Freunden in der Nähe treffen wollte, und wir verabschiedeten uns.

Es waren höchstens ein paar Stationen vergangen, als mein Handy schon vibrierte: *Es war ein schöner Tag, wann hast du wieder Zeit?*

Ich musste lächeln und schrieb ihm zurück: *Fand ich auch. Schlag du einen Tag vor.*

Zehn Sekunden später erschien auf meinem Handy ein einziges Wort: *Bald.*

KAPITEL 3

Ich kann allem widerstehen, nur der Versuchung nicht.

Oscar Wilde

Während der nächsten Tage drehten sich all meine Gedanken um Chris. Bei allem, was ich tat, dachte ich daran, was er dazu sagen würde. Dadurch kam es mir bald so vor, als ob ich ihn wirklich kennen würde, obwohl ich ihn ja eigentlich erst zwei Mal getroffen hatte. Bis auf die SMS unmittelbar nach unserer Verabredung hörte ich ein paar Tage lang gar nichts mehr von Chris, und ich begann, mir Sorgen zu machen. Sicher war er zu dem Schluss gekommen, dass ich einfach zu langweilig für ihn war. Dass er Gras verkaufte, schreckte mich gar nicht so ab, wie ich gedacht hätte. Ich hatte mir Dealer aber auch immer ganz anders vorgestellt als Chris.

In meiner Familie herrschte in diesen Tagen eine noch angespanntere Stimmung als sonst, warum, konnte ich mir nicht ganz erklären. Mein Bruder lernte viel für sein Medizinstudium, meine Eltern arbeiteten und ich ging allen so gut wie möglich aus dem Weg, da sich ihre gereizte Stimmung mit meiner nicht gut vertrug. Auf die gemeinsamen Abendessen verzichtete ich mit der Ausrede, dass ich schon gegessen hätte, nicht nur, weil ich mich ohnehin zu dick fand, sondern auch, weil ich keine Lust auf die gezwungene Konversation bei Tisch hatte.

Der Alltag war auch ohne den Stress zu Hause anstrengend genug. Die Arbeiten und Hausaufgaben häuften sich und ich hatte Mühe, hinterherzukommen. Ich war viel zu sehr damit beschäftigt, mir über alles Mögliche Gedanken zu machen oder alle paar Sekunden auf mein Handy zu schauen, um zu sehen, ob mir Chris geschrieben hatte. Vierundzwanzig Stunden waren einfach nicht genug, um den Spagat zwischen Familie, Freunden und Schule zu schaffen.

Ich fing an, mein Sozialleben zu vernachlässigen, was aber nicht weiter schlimm war, da es meinen Freunden ja ähnlich ging wie mir und auch mein Bruder und meine Eltern offenbar mit sich selbst beschäftigt waren. Ich traf mich höchstens noch manchmal mit Maja, die es immer wieder schaffte, mich aufzubauen, wenn ich wegen der Schule gerade mit den Nerven am Ende war. Zwar war es nur die zehnte Klasse, aber wenn ich die schon nicht mit einem perfekten Abschluss machte, wie sollte dann mein Abi aussehen?

Anscheinend hatte Chris eine andere Definition von »bald« als ich, denn es waren bereits drei Wochen vergangen, als er sich wieder bei mir meldete. Es war ein kühler Samstagabend, und ich hatte mich schon auf einen entspannten Filmabend eingestellt, als eine SMS von ihm kam.

Hast du heute Abend Zeit?

Ich wollte ihm schon zurückschreiben, dass ich bereits etwas vorhatte, als mir auffiel, dass ich auf diese Weise nie etwas erleben würde. Ein Mensch, der seine Abende alleine im Pyjama vor dem Fernseher verbrachte, konnte nicht aufregend sein. Also schrieb ich nur ein kurzes *Ja* zurück und wartete ungeduldig auf seine Antwort.

Kannst du zum Potsdamer Platz kommen? Ich hole dich dann dort ab.

Seine SMS hatte eine Wirkung wie ein Startschuss und ich schminkte mich in Windeseile, zog mich an und packte meine Sachen zusammen. Ich schaute noch einmal auf mein Handy.

Schaffst du es bis 9 Uhr?

Ein Blick auf die Uhr sagte mir, dass es bereits zwanzig nach acht war.

Ja, ich versuche es.

Schnell stolperte ich die Treppe hinunter und für einen kurzen Moment wurde alles schwarz. Ich versuchte, mich zu erinnern, wann ich das letzte Mal etwas gegessen hatte, und merkte, dass das gestern Abend gewesen war. Einen Apfel.

Meine Eltern waren auf irgendeinem Geschäftsball und so schrieb ich ihnen nur schnell einen Zettel, dass ich bei Maja schlief. Mir fiel auf, dass ich nicht wusste, wo ich nun wirklich schlafen sollte, aber ich beschloss, mir später darüber Sorgen zu machen. Ich schnappte mir noch eine Wasserflasche und machte mich dann auf den Weg. Als ich aus der S-Bahn stieg, wartete Chris schon auf mich, und als er mich sah, lächelte er.

»Ich bin so froh, dass du heute mitkommst, sonst würde es sterbenslangweilig werden.«

Er umarmte mich und ich atmete einen mir irgendwie vertrauten Geruch ein, den ich aber nicht so recht einordnen konnte.

»Was hast du denn vor?«, fragte ich ihn und hoffte, dass er die Angst in meiner Stimme nicht hörte.

»Wir treffen uns mit ein paar Freunden bei Felix. Kennst du Felix? Das war der große Schwarzhaarige, er war, glaube ich, auch bei Svea. Jedenfalls wird es nichts Großes, nur ein paar entspannte Leute und ein bisschen Musik.«

Ich lauschte seinen Worten und hatte Mühe, mich zu konzentrieren.

»Klingt doch gut, aber warum fragst du mich dann? Ich kenne da doch niemanden.« Ich fürchtete mich ein wenig vor so vielen unbekannten Menschen, ich kannte ja noch nicht einmal Chris so gut.

»Weil ich dich sehr gerne in meiner Nähe habe. Du bist das erste Mädchen, mit dem ich über alles reden kann. Ich habe mit dir über Politik geredet und du schienst dich ernsthaft dafür zu interessieren. Du bist intelligent, und mir macht es Spaß, mich mit klugen Menschen zu umgeben, denn davon gibt es eindeutig zu wenige.«

Ich musste mich sehr zusammenreißen, um nicht zu grinsen. Die Welt erschien mir auf einmal tausendmal schöner. Aber meine Zweifel waren trotzdem nicht ganz weggewischt. Wenn er mich so toll fand, warum hatte er sich dann nicht früher gemeldet?

Doch bevor ich ihn deswegen zur Rede stellen konnte, fuhr er schon fort: »Wenn du heute Abend dabei bist, ist es mir egal, wer noch kommt und wie sich die anderen benehmen. Es kann nichts passieren. Notfalls setzen wir uns irgendwo alleine hin und unterhalten uns.«

Seine Worte nahmen mir sofort meine Angst und ich konnte mich endlich auf den Abend einlassen. Er hatte recht, was konnte schon groß geschehen? Er war bei mir und ich fühlte mich bei ihm sicher, alles andere war egal. Wir fuhren noch ein paar Stationen mit dem Bus und er führte mich durch verschiedene Nebenstraßen. Die Dämmerung hatte bereits eingesetzt und ein Kribbeln überfuhr meine Haut. Ich war gespannt, was der Abend bringen würde, wie die Leute sein würden und ob ich mich gut mit Chris verstehen würde. Es war komisch, dass ich mich ihm so nah fühlte, obwohl wir uns kaum kannten und auch nicht wirklich etwas zwischen uns vorgefallen war. Je weiter wir gingen, desto einfacher wurden die Häuser und es gab immer weniger Straßenlaternen. Chris und ich gingen so eng nebeneinander, dass sich unsere Hände streiften, aber ich versuchte, mir nicht einzubilden, dass das irgendwas zu bedeuten hatte.

Wir bogen in eine Straße ein und schon von Weitem konnte ich die Musik hören. Langsam begann ich daran zu zweifeln, dass die Feier so klein war, wie Chris versprochen hatte. Das Haus, auf das wir zusteuerten, wirkte etwas heruntergekommen und auch nicht sonderlich groß. Das schwache Licht, das aus dem Fenster auf die Straße fiel, gab dem Ganzen etwas leicht Gruseliges. Ich zog meine dünne Jacke enger um mich und folgte Chris in den Garten. Das

Gras schien seit Ewigkeiten nicht mehr gemäht worden zu sein, es ging mir fast bis zum Schienbein. Einige Leute standen in Grüppchen im Garten, rauchten, tranken und plauderten. Sie wirkten alle so um die zwei, drei Jahre älter als ich, vielleicht waren sie ungefähr in dem Alter meines Bruders.

Chris schien die meisten zu kennen und begrüßte die Jungen mit Handschlag, die Mädchen mit Küsschen. Ich folgte ihm wie ein Hund beziehungsweise stand wie der größte Idiot daneben und lächelte schüchtern. Er fragte einen Jungen, der ganz in Schwarz gekleidet war, ob er wisse, wo Felix sei, aber der zuckte nur mit den Schultern. Chris berührte mich leicht am Rücken und führte mich ins Haus. Drinnen war es erstaunlich warm und es roch nach etwas, was ich nicht ganz zuordnen konnte, aber der Geruch war definitiv nicht unangenehm. Auf dem Boden lagen überall Bierflaschen oder sonstige Getränkebehältnisse verstreut und einmal stolperte ich über einen leeren Pizzakarton. Es waren um die vierzig Leute da. Aber dadurch, dass sie sich überall im Haus zerstreut hatten, waren es in den einzelnen Räumen tatsächlich nur »kleine Runden«. Es lief leise Musik, Techno, aber nicht dieser typische Techno, sondern weniger aggressiv. Wir gingen an der Küche vorbei, wo ein paar Jungen und Mädchen auf der Arbeitsfläche saßen und ein großes Gefäß mit einem Schlauch daran untereinander weitergaben. Sie zogen abwechselnd an dem Schlauch und pusteten dann dicken weißen Rauch aus, der die Form von Ringen hatte. Fasziniert starrte ich sie an, ich glaubte mich zu erinnern, dass ich das schon mal in einem Film gesehen hatte. Einer von denen, die auch auf der Küchenplatte saßen, sprang auf, als er Chris sah, und kam uns entgegen. Dabei wackelte die glühende Kohle, die auf einem Stück Alufolie auf dem Gefäß lag, gefährlich.

»Chris, schön, dass du dich auch mal blicken lässt. Wollt ihr auch shishan?«

Er schaute Chris fragend an, worauf der den Kopf schüttelte.

»Erst mal nicht. Ich suche Felix, hast du ihn gesehen?«

»Klar, er sitzt, glaube ich, auf dem Sofa.«

Chris hatte Felix schnell entdeckt und führte mich zu einer dreckigen Couch, deren rote Farbe man nur noch erahnen konnte. Wir setzten uns zu den anderen und ich erkannte unter ihnen die Brünette, Vivien, wieder. Einmal mehr erstaunte es mich, dass Chris anscheinend nur schöne Freunde besaß, und ich fühlte mich irgendwie fehl am Platz. Er begrüßte alle der Reihe nach und stellte mich dann vor. Ich lächelte schüchtern in die Runde, aber alle erwiderten mein Lächeln warm und ich fühlte mich auf der dreckigen Couch sofort geborgen. Nur Vivien schien sich an meiner Anwesenheit zu stören. Unablässig musterte sie mich mit einem hochnäsigen Blick. Felix machte andere Musik an, irgendein Genre, das ich noch nie gehört hatte. Man konnte die Stimmung, die herrschte, nicht beschreiben, sie war anders, irgendwie besonders. Ich habe mich schon immer gefragt, was genau der Unterschied zwischen »anders« und »besonders« sein soll. Ist nicht alles, was anders ist, auch besonders? Und alles Besondere nicht auch irgendwie anders?

Das Mädchen, das neben mir saß, begann mit mir ein Gespräch und ich erinnerte mich, dass sie Nina hieß. Sie schien sehr nett zu sein, und auch wenn sie ab und zu den Faden verlor, war es angenehm, sich mit ihr zu unterhalten. Gedankenverloren griff sie nach einer Flasche mit irgendeinem durchsichtigen Zeug darin und goss zwei Shotgläser bis zum Rand voll. Dann reichte sie mir, ohne zu fragen, eines davon und hielt das andere zum Anstoßen hoch. Es ging alles so schnell, dass ich, ohne zu überlegen, meines an ihres stieß und die Flüssigkeit in meinen Rachen kippte. Ein unangenehmes Brennen breitete sich in meinem Hals aus. Ich spürte, dass Chris' Blick auf mir ruhte und schaute hoch.

»Was hat Nina an sich, dass immer alle mit ihr trinken, aber nicht mit mir?«, tat er beleidigt und ich musste lachen. Nina verstand das als Aufforderung und schenkte dieses Mal drei Gläser ein.

»Ihr müsst sowieso noch einiges aufholen.«

Mit diesen Worten reichte sie Chris und mir unsere Gläser und wir tranken erneut. Es fühlte sich gar nicht mehr so ekelhaft an und ich schaffte es, den Shot wegzukippen, ohne mein Gesicht dabei zu verziehen. Nach der sechsten Runde, fing es sogar an, mir ziemlich gut zu schmecken, und ich verstand auf einmal, was alle so mochten am Alkohol. Ich fühlte mich losgelöst, klug und sexy zugleich. Die Stimmung wurde immer entspannter und Felix begann, sich eine unglaublich lange Zigarette zu drehen. Fasziniert beobachtete ich, wie seine Zunge geschickt über den Klebestreifen fuhr. Irgendwas war merkwürdig an der Zigarette und ich fragte Chris kichernd danach. Er schaute kurz auf und musste lachen.

»Das ist keine Zigarette, er baut einen Joint.« Er musterte mich kurz, offenbar erfreut über meine Unwissenheit. Dann wandte er sich an Felix: »Jetzt schon? Ich dachte, wir bleiben erst mal beim Trinken, lass uns lieber später buffen.«

Auch wenn es eher wie ein Rat klang, wirkte es auf Felix anscheinend wie ein Befehl, jedenfalls drehte er sofort die überdimensionale Zigarette vorne zu und steckte sie sich hinters Ohr. Nina fragte mich, ob ich mit ihr tanzen würde, und wir kippten noch einen Shot, bevor wir die Musik lauter stellten und uns dazu bewegten. Wir waren die Einzigen, die tanzten, doch anders als sonst störte mich das überhaupt nicht. Ich tanzte an diesem Abend nicht für andere, sondern für mich selbst, und das war ein schönes Gefühl. Ich merkte auch, dass ich mich trotz meiner Entspanntheit immer noch vollkommen unter Kontrolle hatte, und war froh, dass ich anscheinend die Trinkfestigkeit meines Vaters geerbt hatte. Als das Lied endete, ließ ich mich wieder neben Chris auf das schmutzige Sofa fallen. Er strich mir sanft eine Haarsträhne aus dem Gesicht, behielt sie zwischen seinen Fingerspitzen und betrachtete sie.

»Ich liebe deine Haare, Ella.«

Es war das erste Kompliment in meinem Leben, das mich tatsächlich erreichte. Ich schaute ihm in die Augen und wollte etwas erwidern, aber ich wurde von Felix unterbrochen. »Chris, haust du an?«, platzte er in die Situation und zerstörte so die Nähe zwischen Chris und mir.

Chris wandte sich widerstrebend von mir ab und nickte. Er nahm den Joint entgegen und zückte sein Feuer.

»Warum machst du es nicht selbst?«, fragte er etwas verwundert, aber Felix zuckte nur mit den Schultern.

Chris fackelte die Spitze ab und zündete den Joint dann an. Der Rauch, den er nach einiger Zeit auspustete, war dicker, als ich erwartet hatte, und die Schwaden zogen sich zusammen, sodass ich mir einbildete, darin ein Gespenst zu erkennen. Er nahm noch ein paar Züge und reichte ihn dann an mich weiter. Ich schüttelte den Kopf, doch er meinte nur, dass ich nicht mehr machen müsse, als daran zu ziehen und den Rauch einzuatmen.

»Wenn du es mal ausprobieren möchtest, würde ich es jetzt und hier tun. Sonst machst du es vielleicht irgendwann mit Menschen, die du überhaupt nicht kennst, und dann können sie dir nicht helfen. Hier bist du bei mir, hier kann dir nichts passieren.«

Seine Worte erschienen mir absolut logisch, erst viel später bemerkte ich, dass ich nie vorgehabt hatte, es überhaupt irgendwann zu tun. Und sein Argument setzte genau das ja eigentlich voraus. Vorsichtig nahm ich also den Joint entgegen und führte ihn an meinen Mund. Ich zog daran und pustete den Rauch sofort aus. Keine Ahnung, was daran so besonders sein sollte, ich spürte jedenfalls keine Wirkung.

»Du paffst«, erklärte mir Chris. »Du musst den Rauch richtig in deine Lunge ziehen.«

Ich tat, wie mir geheißen, und sofort verspürte ich einen Hustenreiz, den ich jedoch erfolgreich bekämpfte. Sicherheitshalber gab ich den Joint lieber weiter. Inzwischen war ein zweiter angezündet worden, der in entgegengesetzter Richtung herumging. Mir wurde etwas schlecht, aber ich versuchte, mir nichts anmerken zu lassen. Als der zweite Joint bei mir ankam, nahm ich ihn entgegen, zog einmal daran und wollte ihn weitergeben, aber Nina lächelte mich an und meinte, dass ich das nicht brauche, da es eine »Drei-Zug-Runde« sei. Ich ging davon aus, dass das bedeutete, dass man dreimal am Joint ziehen durfte. Meine Intelligenz machte sich mal wieder bezahlt. Im Nachhinein ist es natürlich albern, aber in dem Moment war ich tatsächlich stolz darauf, dass ich, ohne zu fragen, darauf gekommen war. Bei der vierten Runde fühlte sich der Qualm im Mund ziemlich heiß an und ich musste unwillkürlich husten. Ich wollte den Joint schnell weitergeben, doch Felix schüttelte den Kopf.

»Er ist tot.«

Angstvoll schaute ich zu Chris, aber dem schien es ziemlich gut zu gehen. Was meinte er damit, dass er tot war? Eigentlich sahen doch alle ziemlich lebendig aus oder zumindest noch lebend. Chris nahm mir den Jointstummel aus der Hand und legte ihn in den Aschenbecher. Er hatte meinen verwirrten Blick gesehen und schmunzelte.

»Der Joint ist tot. Das heißt, dass er aus ist«, erklärte er mir wie einem kleinen Kind.

Ich fand es ziemlich absurd, einen Joint so zu personalisieren. Wer tot sein konnte, musste vorher gelebt haben, und einer überdimensionalen Zigarette eine solche Bedeutung zuzumessen, erschien mir etwas übertrieben.

Chris drehte sich eine Zigarette und fragte mich, ob ich kurz mit ihm rausgehen würde. Ich nickte und versuchte, mich zu erheben, aber alles um mich herum drehte sich. Es fühlte sich an, als wäre ich in einem kleinen Ruderboot auf unruhiger See. Chris hielt mir seinen Arm hin und ich stützte mich darauf, froh, einen Halt zu haben, als wir an die frische Luft torkelten. Inzwischen waren die meisten gegangen; außer den fünf Leuten, die mit uns gekifft hatten, war nur noch ein Liebespaar da, das allein auf der Treppe saß und sich irgendwelche Geheimnisse zuflüsterte.

Die frische Luft tat gut und ich konnte endlich wieder durchatmen. Chris zündete sich seine Zigarette an und ich beobachtete, wie sich sein Körper komplett entspannte. Er seufzte glücklich auf und schaute mich mit seinen atemberaubenden Augen an. Sie wirkten noch blauer als sonst, falls das überhaupt möglich war.

»Hat dir mal jemand gesagt, dass du so wunderschön unschuldig bist?«, fragte er mich leise.

Ich blinzelte. »Nein, bisher noch nicht.«

Er schloss die Augen. »Dann lass es dir von mir gesagt haben.«

Mein Körper begann zu zittern, was Chris als Zeichen, dass ich fror, deutete. Woher sollte er auch wissen, dass ich nur dann zitterte, wenn ich wirklich glücklich war? Er legte mir seine Jacke um meine Schultern und wir gingen wieder ins Haus. Dort ging schon der nächste Joint herum, aber Chris führte mich auf ein anderes Sofa. Wir ließen uns darauf sinken und ich lehnte meinen Kopf an seine Schulter. Ich fühlte mich so unendlich schwer, so als ob ich in ein Loch fallen würde, das keinen Grund hatte. Es ging immer tiefer und tiefer und mein Kopf wurde immer schwerer und schwerer. Chris' regelmäßiger Herzschlag hatte etwas Beruhigendes.

»Wo sind eigentlich Felix' Eltern«, fragte ich bereits halb schlafend.

»Er lebt alleine. Seine Eltern haben ihm zum Achtzehnten das kleine Haus geschenkt, weil sie nach Dresden umgezogen sind und Felix hierbleiben wollte. Seitdem besteht sein Leben eigentlich nur noch aus einer einzigen Feier. Er ist hier nie alleine, ich habe hier auch schon mehrmals ein paar Wochen lang gewohnt, wenn ich mit meiner Mutter mal wieder Stress hatte.«

Mir fiel auf, dass ich fast gar nichts über die Familie von Chris wusste. »Lebst du noch zu Hause?«

Ich spürte, wie er sich leicht versteifte.

»Ja, noch. Ich habe immer gesagt, dass ich weg bin, sobald ich achtzehn bin, aber das ist leichter gesagt als getan. Meine Eltern haben Angst, dass sie mich endgültig verlieren, wenn ich ausziehe, und wollen mir keinen Unterhalt zahlen.«

»Wo wohnst du denn eigentlich?«, fragte ich ihn.

»Meine Eltern wohnen in Lichterfelde, aber ich verbringe auch sehr viel Zeit bei Tom, der wohnt in der Nähe vom Alex.«

Meine Augenlider flackerten schon, so müde war ich, aber ich hatte das Gefühl, dass das der Moment war, um endlich mehr über Chris zu erfahren. Warum er dealte, warum er seine Nächte auf diese Weise verbrachte.

»Was willst du eigentlich studieren?«, forschte ich also weiter.

»Ich will Jura studieren, um dann damit Journalist zu werden.«

Ich nickte. Ich hatte schon mal gehört, dass es nicht unbedingt das Beste war, Journalismus zu studieren, wenn man Journalist werden wollte. Da gab es schließlich viele Wege, aber Jura?

»Warum beginnst du dein Studium noch nicht jetzt?«

Ich spürte, wie sich seine Brust auf und ab senkte, und nahm an, dass er leise lachte.

»Warum sollte ich? Ich habe mir nach zwölf Jahren Schule gedacht, dass es erst mal reicht. Da kann man sich auch einmal ein Jahr Pause genehmigen, oder? Ich sehe keinen Grund dafür, richtig arbeiten zu gehen, wenn ich auch mit dem Dealen Geld verdienen kann.«

»Also gibt es keinen anderen Grund, dass du das machst? Nur wegen des Geldes?«, hakte ich mit schwerer Zunge nach. Ich spürte, wie mein Atem langsam flacher wurde, gleich würde ich eingeschlafen sein. Ich war noch nie in meinem Leben so müde gewesen.

»Nur wegen des Geldes. Kann es überhaupt einen anderen Grund geben?«

Ich war schon zu weit weg, um ernsthaft darüber nachzudenken. Ich wollte ihn eigentlich noch so viel fragen, noch so viel wissen, aber ich konnte vor Müdigkeit keinen klaren Gedanken mehr fassen. Und so fiel ich in einen tiefen, angenehmen Schlaf.

*

Als ich meine Augen wieder öffnete, war es schon hell geworden. Etwas verwirrt blinzelte ich. Ich lag alleine auf dem Sofa, Chris' Jacke wie eine Decke über meinen Körper gebreitet. Schnell richtete ich mich auf, was sich als Fehler herausstellte, mein Magen rebellierte sofort. Ich rannte auf die Toilette und erbrach mich, doch das Einzige, was ich hervorbrachte, war Alkohol. Mühsam hängte ich mich übers Waschbecken und spülte meinen Mund aus, wobei das Wasser meine blonden Haare nässte. Ich band sie mir zu einem Zopf zusammen und ging wieder ins Wohnzimmer zurück. Die anderen waren im Sitzen eingeschlafen oder einfach zu Boden gesackt. Ich ging raus, um nach Chris zu suchen, und fand ihn rauchend auf dem Treppenabsatz vor der Terrasse wieder. Schweigend setzte ich mich zu ihm; erst jetzt bemerkte ich, dass die Sonne schon im Zenit stand.

»Wolltest du nicht eigentlich aufhören?«, durchbrach ich die Stille.

Er schaute auf seine Zigarette. »Manchmal ist das Laster stärker als der Wille.«

Ich ließ meinen Blick über den vertrockneten Rasen schweifen und beobachtete einen Raben, der nach einem Regenwurm pickte. Der Regenwurm schien noch nicht verstanden zu haben, dass er dem Raben vollkommen ausgeliefert war, und kämpfte zappelnd gegen sein Schicksal an. Und er hatte tatsächlich so was wie Glück: Genau in dem Moment, wo alles gelaufen zu sein schien, biss der Vogel den Wurm aus Versehen durch und ein Teil des Regenwurms fiel herunter. Ich wusste, dass Regenwürmer so eine Durchtrennung ganz gut überleben können. Wie gerne würde ich nur mit einem Teil meiner Seele weiterleben können, auch wenn der andere zerstört ist.

Auch Chris hatte den Raben mit dem Wurm wie in Trance beobachtet. Plötzlich erwachte er aus seinem Dämmerzustand und meinte, dass er langsam losmüsse, da er noch ein paar Treffen habe. Dieses Mal verstand ich seine Andeutung und wusste, um welche Art von Treffen es sich handelte. Ich fragte mich, warum er eigentlich nicht direkt aussprach, dass er dealen ging, und ich machte mir Hoffnung, es könne daran liegen, dass er tief in seinem Innern das alles gar nicht wollte. Aber dann bemerkte ich, dass er nicht wirklich unglücklich wirkte. Ich erinnerte mich an das, was mir Chris gestern erzählt hatte. Er schien wirklich zufrieden zu sein und sein Leben zu genießen. Und auch seinen Freunden gefiel anscheinend ihr Lebensstil. Die Menschen, die ich an diesem Abend kennengelernt hatte, waren mir ganz anders als die klassischen Absturzkinder vorgekommen, die sich nur betrinken, um die Kontrolle zu verlieren und das Leben zu vergessen. Chris war nicht so. Der gestrige Abend hatte dazu gedient, die Realität noch viel bewusster wahrzunehmen, und nicht dazu, sie zu vergessen.

Ich schaute auf mein Handy. Es war bereits 16 Uhr. Ich versuchte, mich zu erinnern, wo die Zeit geblieben war, doch meine Erinnerungen waren lückenhaft. Chris wartete auf mich, als ich noch kurz meine Tasche holte, und ohne uns von den anderen zu verabschieden, machten wir uns auf den Weg zur S-Bahn. Die Straßen und Häuser sahen im Tageslicht ganz anders aus und ich war froh, dass Chris den Weg so gut kannte, denn ich hätte mich hundertprozentig verlaufen. Meine Augen brannten und bei jedem Schritt hatte ich das Gefühl, dass ich immer mehr einsackte. Der Weg kam mir schier endlos vor. Ich wollte schon fragen, ob wir nicht eine Pause machen könnten, als endlich die Bushaltestelle in Sicht kam.

»Wenn du etwas an deinem Leben ändern könntest, was wäre das?«, fragte ich ihn, als wir im Bus saßen.

»Ich würde die Reihenfolge ändern«, er blickte in die Ferne. »Es wäre schön, wenn man manche Menschen früher und andere später getroffen hätte. Für einige Dinge ist man im Leben einfach noch nicht bereit und andere hätte man viel mehr genießen können, wenn sie einem früher widerfahren wären.« Er schaute mich direkt an. »Zum Beispiel wünschte ich, wir hätten uns früher kennengelernt. Es hätte vieles verändert.«

Ich schluckte. Alles, was er sagte, war so unglaublich intensiv. Ich wusste nicht, ob er sich seiner Worte bewusst war oder ob er sie nur sagte, weil sie schön klangen. Und genau das verwirrte mich.

»Sehen wir uns demnächst?«, fragte ich ihn, als er aus dem Bus stieg.

»Das hoffe ich doch.«

Wieder ein Antwort, die so ungenau war. Nie konnte er etwas Klares, Bestimmtes sagen. Immer ließ er mich mit Fragen alleine, auf die ich allein unmöglich eine Antwort finden konnte. Ich stieg in die S-Bahn um und schaute auf mein Handy. Ein paar Leute hatten mir gestern ihre Nummer gegeben, wie ich nun feststellte, als ich meine Kontakte durchging. Eine Nachricht von Nina: *Kann es sein, dass wir unsere Taschen vertauscht haben?*

Ich schaute die Tasche, die ich bei mir hatte, an. Es war tatsächlich nicht meine. So etwas war mir noch nie passiert. Ich musste wohl mit meinen Gedanken ganz woanders gewesen sein, als ich sie genommen hatte. Zum Glück hatte ich mein Handy und mein Portemonnaie immer in meiner Jacke. Schnell schrieb ich Nina zurück.

Tut mir leid, ich hab das bis gerade gar nicht bemerkt.

Mein Handy vibrierte und ich ging ran. Ich verabredete mit Nina, dass wir uns am Potsdamer Platz treffen würden. Ich kaufte mir am Gleis noch einen Kaffee und ging dann zu dem vereinbarten Ausgang. Nina stand schon da und hielt meine Tasche hoch, in der anderen Hand hielt sie einen Joint.

»Du bist ein Engel. Ich hatte schon Angst, dass ich meine Tasche verloren hätte, das wäre mein Untergang gewesen, da ist mein ganzes Gras drin.«

Ich lachte über ihre Verzweiflung und wir tauschten die Taschen. Dann ließ sich Nina auf dem Boden nieder und klopfe auf den Platz neben sich, während sie den Joint anzündete. Eigentlich musste ich nach Hause, meine Eltern machten sich bestimmt schon Sorgen, andererseits hätten sie mich ja auch mal anrufen können. Also setzte ich mich zu Nina. Nervös schaute ich mich um. Nina lachte.

»Du brauchst keine Angst zu haben, das ist den Leuten doch egal. Du glaubst gar nicht, wie viele kiffen, da ist nichts dabei. Wenn du was spritzen würdest, würden sie dich vielleicht ein wenig schräg anschauen, aber buffen?«

Ich glaubte ihr und nahm einen tiefen Zug. Es war, als ob der Rauch mich ausfüllte bis hinein in das kleinste Eckchen meines Körpers. Langsam breitete sich eine tiefe Ruhe in mir aus. Ich seufzte glückselig.

»Das Gras ist gut, oder? Warte, ich gebe dir die Nummer des Tickers. Ich hab angefangen, bei ihm zu kaufen, als Chris mal wieder untergetaucht war.«

Sie holte ihr Handy hervor und ich tippte die Nummer von dem Dealer ab. Ich hatte zwar nicht vor, etwas bei ihm zu kaufen, aber es erschien mir unhöflich, das Angebot abzulehnen.

»Was meinst du damit, ›als Chris mal wieder untergetaucht war‹?«

»Du scheinst Chris wirklich noch nicht so gut zu kennen. Er ist jemand, der wirklich schon viel Scheiße in seinem Leben gebaut hat, und immer wenn er bemerkt, dass er viel zu tief drin steckt, verschwindet er spurlos. Das ist zumindest meine Hypothese. Felix zum Beispiel behauptet, dass Chris einfach gern einen auf geheimnisvoll macht und in Wirklichkeit nur zu seiner Quelle fährt, wo er das Gras herbekommt. Wie auch immer. Jedenfalls ist sein Handy dann aus, keiner weiß, wo er steckt, und er meldet sich auch bei niemandem.«

Ich hatte fasziniert den Worten Ninas gelauscht. Bis vor wenigen Minuten hatte ich noch gedacht, dass ich langsam wusste, wer Chris war, und dann erfuhr ich so etwas. Irgendwie schien ihn niemand so richtig zu kennen.

»Hat er denn keine Freundin?«, fragte ich und Nina lachte schallend auf. Ich wurde rot, anscheinend war mein Interesse doch etwas zu offensichtlich. Sie sah mein betretenes Gesicht und hörte auf zu lachen.

»Nein, Chris hat keine Freundin, aber er will auch keine. Wenn er eine wollen würde, dann würde man wahrscheinlich gar nicht mehr an ihn rankommen, so viele Frauen würden einem den Weg versperren. Er ist nicht so toll, wie er wirkt, Ella. Alles in allem ist das nur eine große Masche, sie mag vielleicht faszinierend sein, aber lass dich nicht zu sehr davon täuschen.«

Erstaunt schaute ich sie an. War das etwa eine Warnung?

»Was ist mit dir und Felix?«, fragte ich, um von mir abzulenken. »Ich habe gesehen, wie du ihn angeschaut hast. Da ist doch was zwischen euch.«

Zum ersten Mal bröckelte die coole Fassade Ninas, das erste echte Lächeln erschien auf ihren Lippen. Doch so schnell es gekommen war, so schnell war es auch wieder verschwunden.

»Ach, ich weiß es nicht. Ich mag ihn schon irgendwie, aber für ihn ist es, glaube ich, nicht mehr als Sex.«

Ich schluckte. Nicht mehr als Sex. Ich hatte vergessen, dass Nina älter und deutlich erfahrener war. (Es ist wohl unnötig, zu erwähnen, dass ihr »nicht mehr als Sex« um einiges mehr war, als ich je gehabt hatte.)

»Vielleicht musst du ihm einfach sagen, dass es für dich aber mehr ist. Was soll denn da schiefgehen?«, schlug ich vor.

Sie schüttelte den Kopf. »So einfach ist das alles nicht. Ich glaube, er will in Wirklichkeit etwas von Vivien, aber die steht ja irgendwie auf Chris, und –« Sie unterbrach sich selbst und seufzte melodramatisch. »Im Grunde ist doch alles egal. Ich habe das mit ihm, was ich will. Gras und Sex. Solange das so bleibt, ist alles schön und gut.« Sie grinste.

»Aber du bist viel besser als Vivien«, teilte ich ihr meine Meinung dazu mit und da sprang Nina auf.

»Ja eben!« Sie klang so vorwurfsvoll, dass ich lachen musste. »Aber die Welt ist eben ungerecht, Kleines, damit muss man leben.« Sie reichte mir die Hand und half mir hoch. »Kommst du noch mit? Ich treffe mich mit ein paar Freunden im Kleistpark.«

Ich schüttelte den Kopf. »Nein, ich muss langsam mal nach Hause. Außerdem fehlt mir meine Dusche.«

Nina nickte verständnisvoll und meinte, dass sie mich unbedingt bald wiedersehen wollte. Ich stimmte ihr zu und wir gingen auseinander.

Kaum saß ich wieder in der S-Bahn, wurde mir erneut schlecht. Ich konzentrierte mich auf die Umgebung, damit ich mich nicht in der Bahn erbrach, und zählte die Bäume, an denen wir vorbeifuhren.

Zu Hause schloss ich die Tür auf und legte meine Jacke ab. Dann nahm ich meine Tasche und versuchte, so leise wie möglich nach oben zu huschen, damit ich erst mal den Rauch von mir abwaschen konnte.

»Ella?«, rief mein Vater von draußen. Meine Familie saß auf der Terrasse und sonnte sich. »Kannst du gleich mal kommen? Ich möchte etwas mit euch besprechen.« Seine Stimme klang ungewöhnlich ernst.

Ich rief zurück, dass ich mich nur noch schnell umziehen würde. Ich schlüpfte in meine Jogginghose und zog mir irgendein T-Shirt über. Was mein Vater uns wohl so Wichtiges sagen wollte? Wahrscheinlich war es wieder irgendein beruflicher Erfolg, auf den er mit uns anstoßen wollte, aber ich war gerade nicht wirklich erpicht darauf, wieder was zu trinken. Entsprechend schlecht gelaunt schlurfte ich die Treppe hinunter. Doch auf dem Tisch stand keine Sektflasche und auch die Gesichter meiner Eltern sahen nicht so nach Partystimmung aus. Ich blieb an der Terrassentür stehen, so als ob ich mir einen Fluchtweg offen halten wollte. Mein Bruder schien genauso ahnungslos wie ich zu sein.

»Bitte setz dich, Ella. Ich muss euch einiges erklären.«

KAPITEL 4

Wir rennen unbekümmert in den Abgrund,
nachdem wir irgend etwas vor uns hingestellt haben,
das uns hindern soll, ihn zu sehen.

Blaise Pascal

Mein erster Gedanke war, dass sie herausgefunden hatten, was gestern Nacht geschehen war, aber dann hätte mein Vater ja nichts zu erklären brauchen. Dann hätten sie eher Erklärungen von mir verlangt und das taten sie nicht. Mein Vater öffnete den Mund, nur um ihn gleich wieder zu schließen. Es war das erste Mal in meinem Leben, dass ich Anzeichen von Schwäche in seiner Miene sah. Meine Mutter legte ihre Hand auf seine, so als wolle sie ihm Mut zusprechen. Langsam bekam ich wirklich Angst. Wollten sich meine Eltern etwa trennen?

»Ich will euch nicht unnötig in Angst versetzen, aber es scheint so, als ob ich es nicht weiter für mich behalten kann. Es ist so …«, begann mein Vater stockend.

Zu wem würde ich gehen, wenn sie sich trennen würden? Ich hatte öfter Streit mit meiner Mutter, aber mein Vater war so selten da …

»Ich war ja bei der Vorsorge.«

Allerdings konnte ich dann bei meinem Vater wahrscheinlich alles tun, was ich wollte.

»Und da haben sie Unregelmäßigkeiten festgestellt.«

Ich würde meine Ruhe haben.

»Ich habe Lungenkrebs.«

Mein Kopf war leer.

»Ich muss operiert werden und danach eine Chemotherapie beginnen.«

Die Erde drehte sich einfach weiter.

Ich schaute in die Mienen der anderen, um herauszufinden, ob das ein schlechter Witz war. Mein Bruder wirkte geschockt, doch nach ein paar Sekunden hatte er sich wieder gefangen. Ganz der Medizinstudent begann er sich mit meinem Vater mit irgendwelchen Fachbegriffen zu unterhalten, aber so sehr ich auch versuchte zuzuhören, es ging einfach nicht. Ich fühlte mich leer, so unglaublich leer. Ich spürte keine Trauer, keine Verzweiflung, keine Angst.

Die Erde drehte sich weiter.

Ich schaute meine Mutter an, die sich in das Gespräch der beiden eingemischt hatte und irgendetwas zum Besten gab. Ich verstand sie einfach nicht. Wie hatte sie die letzten Tage leben können, ohne vor Trauer zusammenzubrechen? Ich glaube, in dem Moment begann mein Körper eine Art Abwehrreaktion. Da jedes Gefühl besser war als das der Leere oder der Trauer, wurde ich wütend, und ich projizierte die Wut auf meine Mutter. Ich versuchte, mich zusammenzureißen, aber meine Hand zuckte bedrohlich.

»Wie lange wisst ihr es schon?«, fragte ich mit zusammengebissenen Zähnen.

»Erst seit ungefähr zwei Wochen.« Die Stimme meiner Mutter klang neutral.

Ich erinnerte mich an die Hochzeit meiner Cousine, wo alle so glänzende Laune gehabt hatten außer meinem Vater. Meine Mutter hatte gelacht. Meine Mutter hatte getrunken. Meine Mutter hatte ihr Leben genossen. Purer Hass keimte in mir auf. Ich wollte sie verletzen, ihr so wehtun, wie sie mir wehtat. Sie war an allem schuld. Kein Wunder, dass mein Vater krank geworden war. Ich muss Ruhe bewahren, ermahnte ich mich selbst.

Gestern war die Welt noch so schön gewesen, warum mussten Eltern immer das Glück ihrer Kinder zerstören? Ich wollte wieder zurück in die sicheren Arme von Chris, wollte seine Wärme spüren, doch alles, was ich hatte, waren Erklärungen meiner Mutter über eine Krankheit, die sie eigentlich selbst nicht verstand. Warum spielte sie sich so auf? Langsam erhob ich mich und verkündete, dass ich duschen gehen würde. Einen Moment lang blieb ich noch auf der Stelle stehen, aber nur, damit ich nicht umkippte, da alles vor meinen Augen verschwamm. Dann rannte ich hoch in mein Zimmer. Ich schmiss mich auf mein Bett und setzte Kopfhörer auf. Ich drehte die Musik auf die lauteste Stufe und ließ meine Sinne ganz von ihr betäuben. Mein Vater würde nicht sterben. Er würde nie die Firma im Stich lassen, er betonte doch selbst immer, wie aufgeschmissen sie ohne ihn wären. Er würde uns nicht im Stich lassen.

Es war schon 9 Uhr, als meine Mutter reinkam, um nach mir zu sehen. Ich bat sie in bemüht ruhigem Tonfall, sofort mein Zimmer zu verlassen, aber sie setzte sich auf mein Bett und streichelte mein Bein.

»Maus, ich weiß, das ist alles schwer für dich, und ich kann verstehen, dass du sauer bist. Aber ich wollte noch einmal mit dir reden. Es wäre besser, wenn du niemandem von der Krankheit erzählst. Wenn, dann macht er es selbst. Aber er kann sich gerade nicht erlauben, eine solche Angriffsfläche zu bieten, jetzt, wo es in der Firma nicht so gut läuft.«

Mein Herz pochte. Angriffsfläche? War das alles, worum sie sich sorgte? Ich riss mein Bein unter ihrer Hand weg und begann zu schreien, sie solle sofort mein Zimmer verlassen. So, als wäre nichts gewesen, als hätte ich sie höflich um einen Gefallen gebeten, tat sie wortlos wie geheißen und schloss leise die Tür hinter sich. Ich biss in mein Kissen. Ich wollte schreien, toben, meine Mutter anbrüllen, aber ich konnte nicht.

Gleichzeitig fühlte ich mich kraftlos, bis auf die Wut war mein Inneres leer. Es war, als ob ich einen Film schauen würde, wo die

Darstellerin zufällig genauso aussah wie ich. Ein sechzehnjähriges Mädchen, dessen Welt gerade zusammenbrach. Aber ich hatte nicht das Gefühl, dass das wirklich *mir* passierte.

Ich lag die ganze Nacht wach und starrte an die Decke. Irgendwann gegen Mitternacht stellte ich mich unter die Dusche und ließ warmes Wasser über meinen Körper laufen. Ich schrubbte so lange an meiner Haut, bis sie feuerrot leuchtete. Als wolle ich mein Leben von mir abwaschen. Ich schaute in das Zimmer meines Bruders, er schlief jedoch schon. Wie konnte er jetzt so ruhig träumen, wo er gerade erfahren hatte, dass sein Vater wahrscheinlich bald sterben würde? Ich legte mich wieder in mein Bett und begann zu lesen. Doch selbst Lesen half nicht. Goethe konnte sonst wem seine Probleme erzählen, ich ertrug sie jedenfalls nicht mehr. Als hätte ich mich daran verbrannt, warf ich *Die Leiden des jungen Werther* in hohem Bogen in die Ecke. Aber was konnte Goethe dafür, dass mein Vater krank war.

Normalerweise las ich, wenn es mir schlecht ging, oder ich suchte in Büchern und im Internet nach Zitaten, die meine Stimmung trafen. Das beruhigte mich dann immer, weil ich merkte, dass ich nicht alleine war. Egal welche Trauer oder welches Glück man verspürt, das Gleiche haben schon Menschen Hunderte Jahre vor dir verspürt. Doch dieses Mal wollte ich alleine sein. Ich wollte meinen Schmerz nicht mit irgendjemandem teilen, es war mein Schmerz.

Ich riss das Fenster auf und ließ die warme Nachtluft in mein Zimmer strömen. Auch nicht besser. Also kramte ich in meiner Schublade nach meinem Tagebuch. Die Seiten fielen schon auseinander, es war wirklich sehr alt, doch ich hatte lange nichts mehr reingeschrieben. So saß ich in meinem Bett, eine Schreibfeder in der Hand, die mir meine Oma mal geschenkt hatte, und wusste nicht, was ich schreiben sollte. »Das Schwierigste ist immer der erste Satz, danach geht alles wie von selbst«, sagte meine Deutschlehrerin immer. Ich schaltete meinen Verstand aus und fing einfach an zu schreiben.

Ich will sterben.

Die Handschrift sah fremd aus, krakelig und mit übertriebenen Schnörkeln. Also riss ich das Blatt raus und nahm die nächste Seite. Ich würde mein Leben als Geschichte zu Papier bringen, beschloss ich, und begann zu schreiben. Vielleicht würde mir das Trost spenden, meine Wut beseitigen. Ich schrieb fast die ganze Nacht durch und schlief erst um 5 Uhr ein.

*

Es war merkwürdig, am Montag wieder in die Schule zu gehen. Ich hatte das Gefühl, als wäre ich ein komplett anderer Mensch, nein, eher, als wäre ich überhaupt keiner mehr, aber niemand schien das zu bemerken. Meine Freunde begnügten sich mit einem kurzen »Alles okay?« und ließen sich mit einer einsilbigen Antwort schnell wieder abwimmeln. In Französisch setzte ich mich an meinen gewohnten Platz in die letzte Reihe zu Alex. Ich ertrug die Stille nicht und fragte leicht provokant nach Kim, denn es ging das Gerücht herum, dass die beiden etwas miteinander hatten.

Er blickte mich verwirrt an. »Wie kommst du denn darauf?«

Ich lächelte. »Manche Dinge sprechen sich halt rum.«

»Hmm, dann scheinst du was falsch verstanden zu haben, wir haben nichts miteinander.«

»Aber du hättest es gerne?«

»Nein, ich halte nicht viel von diesen Sexbeziehungen, die irgendwie alle in letzter Zeit haben. Entweder richtig oder überhaupt nicht.«

»Liebst du sie denn?«, fragte ich ihn etwas irritiert, ich hatte ihm so eine Haltung gar nicht zugetraut.

»Nein, natürlich nicht, so etwas passiert doch nicht sofort. Liebe ist ja nicht einfach da, sie muss sich entwickeln.«

»Aber wie stellst du dir dann eine Beziehung vor, wenn ihr euch nicht liebt?«

»Wie gesagt, so etwas kommt erst mit der Zeit. Aber dafür muss man auch erst einmal eine Beziehung beginnen.«

Ich verstand nicht so richtig, wie er das meinte, einzig die Hoffnung auf Liebe schien mir kein verlässlicher Baustein für eine wirklich gute Beziehung zu sein. Gleichzeitig war ich erstaunt über seine ehrlichen Worte, darüber, dass er sich über solche Dinge Gedanken machte.

»Ich glaube nicht an die Liebe. Sie scheint mir eine Lüge unserer Kultur zu sein«, sagte ich.

Er sah mich an, als ob er mich zum ersten Mal wirklich sehen würde. »Du hast zu wenig von dieser Welt gesehen, um das sagen zu können.«

Ich wollte gerade erwidern, dass er auch nicht viel älter war und auch noch nicht so viel gesehen hatte, aber irgendetwas hinderte mich daran. Seine Augen hatten so einen ganz bestimmten Ausdruck, der mich ahnen ließ, dass ich ihm damit Unrecht getan hätte.

»Das heißt nicht, dass deine Ansicht falsch wäre, ich finde nur nicht, dass du der Typ für Pessimismus bist«, fügte er noch hinzu.

»Du kennst mich doch überhaupt nicht«, konterte ich genervt, ich hasste es, wenn man mich in eine Schublade steckte. »Ich sage ja jetzt auch nicht, dass du abgestürzt bist, nur weil du kiffst.«

Erstaunt blickte er mich an. »Du weißt es?«

»Natürlich weiß ich es. Jeder weiß es. Es heißt, dass du dem Gras mehr zugeneigt bist als irgendeinem Menschen.«

Er musste grinsen. »Soso, heißt es also.«

Wir hörten unserem Französischlehrer eine Weile zu, dann begann Alex erneut zu sprechen.

»Dir ist aber schon klar, dass ich da nicht der Einzige in der Stufe bin.«

»Ja, der ein oder andere hat es sicher mal auf einer Feier gemacht, aber niemand kifft so viel wie du«, stellte ich nüchtern fest.

»Du irrst dich. Das Letztere mag vielleicht stimmen, aber bestimmt ein Drittel unseres Jahrgangs kifft mindestens jedes Wochenende.«

»Ich glaube nicht, dass du das so gut einschätzen kannst. Du machst doch nie etwas mit jemandem aus der Stufe.«

Meine Worte schienen ihn zu beleidigen und er rutschte etwas auf seinem Stuhl zurück. »Das ist nicht wahr, rate doch mal, wer ihnen immer das Gras besorgen muss.«

Ich dachte einen kurzen Moment nach. Zwar glaubte ich ihm, aber es verwirrte mich, dass ich davon so wenig mitbekommen hatte. »Also dealst du?«

»Nein, Gott sei Dank nicht. Ein viel zu schmutziges Geschäft, ich bin doch nicht wahnsinnig.«

Ich musste an Chris denken und hatte plötzlich Sorge um ihn.

»Hast du noch nie mit einem aus der Klasse gebufft?«, fragte er mich neugierig und ich hörte heraus, dass er eigentlich wissen wollte, ob ich überhaupt schon mal gekifft hatte.

»Nein, noch nie mit jemandem aus der Klasse«, antwortete ich, wobei ich die Betonung auf den zweiten Teil des Satzes legte. Wenn er erstaunt war, versteckte er es gut.

Ich war fast etwas traurig, als es zum Unterrichtsende läutete und wir getrennte Wege gingen, aber wir würden ja noch einige gemeinsame Französischstunden haben.

*

Am Freitag sagte ich meinen Eltern, dass ich das Wochenende über bei Maja sein würde. In Wahrheit hatte ich vor, mich mit Chris und ein paar seiner Freunde zu treffen, doch das konnte ich meinen Eltern ja schlecht sagen, schließlich ist ein fremder Jungenname für Eltern nie wirklich vertrauenerweckend. Ich hatte mich unglaublich gefreut, als er mich gefragt hatte, ob ich wieder mal Zeit hatte, und war gespannt, was das Wochenende bringen würde.

Meine Eltern waren eigentlich ganz froh, dass sie sich nicht mit mir herumschlagen mussten. Ich musste in den letzten Tagen echt unerträglich gewesen sein. Bei jeder Kleinigkeit rastete ich aus, ich schlief nicht mehr und aß kaum noch was, und wenn, dann nur unter lauten Protesten. Dafür hatten sie gerade keinen Nerv. Ich bemerkte selbst, wie egoistisch ich war, und war mir durchaus darüber im Klaren, dass ich eigentlich für meine Familie hätte da sein sollen, aber egal wie oft ich mir das sagte, es ging einfach nicht. Alle taten, als sei mein Vater nicht schwer krank, und damit konnte ich einfach nicht umgehen.

Als ich bei Maja klingelte, fiel mir auf, wie lange ich sie schon nicht mehr gesehen hatte, da unser Volleyballtraining mehrmals ausgefallen war. Sie öffnete die Tür und umarmte mich stürmisch.

»Ich habe dich so vermisst, Ella.«

Ich bemerkte, dass es mir ähnlich ging, und stellte mich auf die Fußspitzen, um sie noch besser knuddeln zu können.

»Was machst du nur für Sachen, Kleines? Ich lass dich nicht zu deinem mysteriösen Unbekannten gehen, bevor du mir nicht alles erzählt hast.«

Wir gingen ins Haus, Maja verschwand in der Küche und holte einen frisch gebackenen Kuchen hervor. Ich bekam Angst. Wie konnte ich ihr erklären, dass ich nichts essen wollte, ohne dass sie sauer sein würde?

»Setz dich schon mal aufs Sofa, ich komm gleich nach. Der Tee steht schon da.«

Ich setzte mich und goss uns beiden Tee ein. Maja kam, stellte den Kuchen ab und bot mir ein Stück an. Schuldbewusst schüttelte ich den Kopf.

»Ach Ella, bitte sag mir, dass du nicht immer noch bei deiner komischen Gemüsediät bist!«, rief sie besorgt und schaute mich traurig an.

»Das ist keine Diät«, patzte ich zurück; ich hasste es, dass sie mich immer damit nervte.

»Aber iss doch wenigstens ein Stück! Du bist wirklich dünn, du brauchst dir keine –«

»Nein danke«, unterbrach ich sie schroff.

Maja schluckte. »Na ja, es ist ja deine Entscheidung. Wenn du Hunger hast, sag Bescheid.«

Dankbar nickte ich und sie machte es sich auf dem Sofa bequem. Ihre langen braunen Haare fielen ihr leicht ins Gesicht und ein vorfreudiges Lächeln umspielte ihre Lippen. »So und jetzt schieß los. Ich will jedes kleine Detail eures Dates hören.«

Ich lachte. »Du bist immer so neugierig.«

»Natürlich. Es passiert doch nicht alle Tage, dass sich meine beste Freundin einen wunderschönen Jungen mit blauen Augen und blonden Haaren anlacht.«

Ich erzählte ihr alles und versuchte, auch ja nichts auszulassen. Nur als ich ihr vom Kiffen erzählte, geriet ich etwas ins Stocken. Ich wusste, dass Maja nichts davon hielt, aber ich konnte sie auch nicht anlügen. Das mit meinem Vater verschwieg ich ihr, ich war einfach noch nicht bereit, darüber zu sprechen. Ich wusste zwar, dass ich ihr alles erzählen konnte, und es hatte bis zu diesem Zeitpunkt auch nichts gegeben, was ich ihr je verschwiegen hatte, aber ich hatte zu große Angst, dass sie mich bemitleiden würde und bei allem, was ich tat, die Krankheit meines Vaters als Entschuldigung heranziehen würde.

Als ich fertig erzählt hatte, beobachtete ich Majas Miene. Sie hatte mir die ganze Zeit über aufmerksam zugehört und war mir nicht ein Mal ins Wort gefallen.

»Warum erzählst du mir erst jetzt alles so genau? Warum hast du nicht gleich angerufen, als du aufgewacht bist und ein schlechtes Gewissen hattest? Drogen darf man nicht auf die leichte Schulter nehmen, pass auf, was du da tust. So etwas kann schneller gehen, als du denkst, Ella. Ich dachte, du wärst da der gleichen Meinung wie ich.«

Ich war etwas sauer, dass sie nur darauf einging. Sie bemerkte es sofort und redete weiter. »Ich mache mir nur Sorgen. Du kannst das ja alles machen, aber sei vorsichtig. Andererseits«, sie grinste, »hört sich Chris schon ziemlich aufregend an. Könntest du dir was mit ihm vorstellen?«

»Ja«, antwortete ich wahrheitsgemäß. »Und es ist wirklich nicht nur sein Aussehen, was ihn so interessant macht. Er hat etwas unglaublich Faszinierendes, man hört ihm gerne zu. Du musst ihn mal kennenlernen, er wird dir bestimmt gefallen.«

»Aber kannst du dir wirklich vorstellen, mit ihm zusammen zu sein? Ich meine, für mich wäre das nichts. Dieses Sich-nicht-in-die-Karten-blicken-Lassen, man weiß dann doch nie, was kommt; ob man sich auf ihn verlassen kann oder nicht, was er sagen wird … Das würde mich irgendwie nerven.«

»Das ist doch gerade das Aufregende. Wenn du immer weißt, was kommt, dann brauchst du es doch gar nicht erst zu machen. Das ist doch langweilig.«

Maja schüttelte den Kopf. Sie schien mich nicht zu verstehen, aber das war nicht weiter schlimm.

»Weißt du, vielleicht ist es ganz gut, dass wir auf unterschiedliche Typen stehen, so kommen wir uns wenigstens nicht in de Quere«, sagte sie.

Wo sie recht hatte, hatte sie recht.

Wir brachten meine Schlafsachen nach oben in ihr Zimmer und ich zog mich um. Dann schminkte sie mich und sprühte mich mit ihrem Parfum ein. Zufrieden betrachtete sie ihr Werk und meinte, dass ich jetzt meinem Traummann gewachsen sei. Etwas skeptisch schaute ich in den Spiegel. Ich sah für meine Verfassung erstaunlich normal aus. Meine Augenringe hatte Maja so gut, wie es halt ging, überschminkt, die Haare zu einem lockeren Zopf zusammengebunden. Glücklich drückte ich ihr einen Kuss auf die Wange und machte mich auf den Weg in die weite Welt. Ich fühlte mich wie ein Vögelchen, das zum ersten Mal das sichere Nest verlässt, und hätte schwören können, dass mir Maja besorgt hinterherschaute, als ich ihr Grundstück verließ.

Chris und ich hatten uns diesmal gleich bei Felix verabredet, um dort vorzutrinken, bevor wir auf eine andere Feier gingen. Chris stand im Garten und rauchte, als ich ankam. Ich nahm seinen Duft schon aus einem Meter Entfernung wahr und plötzlich wurde mir klar, an wen mich dieser Geruch so erinnerte. Es war der gleiche wie der von Alex. Auf einmal begriff ich, dass es nur ein Mix aus Männerparfum, Zigarettenqualm und Gras war. Es war ernüchternd, dass ausgerechnet diese Mischung so verführerisch auf mich wirkte.

Chris umarmte mich und wir gingen ins Haus. Und da saß sie wieder, die gleiche Gruppe wie beim letzten Mal. Ich kannte alle Gesichter außer zwei, doch die zeigten ein solches Desinteresse an mir, dass ich sie recht bald ausblendete. Nina wirkte an diesem Abend etwas geknickt, schien sich aber über meine Anwesenheit zu freuen. Auch Felix begrüßte mich freudestrahlend, sei es nun, weil sie jetzt endlich richtig anfangen konnten oder weil er tatsächlich so etwas wie Sympathie für mich hegte. Selbst Vivien brachte ein gequältes Lächeln zustande.

In dem Raum war ein weiteres Sofa hinzugekommen oder vielleicht hatte ich es das letzte Mal auch nicht gesehen, jedenfalls hatten wir alle um einiges mehr Platz. Ich erinnerte mich daran, dass Chris mir gesagt hatte, dass das Leben von Felix, seitdem er alleine war, aus einer einzigen Feier bestand, und ich fragte mich, ob er wohl so glücklich war, ob ich so glücklich sein könnte. Doch wenn ich mich so umschaute, fehlte ihm eigentlich nichts. Eigentlich hatte er ein erfülltes Leben, ich war sogar fast ein wenig neidisch auf ihn, schließlich musste er sich nicht mehr mit seiner Mutter herumschlagen und konnte tun, was er wollte. Felix schaute Nina an, doch die ignorierte ihn bewusst. Ich war neugierig, was zwischen den beiden vorgefallen war, aber das musste warten.

Chris redete leise und eindringlich auf Felix ein, es schien um etwas Wichtiges zu gehen. Ich wollte nicht unhöflich sein und sie belauschen, deswegen wandte ich mich dem Mädchen zu, das neben mir saß. »Gibt es eigentlich schon einen Plan, was wir heute machen?«

Verwirrt schaute sie von ihren Händen auf. Was war denn heute los? Warum sahen sie alle so trostlos aus, warum waren alle so wortkarg?

»Noch nicht so richtig, aber das ist normal. Freitags muss man nichts planen, wir müssen nur auf jeden Fall einmal bei Nico vorbeischauen, ansonsten ist eigentlich alles egal.«

Ich nickte, so als ob ich genau verstehen würde, was sie meinte.

»Können wir endlich mal anfangen zu trinken? Ist ja nicht auszuhalten, die Stimmung hier«, maulte Vivien.

Felix sagte unwirsch, sie solle doch einfach selbst alles aus der Küche holen. Sofort sprang sie auf und eilte los. Irgendwie hatte sie etwas von einem Hund, fand ich, aber ich hütete mich, das laut zu sagen. Sie kam mit drei Flaschen Tequila, Salz und Zitronen wieder und stellte alles auf den kleinen Holztisch, der dadurch total überladen war. Nina schnappte sich die Zitronen und begann, sie in kleine Spalten zu schneiden. Sie hatte offenbar schon Übung darin, so geschickt machte sie das. Vivien holte noch neun Shotgläser und stellte sie in einem Kreis auf, Felix kippte den Tequila ein. Ich beobachtete das Geschehen fasziniert. Irgendwie schienen sie alle auf eine verdrehte Weise zusammen zu funktionieren. Chris nahm sich eine Zitrone, träufelte etwas von dem Saft auf seine Handrücken, kippte Salz rauf und gab es mir dann. Ich tat es ihm gleich und gab dann das Salz weiter. Als es einmal die Runde gemacht hatte, nahm jeder sein Shotglas in die Hand.

»Auf unser Wochenende«, rief Chris und alle stimmten mit ein.

Dann leckten wir das Salz von unseren Handrücken, kippten den Tequila und bissen in unsere Zitronenspalten. Nach ein paar weiteren Runden zerstreute sich der Kreis etwas und ich landete mit Nina und einer Wodkaflasche im Badezimmer, dem einzigen Ort, wo man ungestört reden konnte. Wir hatten uns einander gegenüber sitzend in die Badewanne gefläzt und ließen die Flasche zwischen uns hin und her wandern.

»Und? Was ist mit Felix und dir passiert?«, fragte ich Nina neugierig.

Sie nahm einen kräftigen Schluck Wodka und begann zu reden. »Ich hab alles versaut. Hab mit ihm geredet und gesagt, dass ich ganz klar wissen will, was zwischen uns ist. Doch er meinte nur, dass er nicht wüsste, was ich meine. Dann bin ich ausgerastet.«

Sie strich sich durch ihre kurzen braunen Haare.

»Was meinst du?«, ich hatte Mühe, mich zu konzentrieren. Ihre Gestalt verschwamm leicht vor meinen Augen. Was war nur mit mir los?

»Ich hab gesagt, dass ich nicht mehr mit ihm schlafen kann. Soll er doch Vivien ficken.«

»Du hast das Richtige gemacht, er wird schon zurückkommen. Er hat dich so nicht glücklich gemacht.«

Sie zuckte die Schultern. »Ja, vielleicht. Ich hab nur Angst, dass er nicht zurückkommt, eigentlich war alles so einfach mit ihm.«

Ich wusste nicht, was ich darauf sagen sollte. Warum mussten sich Mädchen immer in die falschen Jungs verlieben, die, die sie verletzten? Es gab doch so viele nette Jungen, warum immer die Arschlöcher? Irgendwer klopfte an die Tür und rief, dass es losgehe. Wir rappelten uns auf, wofür wir einige Anläufe brauchten, und quetschten uns lachend aus der Badezimmertür. Bei Nina hatte ich das Gefühl, wir wären schon seit Ewigkeiten befreundet. Wir redeten auch viel offener, als ich es mit anderen tat. Den Gedanken, dass das vor allem dem Alkohol zu verdanken war, verdrängte ich bewusst. Chris stand an der Tür und hatte meine Tasche in der Hand. Er wirkte etwas nervös, doch als er mich sah, hellte sich seine Miene deutlich auf.

»Wo warst du denn die ganze Zeit«, er küsste mich auf die Wange und ich grinste. Ach, wie schön Alkohol doch sein konnte.

»Ich hab mit Nina geredet.«

Chris runzelte die Stirn, sagte aber nichts dazu. Wir gingen schon vor und er rauchte eine, ich schaute auf die ersten Sterne am Himmel und fragte mich, wie viel Uhr es wohl war.

»Wer ist eigentlich dein bester Freund?«, fragte ich unvermittelt.

Er lachte. »Irgendwie verwirren mich deine Fragen immer wieder aufs Neue«, sagte er, aber eine Antwort bekam ich nicht.

Ich hörte die lachenden Stimmen der anderen in einiger Entfernung hinter uns und drehte mich für einen Moment um. Sie wankten alle in einer Reihe und diskutierten dabei wild. Hoffentlich weckten sie niemanden mit ihrem Geschrei.

»Was ist heute mit dir los?«, versuchte ich, endlich mal etwas aus Chris herauszubekommen.

»Lass uns das Wochenende nicht mit so etwas versauen. Lass uns einfach die Zeit genießen, die wir haben. Etwas anderes kann man sowieso nicht machen.«

Automatisch wandte ich seine Worte auf meine Situation an. Vielleicht hatte er recht, vielleicht machte ich mir wirklich immer zu viele Gedanken. Mein Vater würde ganz sicher gesund werden und er wäre bestimmt traurig, wenn ich nicht die Zeit genießen würde, die ich hatte.

»Gut, wie du meinst. Aber dann sag mir wenigstens, wo wir jetzt hingehen.«

»Das ist eine Überraschung«, sagte er und führte mich zum S-Bahnhof.

Wir fuhren nicht lange – oder jedenfalls kam es mir nicht wirklich lange vor, da alle die ganze Zeit redeten und lachten. Es war tiefste Nacht, aber ich hatte das Gefühl, dass gerade erst alles begann. Als wir ausstiegen, führte Chris uns durch die Straßen. Vor einer Tür, die ziemlich unscheinbar aussah, hielt er an. Er klingelte und eine kleine Lampe leuchtete auf. Irritiert schaute ich das rote Licht an, als plötzlich eine kleine Klappe an der Tür aufging und jeder einzeln vortreten musste. Dann wurde die schwere Holztür aufgemacht und wir gingen hinein.

Laute Elektromusik dröhnte uns entgegen, flackerndes Licht beleuchtete den Raum, der voller Leute war. Die meisten tanzten, andere standen herum, wieder andere hatten es sich auf schweren Ledersofas, die in den Ecken des Raumes standen, bequem gemacht.

Wir gingen zu einer Sofaecke, wo noch zwei Jungs und ein Mädchen saßen und die anderen begrüßten sie. Da auf den Sofas nicht genug Platz für alle war, zog mich Chris auf seinen Schoß. Mir war das etwas unangenehm, aber nicht weil alle Mädchen mich böse anschauten, sondern weil ich das Gefühl hatte, dass ich ihn zerquetschen würde. Eine hübsche junge Kellnerin erschien und Chris bestellte für mich mit. Als mein Cocktail kam, bemerkte ich erst, wie durstig ich war. Ich stieß mit den anderen an und trank die Hälfte in einem Zug. Es schmeckte erstaunlich gut, irgendwie fruchtig und süß. In meinem Kopf zählte ich schon die Kalorien. Nina sprang auf und verschwand mit den anderen auf der Tanzfläche. Ich hatte auch unheimlich Lust zu tanzen, aber ich wollte Chris nicht alleine lassen. Er baute gerade einen Joint. Als er fertig war, schaute er mich fragend an, und ich nickte. Auch wenn ich den ganzen Abend über versucht hatte, alles zu verdrängen, so war ich doch irgendwie unruhig, und wenn das Gras die gleiche Wirkung wie das letzte Mal hatte, dann konnte es auf jeden Fall nicht schaden, was zu rauchen. Wir gingen nach draußen. Er zündete den Joint an und betrachtete ihn dabei so liebevoll, dass mich eine Gänsehaut überfuhr. Konnte es sein, dass er vom Kiffen abhängig war? Andererseits hatte er bei unserem letzten Gespräch gesagt, dass er es zwar mochte, aber dass das Gute am Kiffen sei, dass man nicht richtig abhängig werden könne. Er reichte mir den Joint und ich zog daran. Ich fühlte mich dabei zwar immer noch schlecht, und wahrscheinlich sah es auch absolut falsch aus, wie ich es machte, aber das ignorierte ich. Nach ein paar Minuten spürte ich eine Wirkung. Behutsam ließ ich meinen Kopf auf Chris' Schulter sinken und er lehnte sich etwas an mich. Wir betrachteten die Nacht, keine Menschenseele war zu sehen. Nach einiger Zeit, als der Joint »tot« war, standen wir wieder auf und gingen zu den anderen. Die Musik kam mir auf einmal viel, viel besser vor und ich tanzte mit den Massen. Ich liebte einfach alles. Den kleinen Club, die Menschen, die Musik. Als ich dann auf die Toilette ging, liebte ich sogar die. Ich hatte wirklich noch nie eine so schöne Toilette gesehen. Aufgeregt wollte ich das allen mitteilen und suchte Nina. Sie tanzte etwas abseits von der Menge. Ich kämpfte mich zu ihr durch.

»Warst du mal hier auf dem Klo? Es ist richtig schön! Und die Sprüche …«

Ich hatte noch nicht zu Ende geredet, da rannte sie schon los und stürzte auf die Toilette. Schnell folgte ich ihr und wollte ihr sagen, dass das Klo so toll nun auch wieder nicht war, dass sie rennen musste, aber als ich sie in einer der Kabinen auf dem Boden kauern sah, verstand ich, dass wohl eher ihre Übelkeit sie angetrieben hatte als die Neugier auf die schöne Toilette. Sie erbrach sich und ein wenig angewidert schaute ich weg. Ich ging zum Waschbecken und machte ihr Klopapier nass. Da musst du durch, sagte ich mir. Aber warum muss man es auch so übertreiben? Man merkt doch, wenn es genug ist.

Ich reichte Nina das nasse Klopapier und dankbar wischte sie sich damit übers Gesicht, was jedoch ziemlich überflüssig war, denn nach ein paar Sekunden musste sie sich wieder übergeben. Sie sah so geschafft aus, dass sie mir richtig leidtat. Nach dem dritten Mal stand sie auf und spülte ihren Mund aus.

»Es ist vorbei«, flüsterte sie tonlos. »Danke.«

Dann ging sie wieder zurück zur Tanzfläche und tanzte weiter. Verblüfft schaute ich ihr hinterher. Chris stand an der Bar und bezahlte für uns. Er kam mir entgegen und gab mir zu verstehen, dass wir gehen würden. Von den anderen kamen auch ein paar mit, aber ich kannte nur Felix unter ihnen, Nina war nicht dabei.

Die frische Luft tat mir gut. Ich war etwas überrascht, weil wir nicht zur S-Bahn gingen, sondern auf ein Taxi warteten.

»Wo fahren wir hin?«, fragte ich Chris.

»Zu Nico.«

Ich erinnerte mich, dass Nina vorhin etwas darüber gesagt hatte, aber es schien mir doch etwas spät dafür zu sein. Schließlich würde es ja bald schon wieder hell werden. Die Uhr im Taxi zeigte an, dass es bereits drei war. Meines Erachtens nicht die beste Zeit, um einen Freund zu besuchen. Nico wohnte in einem schönen großen Haus in Kleinmachnow. Die Feier war in vollem Gange und das Haus komplett überfüllt. Alle tanzten, tranken und kifften. Ich war zwar schrecklich müde, aber ich riss mich zusammen. Die anderen schienen keine große Mühe zu haben, einfach mitzufeiern, und so stand ich auf einmal alleine da. Ich kannte kaum jemanden und kam mir schrecklich fehl am Platz vor. Zum Glück kam recht bald Felix mit zwei Bieren zu mir und reichte mir eines davon.

»Wir spielen jetzt Bierball«, informierte er mich. Ich nickte, mir war jede Beschäftigung recht. Ich kannte zwar das Spiel, hatte es aber bisher bevorzugt, nur zuzuschauen. Wir gingen in den Garten und stellten uns einander gegenüber in zwei Mannschaften auf, in der Mitte eine leere Bierflasche, zu Füßen jeden Spielers eine volle. Ich war unter anderem mit Felix in einem Team, was ein großes Glück war, denn obwohl er schon ziemlich viel getrunken hatte, traf er die Flasche in der Mitte mit dem Ball fast jedes Mal. Das hieß allerdings auch, dass wir fast durchgehend trinken mussten, vor allem, weil die gegnerische Mannschaft zu blau war, um die Flasche in der Mitte aufzustellen. Nach vier Runden Bierball gaben sie schließlich auf. Felix und ich legten uns erschöpft auf den Rasen und schauten zu, wie es langsam hell wurde.

»Ella?«

»Hmm«, ich drehte mich zu ihm. »Was ist los?«

»Wieso bist du hier?«

»Das Gleiche könnte ich dich fragen.«

»Bei mir ist das was anderes«, er sprach etwas langsam, aber dafür lallte er nicht so wie ich. »Du verachtest das doch, man sieht es dir an.«

Erstaunt zog ich eine Augenbraue hoch. Ich hatte mir solche Mühe gegeben, nichts von dem zu hinterfragen, was alle hier taten. Ich meine, ich lag da mit einem mir fast unbekannten Jungen im Garten eines Fremden, nachdem wir zusammen Bierball gespielt hatten.

»Das ist nicht wahr.«

»Aber du machst einem ein schlechtes Gewissen.«

Das war nun wirklich das Letzte, was ich gewollt hatte. Goldene Funken tanzten um Felix' Gesicht. Ich folgte ihnen irritiert mit den Augen.

»Man hat das Gefühl, dass du einen komplett durchschaust.«

Ich hörte zwar seine Stimme, aber ich war viel zu sehr mit den goldenen Funken beschäftigt, und deswegen kam das Folgende auch vollkommen überraschend für mich. Er beugte sich rüber zu mir und küsste mich. Für ein paar Sekunden war ich zu überrumpelt, um irgendwie zu reagieren, doch dann sprang ich auf. Keine gute Idee, denn die goldenen Funken verdreifachten sich.

»Felix, du bist absolut besoffen.«

»Du doch auch.«

Er stand ebenfalls auf und wir gingen schweigend wieder nach drinnen. Ich konnte Chris nirgends finden und setzte mich deswegen allein in einen Sessel. Inzwischen waren schon einige gegangen, der Rest hatte sich in Grüppchen verteilt. Irgendwie schienen alle Feiern gleich abzulaufen.

Ich betrachtete die Leute, wie sie wild diskutierten, wie sie sich umarmten, sich küssten. Ihre Gesten wirkten so gestellt, ihre Sätze geklaut, inhaltslos. Alle lachten und tranken, niemand wäre auf die Idee gekommen, dass sie unglücklich waren, aber irgendetwas trieb mich trotzdem zu der Annahme. Vielleicht, weil sie sich lieber betranken und bekifften, als sich mit der Realität auseinanderzusetzen, vielleicht aber auch einfach nur, weil ich meinen eigenen Gemütszustand auf andere projizierte. Langsam schloss ich meine brennenden Augen, das Morgenlicht kam mir unnatürlich hell vor.

*

Ich musste eingeschlafen sein, denn als ich das nächste Mal auf die Uhr schaute, war es bereits Mittag. Schnell huschte ich auf die Toilette und kam dabei an einer Schlafzimmertür vorbei, die offen stand. In dem Bett lag Felix mit irgendeiner Blonden in inniger Umarmung.

Ich machte vorsichtshalber die Tür zu, weil ich Angst hatte, dass Nina die beiden sehen könnte – falls sie es denn irgendwie doch noch auf die Feier geschafft hatte.

Nachdem ich mein Gesicht so gut es ging gewaschen hatte, kuschelte ich mich zurück in den Sessel und schlief erneut ein.

Ich wurde von Chris geweckt, der mir eine dampfende Tasse hinhielt.

»Hier, Kaffee mit Zitrone, hilft gegen den Kater.«

Dankbar nahm ich die Tasse entgegen und verbrannte mich prompt an dem heißen Kaffee. Ich schaute mich um. Anscheinend waren die anderen schon etwas länger wach, denn es war bereits fast alles aufgeräumt.

»Sind die anderen alle schon wach?«, fragte ich Chris, der wieder dabei war, einen Joint zu bauen.

Er schüttelte den Kopf.

»Ein paar mussten schon gehen, und ich glaube, Felix, Vivien und zwei, deren Namen ich vergessen habe, schlafen noch. Ich bin auch nur wach geworden, weil Nico schon sauber gemacht hat. Der Putzteufel«, sagte er extra laut, damit Nico ihn auch wirklich hörte.

Der zeigte einfach nur seinen Mittelfinger und verschwand in der Küche. Nach ein paar Minuten kam er wieder und biss in ein Käsebrötchen.

»Wenn ihr auch wollt, es gibt noch was in der Küche«, bot er uns an, aber ich schüttelte den Kopf. Chris drehte den Joint zu und stand auf.

»Kommt ihr mit?«, fragte er uns und wir folgten ihm.

»Ein Joint am Morgen vertreibt Kummer und Sorgen«, seufzte Nico, als er denn ersten Zug nahm. Außer, dass es bereits 17 Uhr war, stimmte ich ihm vollkommen zu.

Chris und ich blieben noch den ganzen Abend bei Nico, der Rest ging nach Hause. Wir kifften und begannen auch recht bald wieder zu trinken, was meinem Körper zunächst etwas widerstrebte, aber er gewöhnte sich nach ein paar Shots an den Nahrungsersatz.

Gegen zwölf machten wir uns auf den Weg in einen Club, wo wir auch Vivien, Felix und Nina trafen. Ich bekam einen Ausweis von Nina in die Hand gedrückt; ich war die Einzige, die noch nicht achtzehn war. Die Person auf dem Ausweis ähnelte mir zwar bis auf die blonden Haare kein bisschen, aber das schien die Türsteher nicht weiter zu stören, Hauptsache, ich hatte überhaupt einen.

In dieser Nacht wechselten wir den Club bestimmt dreimal und ich hatte das Gefühl, dass uns immer andere Menschen begleiteten. Ich hatte Nina nichts von dem Zwischenfall mit Felix erzählt und der schien die Sache längst vergessen zu haben. Es war wohl dem Alkohol zuzuschreiben gewesen und ich beschloss, sie ebenfalls zu vergessen. Ich hatte in dieser Nacht unglaublich viel Spaß, auch wenn ich Clubs eigentlich hasste. Aber immer wenn die Realität mich einholen wollte, trank ich erneut einen Shot und stürmte wieder auf die Tanzfläche. Die Stimmung war einzigartig.

Wir tanzten, tranken und kifften … wir lebten im Jetzt.

Ich hatte an diesem Wochenende so schnell so viele neue Freunde gefunden wie noch nie, und als ich am Sonntagabend zu Maja ging, um meine Sachen abzuholen, umarmte ich sie zufrieden. Natürlich bemerkte ich sofort, dass sie irgendwie sauer auf mich war, aber dafür hatte ich in dem Moment einfach keinen Nerv. Ich hatte an dem Wochenende kaum geschlafen und wollte nur nach Hause, ihr Problem musste warten. Als ich dann endlich unser Haus betrat, war ich glücklich. Zumindest bildete ich mir ein, dass ich das war. Ich versuchte, mir keine Sekunde zum Nachdenken zu geben, denn wer dachte, machte sich Sorgen. Und Sorgen konnte ich gerade wirklich nicht gebrauchen.

Kaum lag ich wieder in meinem eigenen Bett, wurde ich aber von Übelkeit gequält. Mein Körper schien sich für die beiden anstrengenden Nächte rächen zu wollen, mir tat alles weh. Stöhnend krümmte ich mich zusammen und robbte ins Badezimmer. Dort legte ich mich auf den kühlen Fliesenboden und schlief schließlich unter Schmerzen ein.

*

Am nächsten Morgen stellte ich mich auf die Waage. Sie zeigte ein Gewicht von 49,9 Kilogramm an. Ängstlich blickte ich in den Spiegel und sah was ganz anderes. Die Waage log. Mit meiner Größe von 1,70 Meter wog ich bestimmt 80 Kilogramm, jedenfalls zeigte mir das mein Spiegelbild. Angeekelt von meinem eigenem Abbild ging ich näher an den Spiegel heran. Die letzten Tage waren nicht spurlos an mir vorbeigegangen, tiefe Augenringe und hohle Wangenknochen zeichneten mein Gesicht. Mein Blick wirkte müde und meine Augen waren leicht entzündet, zumindest leuchteten die Äderchen rot. Ich versuchte, meine Haare durchzukämmen, aber sie waren zu verfilzt, mir blieb nichts anderes übrig, als ein paar Knoten herauszuschneiden.

In der Schule tat mein Kopf so weh, dass es mir nicht möglich war, auch nur in einer Stunde dem Unterricht zu folgen. Ich erwartete, dass irgendjemand zu mir kommen und mich auf meinen Zustand ansprechen würde, aber nichts dergleichen geschah. Ein weiterer Beweis dafür, dass Menschen meist nichts anderes sahen als sich selbst. Jeder ist der Mittelpunkt seiner eigenen Geschichte.

In Französisch setzte ich mich wieder auf meinen inzwischen sehr liebgewonnenen Platz in der letzten Reihe.

»Na, zu viel gekifft?«, grinste Alex und ich musste zugeben, dass er meinen Zustand auf den Punkt getroffen hatte. Ich hielt es für unnötig, auf seine Frage zu antworten, und konnte ihm ansehen, dass er sich seinen Teil dachte.

»Jetzt weißt du wenigstens, warum ich montags immer so fertig bin«, meinte er.

»Hast du auch immer diese schrecklichen Kopfschmerzen?«

Er nickte. »Aber die kommen nicht unbedingt vom Kiffen. Keine Ahnung, was du noch genommen hast, aber wahrscheinlich sind sie eher vom Trinken.«

Er wühlte kurz in seiner Tasche und reichte mir dann ein Aspirin. Dankbar nahm ich es entgegen und schluckte es.

»Und, was hast du am Wochenende getrieben, dass du jetzt so fertig bist?«, erkundigte er sich.

»Ich war mit ein paar Freunden unterwegs.«

»Dann hattest du ja das gleiche Wochenende wie ich«, grinste er.

Ich musterte ihn und musste feststellen, dass seine Augenringe weitaus schlimmer aussahen als meine. Bis jetzt hatte ich das gar nicht bemerkt. Ich schämte mich ein bisschen. Soviel zum Thema »Nur sich selbst sehen«.

»Geht es dir gut?«, fragte ich ihn ernsthaft und versuchte, seinen Blick zu halten, doch seine Augen huschten immer weg. Er war sichtlich verwirrt über meine Frage, offenbar wurde er nicht oft nach seinem Befinden gefragt, was wohl daran lag, dass er stets so selbstbewusst wirkte. Umso höher rechnete ich es ihm an, dass er sie trotzdem wahrheitsgemäß beantwortete, zumindest soweit ich das beurteilen konnte.

»Es ist okay, es ging mir schon deutlich schlechter. Mich nerven nur gerade irgendwie alle. Meine Eltern waren übers Wochenende weg und ich muss zugeben, dass ich es mit den anderen etwas übertrieben habe.«

Ich nickte und überlegte, worauf ich näher eingehen sollte. War es angemessener, ihn nach dem »Übertreiben« zu fragen, oder konnte ich mich nach Kim erkundigen? Ich entschied mich für Letzteres. »Und wie läuft es mit Kim?«

Er spielte versunken mit seinem Kugelschreiber in der Hand. »Wie soll es mit ihr laufen?«

Ich lachte. »Keine Ahnung, vielleicht seid ihr ja jetzt zusammen oder so.«

Er schüttelte den Kopf. »Ich beginne grundsätzlich nie etwas, wo ich vorher schon weiß, dass es früher oder später wieder endet.«

Ich zog meine linke Augenbraue hoch. »Aber endet nicht alles irgendwann? Bei jedem Anfang hat man doch Angst vor dem Ende. Der größte Fehler liegt aber vor allem darin, dass man vor lauter Angst vor dem Ende gar nicht erst beginnt.«

Er lächelte und wirkte auf einmal viel jünger als sonst. »Du hast recht, nichts währt ewig, außer das Unglück.«

Ich dachte über seine Worte nach und starrte auf den bekritzelten Tisch. »Also beginnst du grundsätzlich nichts?«

»Zumindest keine Dinge, die mir vorspielen, dass ich glücklich sein könnte.«

Ich konnte seinen Worten nicht ganz folgen, aber ich glaube, das erwartete er auch gar nicht. Er schien am glücklichsten zu sein, wenn er etwas sagte, was niemand verstand und dem niemand zustimmte.

»Ich weiß, wir hatten nie viel miteinander zu tun … Aber selbst jetzt, wo du neben mir sitzt, habe ich echt keine Ahnung, wer du bist. Bei dir habe ich irgendwie immer das Gefühl, dass du Dinge sagst, obwohl du sie gar nicht so meinst, nur um den anderen zum Nachdenken zu bringen.«

»Interessant, du bist die Erste, die das so sieht, normalerweise nimmt man die Worte, die andere sagen, einfach hin, ohne sie wirklich zu hinterfragen«, grinste er leicht ironisch, doch dann wurde er wieder ernst. »Ich muss aber sagen, dass es mir mit dir ähnlich geht. Eigentlich konnte ich dich ganz genau zuordnen, du warst halt das klassische Einsermädchen, gut in der Schule, geliebt von Lehrern und Mitschülern, Klassensprecherin. Doch ich habe das Gefühl, dass du angefangen hast, dein Leben zu hinterfragen, und Zweifel bringen einen von dem Weg ab, den die Gesellschaft einem vorzeichnet. Er ist nicht stabil genug, er übersteht keine genauere Prüfung. So war es zumindest bei mir, ich hoffe für dich, dass es bei dir anders läuft. Du bist zu schwach, um die Folgen so großer Zweifel überstehen zu können.«

Ich musste schlucken. Das war zu viel Ehrlichkeit auf einmal, ich hatte nicht gedacht, dass er eine so konkrete Meinung von mir hatte.

»Ich bin alles andere als schwach«, sagte ich eine Spur zu beleidigt.

»Ja, ich habe mir schon gedacht, dass du meine Worte falsch verstehst. Ich meinte nicht deine geistige Stärke, die ist besser als von den meisten, sondern deine physische. Du siehst irgendwie fertig aus und blass, bist etwas zu dünn geworden meiner Meinung nach. Das ist keine Kritik, ich habe kein Recht, mich da einzumischen, aber an deiner Stelle würde ich aufpassen. Irgendwann greift nämlich die physische Schwäche die psychische Stärke an.«

Ausgerechnet in dem Moment klingelte es und ich hatte nicht mehr die Möglichkeit, auf seine Worte zu antworten. Trotzdem verankerten sie sich irgendwie in meinen Gedanken und ich fragte mich, warum er so etwas sagte. Ich schrieb es den vielen Drogen zu und beließ es dabei.

KAPITEL 5

Gebt das Hanf frei, und zwar sofort!

Hans-Christian Ströbele

Am Mittwoch fragte Nina mich, ob ich mit in den Mauerpark kommen wolle. Es war bereits 7 Uhr, als ich ihre SMS bekam, und das war eigentlich schon zu spät, um loszufahren, schließlich hatte ich am nächsten Tag Schule. Aber da ich im Moment sowieso nicht die größte Lust verspürte, zu Hause zu sein oder zum Volleyballtraining zu gehen, machte ich mich trotzdem auf den Weg. Außerdem hoffte ich, von ihr noch was über Chris zu erfahren, der sich seit einer Woche nicht mehr gemeldet hatte. Ich vermisste ihn und verstand einfach nicht, warum er mir nicht mehr antwortete. Ich konnte mich nicht erinnern, irgendwas falsch gemacht zu haben.

Nina saß im Schneidersitz im Kreis mit ein paar anderen und ich setzte mich zu ihnen. Sie drehte sich so, dass wir beide einander gegenüber saßen, und zündete einen Joint an. Nach nur zwei Zügen reichte sie ihn mir weiter und sagte, dass ich ihn aufrauchen könne. Der erste Zug kratzte etwas in meinem Hals, aber schon bald breitete sich das inzwischen allzu bekannte Gefühl in mir aus. Der sanfte Rauch füllte meine Lungen und schien alle Gedanken gleich erträglicher zu machen. Ich ließ mich nach hinten auf den Rücken fallen und betrachtete die Wolken. Verträumt dachte ich mir zu jeder Wolke eine Geschichte aus und versank in meinen eigenen Gedanken. Plötzlich spürte ich, wie mich jemand an die Schulter tippte, und schrak aus meiner Geschichte auf.

»Ella, wie schön dich zu sehen.«

Ein Mädchen drückte mir einen Kuss auf die Wange. Verwirrt blickte ich sie an. Wer war das? Zum Glück klärte sich das, als sie wieder begann zu reden. »Es kommt mir vor wie Monate, dabei haben wir uns erst letzten Freitag kennengelernt, oder war es Samstag?«

Ich zuckte nur mit den Schultern, aber das reichte ihr. Angestrengt versuchte ich mich an ihren Namen zu erinnern, aber er wollte mir beim besten Willen nicht einfallen.

»Kommst du mit Kippen kaufen?«, fragte sie mich und ich nickte.

Es war bestimmt nicht schlecht, wenn ich mich ein wenig bewegte. Ich sagte Nina Bescheid, die sich gerade mit einem Jungen über die Wirkung von Pilzen unterhielt. Dann schlenderte ich mit dem braunhaarigen Mädchen, dessen Name mir immer noch nicht einfiel, durch die Dunkelheit. Wäre sie nicht bei mir gewesen, hätte ich wahrscheinlich Angst gehabt zwischen den ganzen mir zwielichtig erscheinenden Menschen, doch so fühlte ich mich geborgen in dem schummrigen Licht. Wir bogen um eine Ecke und standen direkt vor einem Kiosk.

»Warte du hier draußen, ich geh alleine rein.«

Ich nickte stumm und sie verschwand in dem Laden. Müde setzte ich mich auf die Bordsteinkante und holte mein Handy aus der Jackentasche. Das helle Licht des Displays blendete mich, aber nach einigen Sekunden konnte ich erkennen, dass es bereits 22 Uhr war. 22 Uhr und noch keine SMS von meiner Mutter. Ich war fast ein wenig enttäuscht. Sollte ich ihr schreiben, dass ich nicht nach Hause kommen würde? Oder würde ihr mein Fortbleiben überhaupt nicht auffallen?

Meine Finger tippten wie von alleine die Worte *Schlafe bei Maja.* Nachdem ich die Nachricht abgeschickt hatte, stopfte ich das Handy wieder zurück in die Tasche. Das Mädchen kam aus dem Kiosk heraus und in diesem Moment fiel mir ihr Name wieder ein. Vanessa. Eine Freundin von Chris. Sie warf mir eine Packung Lucky Strikes zu und verwundert fing ich sie auf.

»Ich war mir nicht sicher, was du wolltest, aber es gab nichts außer Lucky Strikes oder Marlboro Gold.«

Bei Letzterem verzog sie angewidert das Gesicht. Ich lachte. Es war merkwürdig, wie sie es gar nicht in Frage stellte, dass ich rauchte. Ich hatte sie nie darum gebeten, mir Zigaretten mitzubringen, aber trotzdem tat sie es. Eigentlich war es ja nett, auf eine verdrehte Weise. Vanessa öffnete ihre Packung und riss die Folie ab. Dann nahm sie eine Kippe raus und steckte sie wieder falsch herum in die Packung. »Glückskippe«, meinte sie, als ich sie danach fragte. Die nächste steckte sie sich in den Mund und zündete sie an. Neugierig beobachtete ich sie und überlegte, ob ich ihr sagen sollte, dass ich noch nie geraucht hatte. Anderseits gab es immer ein erstes Mal. Es war eigentlich fast schon traurig, dass ich schon gekifft hatte, aber noch nie geraucht, und so tat ich es ihr gleich und zündete mir eine Kippe an. Ein Unterfangen, das mehrere Anläufe benötigte, wusste ich doch nicht, dass man an der Zigarette ziehen musste, während man sie anzündete.

Ich hatte bereits viele schlimme Erfahrungsberichte gehört, wie ekelhaft das erste Mal Rauchen war, und so war ich umso erstaunter, dass es mir sogar schmeckte. Kein Husten, kein Würgen, kein Fluchen. Es war nicht viel anders als Kiffen und ein angenehmes Kribbeln durchfuhr meinen Körper. Das Straßenlicht flackerte und irgendwo weiter weg hörte ich leises Gitarrenspiel. Die Asche der Zigarette fiel auf meine Hose und fluchend wischte ich sie weg. Vanessa tippte irgendetwas in ihr Handy und ich fing an, die Melodie von irgendeinem Bob-Marley-Lied zu summen, doch mir fiel einfach nicht ein, wie es hieß. Vanessa schaute auf und meinte, dass sie unheimlich Lust hätte, einen zu rauchen. Ich stimmte ihr zu, das einzige Problem war nur, dass wir kein Gras hatten.

»Ich würde ja sagen, dass wir uns was holen, aber mein Ticker wurde gerade erwischt, und das Gras, das ich gerade habe, hat eine übertrieben eklige Wirkung.« Sie tippte wieder etwas in ihr Handy. »Kannst du nicht Chris fragen?«

Ich schüttelte den Kopf. Es wäre mir unangenehm gewesen, ihm jetzt zu schreiben. Schließlich hatte er schon auf meine letzten zwei SMS nicht geantwortet, wo ich ihn eigentlich nur gefragt hatte, wie es ihm ging.

»Ich glaube nicht, dass das was bringen würde. Er geht nicht mehr an sein Handy und ich möchte ihn auch nicht nerven.«

Sie war sichtlich enttäuscht, und ich fragte mich, ob es daran lag, dass sie Chris nicht sehen würde, oder daran, dass wir kein Gras hatten.

»Aber Nina hat mir mal eine Nummer gegeben, allerdings habe ich noch nie bei ihm gekauft.« Ich verschwieg ihr lieber, dass ich generell noch nie Gras geholt hatte.

»Na, worauf wartest du denn? Ruf ihn an!«, meinte sie und ich konnte die Begierde in ihrer Stimme hören.

»Aber was soll ich denn da sagen? Ist es nicht besser, wenn ich ihm eine SMS schicke?«

Genervt verdrehte sie die Augen.

»Keine Ahnung, wer dein Ticker ist, aber normalerweise ist es ihnen lieber, wenn man anruft.«

Ich schluckte diese Information herunter und fühlte mich wieder wie ein kleines Küken, das einfach aus dem Nest geschmissen wurde, ohne überhaupt zu wissen, wie man fliegt.

Nervös wählte ich die Nummer, die ich unter dem Namen »DD« eingespeichert hatte, was als Abkürzung für Drogendealer stehen sollte, da ich zu sehr Angst gehabt hatte, dass irgendjemand die Nummer finden würde. Warum hatte Nina mir nicht einfach seinen Namen gesagt? Ich hörte, wie jemand ans Handy ging, aber niemand meldete sich.

»Hallo?«, fragte ich mit hoher Stimme.

»Ja.«

Der schien ja sehr gesprächig zu sein.

»Hier ist Ella. Können wir uns heute treffen?«, stotterte ich. Das klang ja wirklich richtig scheiße. Er reagierte immer noch nicht, also redete ich einfach weiter. »Nina hat mir deine Nummer gegeben. Wir sind gerade im Mauerpark, und da wollte ich mal fragen, ob du vielleicht noch heute könntest?«

Ich vermied es extra, explizit nach Drogen zu fragen, falls wir irgendwie abgehört wurden, man wusste ja nie. NSA und so. Der Junge schien sich endlich aufzuraffen.

»Ja klar, ich bin sowieso in der Nähe. Ich könnte in zwanzig Minuten am Eingang sein. Wie viel willst du denn?«

Mist, an diese Frage hatte ich gar nicht gedacht. Was sollte ich denn da sagen? Ich legte meine Hand übers Handy und fragte Vanessa. Sie meinte »Einen Zehner«, und ohne zu wissen, was das hieß, gab ich die Bestellung weiter.

»Okay, alles klar, bis gleich.« Er legte auf und erleichtert packte ich mein Handy ein.

»In zwanzig Minuten am Eingang an der Bernauer«, sagte ich Vanessa, doch sie tippte ungerührt weiter auf ihrem Display herum.

Nach ein paar Minuten blickte sie dann doch wieder auf. »Sorry, aber du musst wahrscheinlich alleine hin. Der Junge, von dem ich die Jacke habe, will sie wieder, weil er gehen will. Komm doch dann einfach, wenn du fertig bist, wieder dahin, wo wir vorhin saßen. Ist das okay für dich?«

Gleichgültig zuckte ich mit den Schultern. Irgendwie wurde mir Vanessa etwas unsympathisch und ich war eigentlich ganz froh, von ihr wegzukommen. Andererseits hatte ich ein wenig Angst vor dem Dealer.

Vanessa und ich machten uns wieder auf den Weg zum Mauerpark. Beim Eingang verabschiedete sie sich. »Bis gleich«, sagte sie und war im nächsten Moment verschwunden.

Ängstlich schaute ich auf die Uhr. Es war kurz nach elf. Mir fiel auf, dass ich mir noch keine Gedanken darüber gemacht hatte, wo ich überhaupt schlafen sollte. Egal, notfalls würde ich einfach durchmachen. Ich fragte mich, ob die anderen denn gar keine Verpflichtungen hatten, dass sie immer so spät nach Hause kommen konnten. Ich setzte mich auf den Boden. Meine Mutter hatte mir immer noch nicht geantwortet, und ich hatte etwas Angst, dass sie bei Maja anrufen könnte. Also schrieb ich ihr lieber auch eine SMS: *Wenn meine Mutter bei dir anruft, dann sag bitte, dass ich schon eingeschlafen bin.* Ich bemerkte, dass das nicht so richtig Sinn machte, und schickte lieber noch eine hinterher: *Weil, ich hab ihr gesagt, dass ich bei dir schlafe.*

Ich hoffte, dass das reichte, und verstaute das Handy wieder in meiner Tasche. Im Mauerpark war noch erstaunlich viel los und die meisten gingen an mir vorbei, ohne mich weiter zu beachteten. Woher sollte ich überhaupt wissen, wer von denen der Dealer war? 23.20 Uhr. Ich stand auf und schaute mich um. Meine Finger waren eiskalt. Wie viel musste ich ihm eigentlich zahlen? Eine Gestalt mit Kapuzenpullover stand in meiner Nähe und blickte sich um. Er war groß und man konnte sein Gesicht nicht sehen, weil es von der Kapuze verdeckt war. Irgendwie ging von ihm eine düstere Aura aus; ich war kurz davor, einfach umzukehren. Ob das der Dealer war? Alle meine Befürchtungen schienen sich zu bestätigen. Ich ging etwas näher an ihn heran. Da schien auch er mich zu sehen.

»Elsa?«, fragte er mich.

Ich nickte. Wahrscheinlich hatte er mich am Handy falsch verstanden. Meine Lippen bebten. Was sollte ich jetzt sagen? Er sah wohl, dass ich Angst hatte, und nahm seine Kapuze ab. Er schien nicht viel älter als ich zu sein und sofort fiel meine Angst von mir ab. Er hatte dunkles Haar, das viel zu lang war und ihm strähnig ins Gesicht fiel. Hübsch war er definitiv nicht, aber auch nicht hässlich. Er sah aus, wie man mit siebzehn halt aussah, nicht mehr und nicht weniger. Wir gingen ein Stück in den Mauerpark hinein.

»Du wolltest einen Zehner?«

Ich nickte, auch wenn ich immer noch nicht wusste, was das hieß. Der Junge kramte in seiner Jackentasche und gab mir schließlich eine kleine Plastiktüte in die Hand. Ich steckte sie in mein Portemonnaie und fragte ihn, wie viel er bekam.

»Du hast doch gesagt, du willst einen Zehner, oder?«, fragte er, aber es klang nicht vorwurfsvoll, sondern eher, als hätte er Sorge, dass er etwas verwechselt hatte. Ich nickte und kapierte erst jetzt, dass das wahrscheinlich bedeutete, dass ich Gras für zehn Euro wollte. Also gab ich ihm einen Zehneuroschein.

»Du hattest die Nummer von Nina?«, erkundigte er sich. Er klang schläfrig und irgendwie sympathisch. Meine Angst kam mir jetzt lächerlich vor.

»Ja. Wir haben einmal zusammen davon geraucht und ich fand es echt gut.«

Er nickte. »Ich find auch, dass es das Beste ist, was ich bis jetzt verkauft habe.«

Wir standen einige Sekunden nebeneinander, ohne etwas zu sagen, aber es war nicht wirklich unangenehm. Ich holte meine Lucky-Strike-Packung heraus, zündete mir eine an und hielt ihm dann die Packung hin. Er schüttelte den Kopf und drehte sich stattdessen eine.

»Ich mag keine Industriekippen«, nuschelte er.

Ich war mir nicht sicher, wie es normalerweise ablief, ob man ging, nachdem man gezahlt hatte, oder noch redete, aber es fühlte sich irgendwie richtig an, mit ihm zu rauchen, und so blieb ich einfach stehen.

»Tut mir leid, dass du wegen mir um diese Uhrzeit hierhin fahren musstest.«

»Das ist doch mein Job«, er schaute auf und so etwas Ähnliches wie ein Grinsen überfuhr sein Gesicht. »Außerdem wohne ich hier ganz in der Nähe, also habe ich es nicht weit.«

Ich rauchte noch meine Kippe zu Ende und machte mich dann auf den Weg. »Danke noch mal. Ich muss langsam zu meinen Freunden.«

Er nickte.

»Wir sehen uns.«

Ich irrte durch den Mauerpark, aber ich fand weder Vanessa noch Nina. Es wurde immer dunkler, aber ich war zu erschöpft, um wirklich Panik zu schieben. Waren sie schon gegangen? Ich ging wieder zurück zum Weg und setzte mich an den Rand, um nach meinem Handy zu suchen, als sich plötzlich jemand zu mir stellte. Ich schaute auf und bemerkte, dass es DD war. Er nahm seine Kopfhörer ab. »Wolltest du nicht zu deinen Freunden?«

Mir war das Ganze etwas peinlich, weil es so wirken musste, als wenn ich vor ihm geflüchtet wäre. »Ich finde sie irgendwie nicht.«

Das klang irgendwie so, als hätte ich ihn vorhin angelogen, damit ich keine zusätzliche Zeit mehr mit ihm verbringen musste, aber der Junge schien sich gar nichts dabei zu denken. Vielleicht machte ich mir einfach mal wieder zu viele Sorgen.

»Soll ich dir helfen, sie zu finden?« Er schaute mich ganz offen an und ich musste grinsen. »Ist schon okay, ich glaube, sie sind schon gegangen.«

»Ach so«, sagte er.

Er setzte sich neben mich und baute einen. Dann zündete er ihn an und gab ihn mir nach ein paar Sekunden, ohne mich zu fragen, ob ich überhaupt wollte. Einen zu rauchen war wahrscheinlich das Dümmste, was man in dieser Situation machen konnte, weil es einfach mal dunkel war, ich nicht wusste, wo ich schlafen sollte, und morgen wieder in die Schule musste. Trotzdem nahm ich den Joint entgegen und ließ mich von der sanften Sorglosigkeit einlullen.

»Ich liebe dein Gras«, seufzte ich und gab ihm den Joint zurück.

»Ich auch.«

»Ist es nicht total verführerisch, wenn man immer Gras hat? Ich glaube, ich würde nur noch kiffen.«

»Rate mal, was ich mache«, grinste er und ich lachte.

»Sorry übrigens noch mal wegen vorhin am Telefon. Ich wusste irgendwie nicht, was ich sagen sollte.«

Verwundert schaute er mich an. »Ich kann mich gar nicht mehr erinnern.«

»Ist vielleicht besser so.«

Er nahm einen weiteren tiefen Zug und reichte mir den Joint dann wieder. »Ich hatte nur jemand anderen erwartet, weil du gesagt hast, dass du die Nummer von Nina hast.«

»Wen hast du denn erwartet?«, fragte ich neugierig und der Joint fiel mir fast aus der Hand.

»Irgendwie jemand Arroganten. Nina ist echt korrekt, aber ihre Freunde kann ich nicht ausstehen, die sind so unglaublich anstrengend. Kennst du diese Vivien?«

Ich nickte.

»Sie hat mal bei mir geholt und wollte dann mit Sex bezahlen. Ich kann solche Menschen nicht leiden.«

Er sagte das aber überhaupt nicht böse, sondern so, als wenn das seine Schuld wäre. Ich lachte. »Ja, ich mag sie auch nicht sonderlich, aber das liegt vor allem daran, dass sie mich hasst.«

Er grinste. »Was hast du ihr denn getan? Wolltest du auch nicht mit ihr schlafen?«

Wir lachten und schauten in den dunklen Himmel. Der Joint war inzwischen tot und wir rauchten eine.

»Du musst jetzt hier wirklich nicht bei mir sitzen, du musst doch bestimmt auch nach Hause.«

Er zuckte mit den Schultern. »Meine Mutter hat sich daran gewöhnt. Wenn ich hier nicht sitzen wollen würde, würde ich es nicht tun.«

Er baute noch einen, und das, ohne überhaupt etwas zu sehen. Ich gähnte.

»Was hältst du von dem Plan, zu mir zu gehen? Wir müssen wahrscheinlich leise sein, weil meine Mutter schläft, aber dann kannst du dich noch kurz hinlegen, wenn du willst.«

Da schrillten bei mir die Alarmglocken. Andererseits wirkte er wirklich alles andere als gefährlich. Und vielleicht war es keine schlechte Idee, sich noch auszuruhen, schließlich musste ich ja morgen in die Schule.

»Aber ich muss früh raus«, zögerte ich.

»Das ist egal, ich ja auch. Aber mach, wie du willst, es ist nur ein Angebot.«

Ich nahm einen kleinen Stein und spielte nervös damit herum. Was sollte schon groß passieren? Also stimmte ich schließlich zu und wir gingen los. Es war schon komisch, wie schnell ich Menschen vertraute. Noch vor zwei Monaten hätte ich jedem einen Vogel gezeigt, der mir gesagt hätte, dass ich irgendwann mal mit einem Jungen nach Hause gehen würde, den ich erst seit zwei Stunden kannte. Oder kiffte. Oder rauchte. Oder – verdammt, ich hatte mich in kürzester Zeit komplett verändert. Schnell schob ich den Gedanken weg und konzentrierte mich auf die Gegenwart.

Wir stiegen in die Tram und fuhren ein paar Stationen. Dann führte er mich zu einem Hochhaus und schloss unten auf. Er drückte auf den Fahrstuhlknopf und ein leises Surren erklang. Die Tür ging auf und wir stiegen ein. Auf einmal spürte ich ein heftiges Ziehen in meinem Herz. Erschrocken griff ich nach DD und bohrte meine Fingernägel in seine Schulter. Ich nuschelte ein leises »Sorry«, doch er blickte mich nur mit seiner gleichgültigen, treuen Miene an. Wir hielten im sechsten Stock. Er schloss die Wohnungstür auf und leise schlichen wir durch den dunklen Flur. Er stolperte über einen Schuh und fluchte leise. Dann öffnete er eine Zimmertür und schaltete das Licht an.

»Mach es dir bequem, ich komme gleich«, sagte er und ich blieb alleine in dem Zimmer zurück. Es war ein wenig unordentlich, aber nicht eklig. Ein paar Klamotten lagen herum, doch insgesamt wirkte es sehr gemütlich. Das Licht war nur dämmrig, und ich hatte das Gefühl, dass er sein Zimmer extra so eingerichtet hatte, dass er sich dort wohlfühlte, wenn er straff war. Ich setzte mich auf sein Bett und zog die Schuhe aus. Nach einiger

Zeit kam er wieder und brachte einen Häagen-Dazs-Becher und zwei Löffel mit.

»Das Beste, was du essen kannst, wenn du gekifft hast«, sagte er und reichte mir Eis und Löffel. Er schaltete seinen Laptop an und wir legten uns bäuchlings ins Bett.

»Magst du *South Park*?«, fragte er mich und ich nickte, auch wenn ich noch nie eine Folge gesehen hatte.

Wir schauten *South Park* und aßen Eis. Er hatte recht, ich hatte selten etwas Besseres gegessen. Es schmeckte so intensiv, und es fühlte sich an, als wenn dieser Geschmack des Eises meinen ganzen Körper ausfüllen würde.

»Es geht doch nichts über Eis und Cartoons auf Fettness.«

Ich seufzte zufrieden und hatte Mühe, mich davon abzuhalten, noch einen Löffel zu nehmen. Meine Augen fielen mir immer wieder zu und ich musste sie quasi mit Gewalt aufreißen, um nicht einzuschlafen.

»Soll ich dir einen Wecker stellen?«

»Mach ich selbst«, nuschelte ich und kramte mein Handy hervor.

Keine SMS. Ich stellte den Wecker auf 7 Uhr. Ich musste zwar erst zur dritten Stunde, aber ich wusste nicht, wie lange ich von hier aus zur Schule brauchte.

»Wann musst du aufstehen?«, fragte ich ihn schläfrig.

»Eigentlich 7 Uhr, aber ich verschlafe meistens.«

»Ich habe ihn mir jetzt auch auf sieben gestellt.«

Ich war gerade am Einschlafen, als mir etwas einfiel. »Wie heißt du eigentlich?«

Er hörte gar nicht richtig hin, weil er sich gerade über einen Gag amüsierte, und antwortete nur reflexartig: »Max.«

Ich kuschelte mich noch fester in die Decke. »Gute Nacht, Max.«

Ich weiß nicht, ob er darauf etwas antwortete, denn im nächsten Moment war ich eingeschlafen.

*

Der Wecker riss mich unsanft aus dem Schlaf. Müde rieb ich mir die Augen. Ich schaute neben mich und konnte nur die verstrubbelten braunen Haare von Max erkennen. Ihn schien der schrille Ton wenig zu stören, er schnarchte weiter leise vor sich hin. Ich schüttelte ihn leicht an der Schulter, doch er wachte immer noch nicht auf.

»Hey, es ist 7 Uhr«, flüsterte ich leise, weil es mir merkwürdig vorkam, lauter zu reden.

Ich schüttelte ihn noch mehr. Aber erst, als ich seine Decke wegzog, entfuhr ihm ein Grunzen und er öffnete langsam sein eines Auge. Er sah mindestens so scheiße aus wie ich. Langsam streckte er sich. Dann schaute er sich um.

»Morgen«, nuschelte er.

Ein wirklicher Morgenmensch sah auch anders aus, dachte ich.

»Wecke ich deine Mutter, wenn ich mal eben in euer Badezimmer gehe?«, fragte ich, doch er schüttelte den Kopf.

»Die ist schon auf der Arbeit.«

»Also ist es okay, wenn ich euer Bad benutze?«

Meine Höflichkeit schien ihn irgendwie zu verwirren und er grunzte nur zustimmend. Ich huschte aus dem Zimmer. Ich sah die Wohnung zum ersten Mal bei Licht und war komplett überrascht. Sie war zwar nicht groß, aber sie hatte so viel Charme, dass ich mich sofort wohlfühlte, das hier war so viel gemütlicher als diese riesigen und oft wenig einladenden Häuser, die bei uns in der Gegend herumstanden. Ich fand das Badezimmer auf Anhieb und wusch mein Gesicht. Mit Klopapier versuchte ich, die Mascarareste von meinen Augen zu wischen. Dann band ich meine Haare zum Zopf und ging wieder hinaus. Das musste reichen. Max lag ausgestreckt im Bett und war wieder eingeschlafen. Ich fischte nach seinem Laptop und suchte mir eine Busverbindung zur Schule heraus. Da ich noch etwas Zeit hatte, ging ich in die Küche, um einen Kaffee zu machen. Max kam hereingeschlurft und setzte sich zu mir an den Tisch. Seine Haare waren nach wie vor verstrubbelt, aber immerhin hatte er sich umgezogen.

»Kaffee?«, fragte ich und dankbar nahm er eine Tasse entgegen.

»Schule ist doch scheiße«, maulte er und ich konnte ihm nur zustimmen. »Bringt einem nichts und nur die Schleimer bekommen gute Noten.«

Ich überlegte, was diese Ansicht wohl über mich aussagte. »Welche Klasse bist du eigentlich?«, fragte ich ihn.

»Zweites Semester, du?«

»Zehnte Klasse, ich mache gerade meinen MSA.«

»Scheiß auf den MSA, das ist das Unnötigste, was ich je gemacht habe. Genieß einfach dein Leben, Schule wird, je älter man wird, nur noch schlimmer.«

Ängstlich schaute ich ihn an. »Noch schlimmer?« Was wir im Moment hatten, war ja kaum zu schaffen. Gerade war zwar eine kurze Klausurenpause, aber schon bald würden wieder so viele Arbeiten kommen, dass man von Freizeit nur träumen konnte.

Wir redeten noch eine Weile, bis ich meinte, dass ich langsam losmüsse.

Max schaute auf die Uhr und fluchte. »Schon so spät? Meine Schule beginnt in einer Minute.«

Er packte in Windeseile seine Sachen zusammen und wir verließen zusammen die Wohnung. An der S-Bahn trennten sich unsere Wege und ich bedankte mich noch mal bei ihm, doch er winkte nur ab.

»Lass das bald mal wieder machen.«

Bei ihm klang das irgendwie so, als hätten wir uns geplant verabredet, und ich versuchte die ganze Bahnfahrt über, den Jungen zu analysieren. Das Merkwürdige war, dass man nicht wirklich etwas in seine Worte hineininterpretieren konnte, denn alles, was er gesagt hatte, hatte er auch so gemeint, und das war für mich irgendwie neu. Es gab viel zu wenige ehrliche Menschen.

*

Wie ich vermutet hatte, war der Unterricht unglaublich ermüdend. Ich schlief die ganze Zeit über fast ein und hatte Mühe, dem Stoff zu folgen. Ich meldete mich ein paarmal halbherzig, doch irgendwann wurde es mir zu anstrengend, den Arm zu heben. Wir schrieben einen unangekündigten Lateintest, und es war das erste Mal in meinem Leben, dass ich davor saß und wirklich nichts wusste, keine einzige Vokabel. Ich wusste nicht, ob ich lachen oder weinen sollte. Mühsam leitete ich mir ein paar Begriffe her, aber am Ende riet ich die meisten. Es tat mir irgendwie leid, als ich den Zettel mit den komplett falschen Wörtern abgab, und ich beschloss, dass ich unbedingt mal wieder Vokabeln lernen musste.

Ich sehnte mich nach ein wenig Entspannung, und so verließ ich das Schulgelände, um eine zu rauchen. Ich wollte gerade um eine Ecke biegen, als ich verblüfft stehen blieb, denn dort standen mehrere Gruppen von Leuten aus meiner Stufe und rauchten. Wenn ich mich nicht irrte, wehte sogar von irgendwoher der Duft von Gras. Ich wollte schon wieder umkehren, als mich Alex zu sich winkte. Die anderen musterten mich abwertend, als wäre ich in ihr Revier eingedrungen oder so. Trotzdem stellte ich mich in ihren Kreis. Ich fragte nach Feuer und Alex reichte mir eins.

»Seit wann rauchst du?«, fragte er mich irritiert, doch ich zuckte nur mit den Schultern. Ich wollte vor diesen Leuten nicht zugeben, dass ich es erst seit gestern tat.

»Es ist Mittwoch und du siehst mal wieder erstaunlich scheiße aus«, grinste Alex und ich boxte ihn in die Seite.

»Ich bin einfach nur ziemlich fertig, hab gestern gekifft und es dann nicht mehr nach Hause geschafft.« Naja, im Kern stimmte das ja.

Die anderen, die in der Gruppe standen, horchten interessiert auf. Wenn ich es richtig deutete, konnte ich so etwas wie Akzeptanz in ihren Blicken aufblitzen sehen.

»Wo warst du denn?«, fragte mich Kevin, einer aus meiner Klasse, mit dem ich nie ein Wort geredet hatte, zumindest keines freiwillig.

»Im Mauerpark.«

Alex schaute etwas besorgt. »Du hast dann aber nicht dort geschlafen oder?«

Ich schüttelte den Kopf und hoffte, dass sie nicht weiter fragten, denn ich war mir nicht sicher, wie ich erklären sollte, dass ich bei meinem Dealer geschlafen hatte, der auch irgendwie erst seit gestern mein Dealer war. Doch zum Glück beließen sie es dabei und begannen ihre Planung für nach der Schule. Alex schnippte seine Kippe weg und wir machten uns wieder zur Schule auf. Ich verabschiedete mich von Alex und ging in meinen Klassenraum.

Da meine Zigaretten schon alle waren, ging ich gleich nach der Schule zum Kiosk, um mir neue zu kaufen. Erst zu spät fiel mir auf, dass ich noch gar nicht achtzehn war, aber den Verkäufer schien das überhaupt nicht zu stören. Als ich den Laden verließ, sah ich ein Stoppschild an der Ladentür mit der Aufschrift »Kein Alkohol oder Tabakwaren unter 18«. Ich lachte bitter auf. Im Kapitalismus musste jeder sehen, wo er blieb.

Die nächsten Wochen vergingen wie im Flug. Ich gewöhnte mir einen Tagesrhythmus an, der meines Erachtens sehr gut funktionierte. Die Regeln, die ich mir selbst aufstellte, waren: Nicht in der Schule fehlen, keine Hausaufgaben vergessen und meine Eltern nichts merken lassen.

Ich hatte meinen alten Tagesrhythmus durchbrochen, bemerkte dabei aber nicht, dass ich einem neuen verfallen war. Vielleicht interessierte es mich auch einfach nicht, denn mir gefiel es, wie ich lebte. Zwar ging ich immer noch in die Schule, aber die Tage waren eher nach dem nachmittäglichen Kiffen ausgerichtet. Am Wochenende und manchmal auch unter der Woche ging ich auf irgendwelche Feiern, aber daran fand ich gar nicht so den großen Gefallen. Immer öfter schlief ich im Bus oder auch mal im Unterricht einfach ein, aber im Normalfall legte ich großen Wert auf Disziplin. Ich wollte nicht, dass meine Noten schlechter wurden, anderseits wollte ich auch mein Leben genießen. Ich fing an, Menschen zu verstehen, die ich früher nie verstanden hatte, sie wurden zum Teil sogar meine Freunde. Mich erstaunte es selbst, dass meine Eltern nichts von alledem mitbekamen, und manchmal war ich kurz davor, es ihnen zu erzählen, einfach nur, um ihre Reaktion darauf zu sehen.

Meine Mutter behandelte mich immer noch wie ein kleines Kind, und wenn ich sie fragte, ob ich am Wochenende auf eine Feier gehen durfte, verbot sie es mir. Ich verstand sie nicht. Es musste ihr doch wohl klar sein, dass ich so oder so hingehen würde, warum ging sie dann nicht auf mich ein und machte mit mir feste Regeln aus? Das wäre doch viel weniger gefährlich gewesen, als wenn ich in fremden Häusern schlief oder mich in der Dunkelheit herumtrieb, wenn auch nie alleine. Sie hätte gewusst, wo ich war, und wenn ich in meinem eigenen Bett hätte schlafen können, hätte sie sich auch viel sicherer sein können, dass es mir gut ging. Aber sie ging nicht auf mich ein und so blieb mir nichts anderes übrig, als sie anzulügen oder mich rauszuschleichen. Bei Freunden schlafen ging in Ordnung, aber eine Feier? Nein, das ging nicht.

Ich nahm mir fest vor, dass ich es bei meinen Kindern später besser machen würde, aber wahrscheinlich hatte sich meine Mutter Ähnliches vorgenommen, als sie jung war. Doch ich konnte mir beim besten Willen nicht vorstellen, dass ich später einfach meine ganze Jugend vergessen würde. Die Nächte auf der Straße, im Club. Den Geruch von Gras am frühen Morgen. Die Sterne, die einem zuschrien, man könne alles schaffen, wenn man nur vergaß … Ich würde meinen Kindern nie verbieten, ihre eigenen Erfahrungen zu machen. Das war doch albern. Ich war ja nicht drogen- oder zigarettenabhängig. Es gehörte einfach nur dazu, ich konnte jederzeit aufhören.

Manchmal fragte ich mich, warum sich meine Eltern nie mit mir hingesetzt und offen über alles geredet hatten. Sie wussten doch, dass man bestimmte Sachen machte, wenn man jung war, warum nutzten sie ihr Wissen nicht besser? Warum hatten sie mir nicht gesagt, dass ein wenig Trinken und Kiffen okay war? Weil sie es besser wussten? Oder vielleicht nur, weil sie vergessen hatten, wie es war, jung zu sein? Wie atemberaubend das Gefühl von Freiheit war … Natürlich war mir bewusst, dass mein neuer Lebensstil nicht besonders gesund war, aber dass ich ihn früher so dermaßen verabscheut hatte, fand ich im Nachhinein albern. Ich schrieb es meiner damaligen Unwissenheit zu. Gras war nicht schlimm, warum war es sonst in manchen Städten erlaubt? Es machte einen manchmal high und manchmal vielleicht auch etwas müde, aber vor allem befreite es einen.

Die Zeit verging, ohne dass irgendetwas Aufregendes passierte. Je öfter man kiffte, desto mehr gewöhnte man sich daran, und alles wurde zur Routine. Die Feiern konnten noch so abgefuckt sein, am Ende glichen sie sich doch. Außerdem vergaß ich sowieso den größten Teil von dem, was ich machte, nur wirklich intensive Momente nahm ich noch intensiver wahr. Doch davon gab es in dieser Zeit eigentlich kaum welche. Chris sah ich das ein oder andere Mal, aber ich hatte nie die Gelegenheit, mich mit ihm zu unterhalten. Wir schrieben, doch er sagte immer nur, dass er mich zwar vermisse, aber es gerade einfach nicht ging. Er habe gerade viel zu tun und würde sich melden, sobald er konnte. Ich glaubte ihm, ich glaubte in dieser Zeit sowieso allem. Was blieb mir auch anderes übrig?

Mein Vater ging weiterhin zur Arbeit, und egal wie oft meine Mutter ihm sagte, er solle sich auf seinen Krankenhausaufenthalt vorbereiten, er machte trotzdem weiter. Vielleicht war manchmal Routine die beste Möglichkeit, sich abzulenken.

*

Es war Samstag und ich hatte ein recht wichtiges Volleyballspiel. Ich war in den letzten Wochen nur noch sehr selten zum Training gegangen, was bei meinem Trainer mehrere Wutanfälle ausgelöst hatte. Er rief mich bereits um 13 Uhr an, um mich daran zu erinnern, wo ich in zwei Stunden sein musste, und ich versprach zu kommen.

Das restliche Team war bereits da, als ich unmotiviert meine Sporttasche in die Kabine schmiss. Ich begrüßte alle flüchtig und gab Maja einen Kuss auf die Wange. Wir hatten uns lange nicht mehr wirklich gesehen, immer nur beim Sport, sodass ich irgendwie nicht so richtig wusste, wie ich mich ihr gegenüber verhalten sollte. Unser Trainer ging mit uns noch ein paar Dinge durch, bevor er uns zum Einlaufen entließ. Schweigend liefen Maja und ich nebeneinander her, keine von uns beiden sagte ein Wort. Es war nicht so, dass wir uns gestritten hätten, aber unsere innere Verbundenheit, das Gefühl, einander vollkommen zu verstehen, war irgendwie weg. Ich wusste, dass sie was hatte, aber ich wusste nicht, wie ich es ansprechen sollte.

»Alles okay?«, fragte ich vorsichtig.

Sie nickte. Wir waren die Letzten, was vor allem an mir lag, da ich bereits nach den ersten hundert Metern nicht mehr konnte. Die Sonne strahlte mir unnachgiebig ins Gesicht und ich band mir meine Haare zu einem hohen Zopf.

»Nein, weißt du was, eigentlich ist nicht alles okay.«

Verwirrt schaute ich Maja an. Ich versuchte, mich auf eine gleichmäßige Atmung zu konzentrieren, aber meine Lunge fühlte sich an, als würde sie zerbersten.

»Ich habe dich in den letzten Wochen mehrmals gefragt, ob wir uns mal wieder treffen wollen, aber du hast immer abgesagt. Du warst fast nie beim Training, was so absolut untypisch für dich ist. Du erzählst mir Sachen, wo ich mich nur noch frage, wo meine beste Freundin geblieben ist. Ich mache mir Sorgen, Ella, und ich würde dir auch gerne helfen, aber du musst dir auch helfen lassen. Das Kiffen tut dir nicht gut, du veränderst dich.«

Mir wurde etwas schwindlig und für einen kurzen Moment sah ich alles nur verschwommen, doch es ging so schnell vorbei, wie es gekommen war.

»Ich verändere mich nicht, das ist doch Schwachsinn! Nur weil man kifft, ist man ja nicht plötzlich ein anderer Mensch!«, meinte ich, eine Spur zu harsch.

»Aber ich sehe doch, dass es dir nicht guttut. Du sagst doch selbst, du seist öfter müde, Sachen, die dir früher wichtig waren, interessieren dich auf einmal gar nicht mehr. Ich habe das Gefühl, dass eine dieser Sachen ich bin.«

Ich hielt mir die Seite. Das, was sie sagte, war zum Teil wahr. Wahrscheinlich stimmte es, dass ich mich veränderte, aber das lag nicht am Gras, den Leuten oder sonst was. Daran war ich ganz alleine schuld.

»Du darfst so was nicht denken, natürlich gehörst du nicht zu diesen Sachen. Ich weiß auch nicht, woran das alles im Moment liegt, aber du hast recht, vielleicht ist es eine gute Idee, wenn ich nicht mehr kiffe.«

Maja lächelte, und ich hatte das Gefühl, als hätte sie genau das hören wollen. In dem Moment dachte ich gar nicht wirklich über meine Worte nach. Meine beste Freundin war unglücklich, weil ich kiffte, also hörte ich auf mit dem Kiffen. So einfach erschien mir das.

Das Spiel begann, ich hatte den Aufschlag. Mein Magen rumorte und mir war schlecht. Ich ließ meine Hand auf den Ball prallen und sah, wie er viel zu hoch über das Netz flog. Ich konnte aus dem Augenwinkel sehen, wie mein Trainer am Rand den Kopf schüttelte, doch er sagte nichts. Ich fühlte mich so schrecklich deplatziert auf dem Feld, die Leute aus meinem Team, die ich schon seit Ewigkeiten kannte, waren mir plötzlich so fremd. Ich verhaute einfach jeden Ball. Sie waren lasch und unbedacht. Irgendwann begann mein Trainer auch noch, mich anzuschreien, was zwar für ihn nicht ungewöhnlich war, mir aber wie eine Kritik an mir selbst und nicht an meinem Spiel vorkam. Es waren einfach viel zu viele Menschen, es war zu heiß und zu laut in der Halle. Ich wollte einfach nur noch raus.

Der Ball sauste in meine Richtung, ich baggerte ihn nach vorne. Alles um mich herum verschwamm, die Stimmen klangen auf einmal dumpf. Für ein paar Sekunden wurde mir schwarz vor Augen, ich merkte, wie ich mein Gleichgewicht verlor. Reiß dich zusammen, Ella, sagte ich mir. Das Letzte, was ich wollte, war, dass ich mitten auf dem Feld zusammenbrach. Ich gab meinem Trainer ein Zeichen, dass ich rausmusste, und rannte auf die Toilette. Ich dachte, ich müsste mich übergeben, doch es kam nichts heraus. Ich saß bestimmt fünf Minuten vor dem Waschbecken und ließ mir Wasser übers Gesicht laufen. Das Geräusch einer zufallenden Tür kündigte mir an, dass irgendwer die Toilette betreten hatte.

»Ella, geht es dir gut?«, ertönte die Stimme Majas hinter mir.

»Hmmm«, brummte ich.

»Wirklich?«

Ich stellte den Wasserhahn ab und drehte mich zu ihr um. Besorgt schaute sie mich an, doch als sie sah, dass mit mir bis auf mein nasses Gesicht anscheinend alles okay war, veränderte sich ihre Miene sofort. »Wir müssen wieder rein, ohne uns verlieren die doch das Ding«, sagte sie leichthin, doch ich konnte deutlich ihre Anspannung sehen. Das Spiel war wichtig, da konnte man es sich nicht mal eben erlauben, vom Spielfeld runterzugehen. Doch alles in mir sträubte sich dagegen, wieder in die Sporthalle zu gehen.

»Nee, ich gehe, hab keine Lust darauf.«

Entgeistert starrte Maja mich an. »Wie, du hast keine Lust darauf?«

Ich wusste nicht, wie ich Maja erklären sollte, dass ich gerade vollkommen überfordert mit der Situation war, also ließ ich es. Etwas wackelig stand ich auf. »Tut mir leid, ich schaffe das gerade nicht.«

Wütend starrte Maja mich an. »Wenn du jetzt gehst, Ella, dann war es das. Wenn dir noch irgendwas an unserer Freundschaft liegt, musst du endlich mal deinen Arsch hochbekommen.«

Etwas traurig blickte ich sie an, war aber zu fertig, um irgendwas zu erwidern. Ein paar Sekunden lang schauten wir uns einfach nur an, dann ging ich aus der Toilette raus, ohne noch ein Wort zu sagen. Ich packte so schnell es ging meine Sachen zusammen und verließ das Gebäude. Ich fühlte mich, als sei ich auf der Flucht, als wenn jederzeit mein Trainer mir hinterhergerannt kommen könnte, um mich zusammenzubrüllen. Es war nicht so, dass mir die Freundschaft mit Maja nichts bedeutete, ganz im Gegenteil, aber trotzdem spürte ich einfach keine Trauer. Ich glaube, ein Mensch kann nur einen bestimmten Grad an Trauer ertragen, danach ist da einfach nur Leere.

Unwillkürlich hatte ich den Weg zum Mauerpark eingeschlagen. Ich schrieb Max eine SMS, weil ich mir für das restliche Wochenende wieder Gras bei ihm kaufen wollte. Ich war inzwischen einer seiner Stammkunden geworden und wahrscheinlich auch seine Haupteinnahmequelle. Es hatte sich bei uns eingebürgert, dass wir uns im Mauerpark trafen und noch einen zusammen rauchten, was mir nur recht war, zumal er mich immer einlud. An diesem Tag schien ihn irgendetwas zu beschäftigen und er war noch ruhiger als sonst, was bei ihm echt was hieß.

»Alles okay?«, fragte ich, während ich den dichten Rauch auspustete und wieder durch meine Nase einzog.

»Das ist das letzte Gras«, sagte er kryptisch und ich schaute ihn verwirrt an.

»Hörst du auf mit Dealen?« Wie konnte er mir das antun? Dann musste ich mir ja einen neuen Ticker suchen. Konnte ich es wagen, bei Chris zu kaufen?

Doch Max schüttelte den Kopf und mein Herzschlag normalisierte sich wieder.

»Jag mir doch nicht so einen Schrecken ein.«

Seine Miene hellte sich trotzdem nicht auf. »Mein Freund hat in seinem Garten angebaut und jetzt wurde er erwischt. Und das, was ich verkaufe, ist von ihm.«

»Das heißt, du hörst doch auf?«

»Nein, das ist nicht das Problem, ich habe auch noch andere Kontakte, aber ich habe seins so geliebt.«

Mir war nicht bewusst gewesen, dass es so große Unterschiede zwischen den verschiedenen Anbauten gab, aber wenn er es sagte, war es wohl so.

»Weiß er schon, welche Strafe er bekommt?«

Max schüttelte den Kopf. »Sie haben noch nicht einmal das Haus durchsucht, sondern waren nur im Garten, um Beweisfotos zu schießen und die Pflanzen zu zerstören. Aber ich habe auch erst kurz mit ihm geredet, kann sein, dass ich etwas falsch verstanden habe.«

»Sie haben sie einfach zerstört?«, fragte ich geschockt und Max regte sich mit mir auf.

»Ich kann es einfach nicht verstehen, es ist schließlich sein Besitz gewesen. Das dürfen die doch gar nicht!«

Ich wollte ihm sagen, dass sie es schon durften, aber er sah so aufgebracht aus, dass ich es lieber ließ. Er atmete ein paarmal das grüne Gold ein und beruhigte sich wieder.

»Er macht heute Abend eine kleine Runde, um sein Gras zu ehren. Er will sein letztes Pot aufrauchen, falls die Polizei dann doch noch sein Haus durchsucht.«

Ich fand, das klang irgendwie plausibel, wenn auch auf eine verdrehte Art und Weise.

»Wenn du willst, kannst du mitkommen.«

Ich überlegte kurz. Eigentlich hatte ich nicht sonderlich Lust, in einem Raum mit Leuten zu sitzen, die ich überhaupt nicht kannte, aber ich hatte inzwischen gelernt, dass die Kunst darin bestand, immer überall hinzugehen, denn nur so erlebte man etwas, also stimmte ich zu.

»Oder hast du heute noch was vor?«, fragte er mich und ich schaute auf die Uhr. Es war bereits Viertel vor sechs.

»Nein, eigentlich nicht.« Uneigentlich musste ich noch ziemlich viele Hausaufgaben machen, aber das konnte ja warten.

»Dann komm doch einfach noch kurz mit zu mir, und dann gehen wir nachher gemeinsam los.«

»Kann ich auch noch mal bei dir duschen?«, fragte ich, weil ich mich irgendwie unwohl fühlte.

»Ich bestehe darauf«, grinste er und ich boxte ihn leicht in die Seite.

Also fuhren wir zu ihm und verbrachten die nächsten zwei Stunden vor allem damit, *South Park* zu gucken. Tradition musste sein.

*

Max klopfte an die Tür.

»Warum klingelst du nicht?«

Das schien er sich dann auch zu fragen und klingelte. In seiner Hand hielt er eine Grabkerze.

»Als Geste«, hatte er gesagt und ich hatte nur gelacht.

Ein Junge, der vielleicht um die achtzehn war, öffnete die Tür. Er erinnerte mich sofort an Max, auch wenn die beiden äußerlich eigentlich komplett verschieden waren. Seine Haare waren blond und kurz und er hatte etwas Militärisches. Doch er hatte den gleichen verschlafenen Blick wie Max und dasselbe ausdruckslose Gesicht. Die beiden begrüßten sich erst mit Handschlag, entschieden sich dann aber doch um und umarmten sich.

»Es tut mir leid, Alter«, sagte Max und seine Stimme triefte so vor Verständnis und Mitgefühl, dass ich mich fragte, warum ich überhaupt mitgekommen war. Ich würde nie diese Gefühle haben, die sie für die Pflanzen hegten. Sie lösten sich aus der Umarmung und Max stellte uns vor, nachlässig mit der Hand wedelnd. »Ella: Ben, Ben: Ella.«

Ben gab mir die Hand und ich lächelte. Dann ging er wieder ins Haus und wir folgten ihm. Das Erste, was einem auffiel, war der Geruch nach Gras, der in dicken Schwaden in den Räumen hing. Das Licht war überall etwas schummrig, und so war es schwer, wirklich etwas zu erkennen. Auf dem Wohnzimmerboden saßen vier Jungs und zwei Mädchen auf Kissen und Decken im Kreis und kifften. Sie hatten Kerzen angezündet und es sah sehr gemütlich aus. Ich fühlte mich sofort wohl. Wir setzten uns zu ihnen und im nächsten Moment wurde mir schon ein Joint in die Hand gedrückt. Ich nahm einen Zug und war überrascht von dem intensiven Geschmack.

Sie mussten unheimlich viel reingemacht haben. Niemand drängte mich, ihn weiterzugeben, und so behielt ich ihn für einige Zeit. Max sprang auf, eine Bewegung, die für ihn absolut ungewöhnlich war, und fragte, ob er seine mitgebrachte Kerze nach draußen zu den Graspflanzen stellen dürfe. Ben freute sich sichtlich und öffnete ihm die Terrassentür.

»Ich versteh einfach nicht, wieso Gras illegal ist«, hauchte ein Junge, der neben mir saß. Es gibt Pflanzen, die unter Naturschutz stehen, und hier werden einfach die guten Hanfblüten zerstört.«

Die anderen stimmten zu.

»Was soll nur unsere Politik? Wieso macht man Pflanzen illegal, aber Alkohol kann man so viel trinken, bis man stirbt?«, meldete sich ein Mädchen mit Perlen in den Haaren zur Wort.

»Oder Zigaretten. Was ist schlimmer an Gras? Davon kann man wenigstens nicht abhängig werden.«

Ich fühlte mich, als wenn ich die Konversation nur im Fernsehen schauen würde, und dachte gar nicht daran, mich zu beteiligen. Dass Gras nicht abhängig machen würde, hielt ich für einen Irrtum, aber ich verstand trotzdem, was das Mädchen meinte. Irgendwann kam Max wieder zurück und setzte sich neben mich. Er sah irgendwie traurig aus und ich hätte ihn am liebsten getröstet. Stattdessen gab ich ihm den Joint und der schien auch ganz gut zu funktionieren. Ben stand auf und holte eine Bong. Ich hatte mal etwas davon gehört, aber bisher hatte ich noch nie eine im Original gesehen, geschweige denn benutzt. Deswegen war ich absolut erstaunt, als sie zusätzlich zum Wasser Eiswürfel hineinfüllten. Meine Augen folgten den Bewegungen Bens, der in den Kopf das Marihuana tat. Dann schlossen seine Lippen sich um ein Röhrchen und er zündete das Gras an, während er eine kleine Öffnung, das »Kickloch«, wie er es nannte, zuhielt. Das Gefäß füllte sich mit dichtem Rauch und das Wasser begann zu blubbern. Ben holte noch einmal tief durch die Nase Luft. Dann löste er seinen Finger vom Kickloch und inhalierte den dichten Rauch. Er löste seine Lippen von der Bong, lehnte sich etwas zurück und pustete dabei dicke Rauchschwaden aus. Es sah aus, als würde er alles um sich herum vergessen. Ich hatte nie einen glücklicheren Menschen erlebt. Alles in mir schrie: »Ich will auch!«

Bei jedem, der zog, wurde ich zappliger. Bald war ich dran. Ich nahm die Bong und das Feuerzeug entgegen und ahmte das nach, was alle vor mir getan hatten. Zunächst merkte ich nichts, doch dann fiel mir auf, dass ich das kleine Loch loslassen musste. Ich zog und zog. Und mit einem Mal spürte ich, wie der Rauch in meine Lungen trat. Es fühlte sich an, als würde jemand mich an meinen Haaren packen und mich nach hinten zerren. Der Rauch stieg mir in den Kopf und befiel jede einzelne Gehirnzelle wie ein Parasit. Ich ließ ihn tun, was er tun musste, und fühlte mich, als würde ich schweben.

Danach war alles nur noch verschwommen. Die Musik wurde lauter gedreht. Bob Marley. Das Lied, dessen Namen ich vergessen hatte. Die Bong rotierte wie die Erde um die Sonne. Einer drückte mir einen Joint in die Hand. Dann Schwarz. Ich mit irgendeinem Jungen auf dem Boden, *Don't Worry, Be Happy* summend. Und Sterne, überall Sterne in der Wohnung. Plötzlich Licht. Badezimmer. Helles, grelles Licht, das reimte sich. Helles, grelles Licht, das mag ich nicht. Ich lachte. Ein Mädchen. Blass, Pupillen riesig, rote Augen. Ich hatte Angst. Spiegel. Das war ich? Licht aus. Jemand rief, er sehe einen Elefanten, ich wollte auch. Fand ihn nicht. Dafür einen Baum, Garten. Luft. Atmen.

Langsam wurde ich wieder etwas klarer. Meine Hände fühlten die Rinde eines Baumes.

Ich sollte wieder reingehen, dachte ich.

Ich sollte was trinken, dachte ich.

Aber alles drehte sich und der Baum war so unglaublich weich.

Ich sollte hierbleiben, dachte ich.

Langsam fuhren meine Nägel über die kuschelige Rinde. Warum war sie so weich? Es war dunkel, sehr dunkel, und so sah ich erst verspätet, dass zwei Menschen in Blau, ein Mann und eine Frau, den Garten betraten. Als ich sie bemerkte, wollte ich sie zu mir rufen, ihnen sagen, sie sollten die Rinde fühlen, doch ich wollte sie eigentlich nicht teilen. Die Terrassentür stand offen, aber sie klopften trotzdem. Niemand sah sie, niemand hörte sie. Sie waren schließlich nicht eingeladen. Die Musik war laut und ich hörte sie bis in den Garten. Nach einiger Zeit traten die beiden ein, und ich konnte sehen, wie sich ihre Haltung sofort veränderte. Sie rochen das Gras. Der Erste, auf den sie trafen, war ein Junge, den ich nicht kannte. Er saß auf dem Boden, seinen Joint in der Hand. Die Frau nahm ihn ihm weg. Das konnten sie doch nicht machen!

Ich öffnete meinen Mund und wollte schreien, dass sich das nicht gehörte, aber es ging nicht. Irgendetwas lag auf meinem Mund. Eine Hand. Komisch, was machte sie da? Ich drehte mich um und sah Max. Das war mein Baum! Er konnte sich doch seinen eigenen suchen. Ich schaute ihn böse an, aber ihn interessierten nur die beiden Menschen in Blau. Der Mann zerrte den Jungen unsanft hoch und leuchtete ihm mit einer Taschenlampe in die Augen. Nicht so nett, fand ich. Manieren hatten sie wirklich nicht. Einer stellte die Musik ab. Dann ging alles ganz schnell. Der Mann blieb im Raum und bewachte den Jungen. Die Frau holte Ben und alle anderen. Sie hielt ein Tütchen Gras hoch. Ben sagte irgendetwas. Die Frau sprach etwas in ihr Funkgerät. Der Mann schaute sich um. Schaute in den Garten. Zu meinem Baum. In meine Augen. Beleuchtete meinen Baum und mich mit der Taschenlampe.

»Pssst«, sagte ich meinem Baum.

»Lauf!«, schrie der Baum.

Der Baum? Nein, Max. Ich lief. Waren wir langsam oder schnell? Alle Gedanken waren weg. Die Straße war dunkel und ich wusste nicht, wo wir waren. Hinter uns hörte ich Schritte. Max keuchte, ich hechelte. Liefen wir überhaupt? Die Schritte kamen näher.

Schnell bogen wir um eine Ecke. Ein Zaun. Du kannst nicht klettern!, schrie mein Körper. Du musst!, antwortete mein Verstand. Ich kletterte, blieb hängen. Max zerrte an mir und ich plumpste auf den Boden.

»Weiter!«, stöhnte Max und hielt sich die Seite.

Ein Hund bellte und wir rannten. Rannten durch ein Tor, über ein Rasenstück. In den Wald. Der Mann in Blau war lange nicht mehr hinter uns, vielleicht hatte er uns auch nie wirklich verfolgt, aber wir hockten uns trotzdem hinter einen großen Stein. Ich war mir nicht sicher, was lauter war, mein Atmen oder mein Herzschlag. Auf einmal kapierte ich, was gerade passiert war, und mein Verstand hellte sich langsam auf. Ich war so unendlich schwach. Meine Finger strichen zittrig über den kalten Stein. Meine Lunge war kurz vor dem Zerbersten und ich spuckte Galle. Max setzte sich auf den Boden. Er sah fertig aus, aber das war auch kein Wunder. Wir mussten nichts sagen, die ganze Situation war klar. Wir waren solche verdammten Schisser!

»Wir haben sie im Stich gelassen«, flüsterte er leise.

»Wir hätten ihnen nicht helfen können«, versuchte ich, ihn und mein eigenes Gewissen zu beruhigen.

»Ich bin ein mieser Freund«, er schlug mit der Hand gegen den Stein. Verzweifelt raufte er sich die Haare und stand plötzlich entschlossen auf.

»Ich gehe zurück.«

War er wahnsinnig? »Und was willst du dann machen? Ben am Arm packen und wegrennen? Die sind bestimmt schon auf dem Polizeirevier oder so.«

»Dann stelle ich mich halt selbst.«

Er meinte es wirklich ernst. »Das hilft ihnen auch nicht.« Ich spürte Blut auf meiner Zunge und bemerkte, dass ich mir die Lippe aufgerissen hatte. Ich musste ihn unbedingt davon abhalten zu gehen. »Du kannst nichts machen. Wir hatten Glück, verspiel es jetzt nicht wieder.«

Max legte seine Stirn an den kalten Stein. Langsam wurde mein Puls wieder normal.

»Bitte Max, ich brauche dich. Ich habe keine Ahnung, wo wir sind, du kannst mich nicht hier alleine lassen.«

Ich wusste, dass das Argument gemein war, aber es zeigte seine Wirkung. Max setzte sich wieder, wenn auch etwas zögerlich.

»Vielleicht hast du recht.«

»Das habe ich.«

»Aber es ist so unfair …«

Ich verstand, was er meinte. Es fühlte sich falsch an. Warum musste Ben ein solches Pech haben und wir entkamen um Haaresbreite?

»Ich glaube nicht, dass das alles so viel ändert.«

Ich spürte, wie sich Max neben mir wieder zu Boden sinken ließ.

»Er hatte doch sowieso schon Ärger, weil er angebaut hat.«

Auch wenn Max nichts sagte, wusste ich trotzdem, was er dachte. Ich dachte ja dasselbe: Jetzt war Ben richtig dran. Ich schloss meine Augen und wollte automatisch nach meiner Tasche greifen, um sicherzugehen, dass ich nichts verloren hatte, aber sie war weg.

»Meine Tasche«, sagte ich, nicht ganz ohne Panik.

»Hast du doch bei mir gelassen.«

Ich erinnerte mich. Endlich hatte meine Vergesslichkeit mal was Positives. Max holte sein Handy raus.

»2 Uhr.«

»Was machen wir jetzt?«

»Schlafen?«

Da ich keinen besseren Vorschlag hatte, legte ich mich hin. Ich spürte, wie sich die kleinen Äste in meinen Haaren verfingen, und versuchte, nicht an die Tausenden Tiere zu denken, die sich unter mir befanden. Ich fühlte mich so unendlich schwer, es war, als ob die ganze Welt auf mir liegen würde.

»Max?«

»Hmm.«

»Denkst du, wir werden je was erreichen?«

Ich dachte schon, er würde nicht mehr antworten, und so hörte ich kaum seine geflüsterten Worte, die mich bis tief in den Schlaf begleiteten.

»Ich wüsste nicht was.«

*

Ein Rascheln weckte mich. Was war das? Es war inzwischen schon etwas heller geworden und Max schlief tief und fest. Ich wusste, dass es nichts brachte, wenn ich versuchte, ihn zu wecken, und so rappelte ich mich auf. Mein Kopf dröhnte. Wieder das Rascheln, diesmal ganz nah. Ich hielt die Luft an, aber ich war zu schwach und zu müde, als dass ich zu mehr Bewegung fähig gewesen wäre. War das der Polizist? Oder ein Wildschwein? Ich war mir nicht sicher, was schlimmer gewesen wäre. Am Ende war doch sowieso alles egal, sollten sie mich doch holen. Ich legte mich wieder hin und schlief sofort ein.

*

Langsam öffnete ich meine Augen. Blau. Bitte lass doch alles einen Traum gewesen sein. Es kam mir sowieso alles so irreal vor. Mein Kopf fühlte sich schwer an. Was genau war geschehen? Mühsam richtete ich mich auf und blickte auf einen Stein. Bäume. Erde. Sonst nichts. Wo war Max?

Er konnte mich doch nicht alleine lassen. Alleine in irgendeinem Wald, irgendwo im Nirgendwo. Verzweifelt stand ich richtig auf und stützte mich auf dem Stein ab. Ich war voller Erde und klopfte und wischte mich notdürftig ab. Hinter mir raschelte es, alarmiert drehte ich mich um. Zu schnell, viel zu schnell. Alles verschwamm vor meinen Augen und erst nach einiger Zeit konnte ich Max' Gestalt erkennen. In seinen Händen hielt er zwei Kaffeebecher und eine Tüte vom Bäcker.

»Ich hab Netz gesucht und bin dabei gleich auf die Straße gekommen. Wir sind gar nicht weit weg von Bens Haus, mir kam es gestern viel länger vor. Ich hab uns Kaffee gekauft.«

Er reichte mir den heißen Becher und dankbar nahm ich ihn entgegen. Ich öffnete den Deckel und pustete auf die bräunliche Brühe.

»Es ist schon mittags.«

Erstaunt blickte ich nach oben, aber das Blätterdach verhinderte, dass man die Tageszeit bestimmen konnte. Wir setzten uns auf den Boden und er aß Brötchen, ich trank Kaffee. Ich spürte, wie sich mein Körper langsam wieder mit Leben füllte.

»Ist das gestern wirklich passiert?«

Ich brach mir ein kleines Stück einer Laugenbrezel ab.

»Entweder wir hatten den krassesten Trip oder es war Realität und wir haben alle im Stich gelassen.«

Er hatte also immer noch ein schlechtes Gewissen.

»Vielleicht war es auch eine Mischung aus beidem.«

»Ich habe versucht, Ben zu erreichen«, meinte Max leise. Er schaute auf den Boden. »Er ist nicht rangegangen.«

Ich nickte. War ja auch verständlich, entweder er war immer noch mit den Polizisten beschäftigt, was ich nicht glaubte, oder er schlief.

»Vielleicht schläft er«, teilte ich Max meine Gedanken mit, aber er wirkte nicht überzeugt. Langsam knüllte er die Bäckertüte zusammen und warf sie in hohem Bogen weg.

»Die hättest du jetzt auch mitnehmen können«, sagte ich eine Spur zu patzig, aber Max ging gar nicht darauf ein.

»Gehen wir zu mir?«, schlug er vor, aber ich hatte ja sowieso keine andere Wahl, schließlich war meine Tasche noch bei ihm. Wir rauchten noch einen auf seinem Balkon. »Zur Beruhigung«, hatte Max gesagt, aber ich glaube, er hätte immer eine Erklärung gefunden.

*

Es war 21 Uhr und Sonntag, als ich wieder zu Hause war. Ich fühlte mich ausgelaugt und fertig. Meine Hausaufgaben waren immer noch nicht fertig, aber es gab Schlimmeres. Das Leben zum Beispiel. Meine Mutter saß auf der Treppe, als ich nach Hause kam. Sie sah blass und müde aus und hatte bereits ihren Schlafanzug an. Wahrscheinlich hatte sie mich gehört und war noch einmal auf meine Etage gekommen, um mit mir zu reden.

»Wo warst du?«, fragte sie mich, ohne auch nur eine Miene zu verziehen.

»Bei Maja«, meinte ich knapp und wollte schon in mein Zimmer gehen, aber meine Mutter ließ mich nicht.

»Dein Trainer hat mich angerufen, er meint, dass du seinem Training fernbleiben sollst, bis du dich entschuldigt hast.«

Ich nickte. »Wollte sowieso aufhören.«

Meine Mutter rieb sich mit Daumen und Zeigefinger die Stirn. Sie wusste, dass sie mir das nicht mehr verbieten konnte, auch wenn sie es gerne wollte.

»War's das, ich möchte schlafen.«

Müde stand meine Mutter auf und schaute mich enttäuscht an. »Ich habe mehrmals versucht, dich zu erreichen, aber dein Handy war aus. Also habe ich Maja angerufen.« Sie ging ein Stück die Treppe hoch und drehte sich noch einmal um. »Du hast nicht bei ihr geschlafen.«

Ein Ziehen in meinem Magen zeigte mir mein schlechtes Gewissen an. Ich hatte einfach vergessen, meiner Mutter Bescheid zu geben, das wäre mir früher nicht passiert. Aber was sollte ich sagen? Es tut mir leid, ich habe einfach zu viel gekifft? Da blieb ich doch lieber beim Schweigen.

Als ich mit unglaublichen Kopfschmerzen im Bett lag und mir alles wehtat von meiner unbequemen Nacht, beschloss ich, eine Woche Pause vom Kiffen zu machen. Nur um mal wieder etwas runterzukommen. Ich schrieb Max von der Idee und er antwortete, dass er mitmachen würde. *Als Strafe für meine Feigheit*, schrieb er.

Es war ein typischer Sonntagabendvorsatz. Ich war einfach komplett fertig, mein Hals tat mir vom Rauchen weh und meine Füße vom Rennen. Ich dachte mir: Das war's. Ich werde nie wieder einen Joint oder eine Kippe anrühren.

Montagnachmittag hatte ich meinen Vorsatz wieder aufgegeben.

KAPITEL 6

Verrecke, Berlin!

Obdachloser in Schöneberg

Der Kontakt zu Max brach nach diesem Abend irgendwie ab. Ich traute mich nicht mehr, ihn nach Gras zu fragen, und er fühlte sich wahrscheinlich zu sehr an die Aktion erinnert, wenn er etwas mit mir machte. Ich kaufte nun also bei einem anderen Ticker, dessen Nummer ich auch von Nina hatte. Das Gras war ziemlich krass und warf mich immer öfter komplett aus der Bahn, so auch auf der ersten Feier, zu der ich ging, die bei einer Klassenkameradin stattfand.

Es war Samstag und ich war eine der Letzten, die zu Jasmin kamen. Sie feierte, dass wir alle unsere Präsentationsprüfungen überstanden hatten. In meinem Fall gab es da recht wenig zu feiern, die Prüfung war überaus schlecht gelaufen, für meine Verhältnisse jedenfalls. Mein Thema war gut gewesen, der Vortrag perfekt vorbereitet, nur an der Umsetzung hatte es gehapert, denn ich hatte mich nicht konzentrieren können. Ich hoffte zwar trotzdem auf eine gute Note, aber meine eigenen Ansprüche hatte ich nicht erfüllt und das frustrierte mich sehr.

Jasmin begrüßte mich warm und schien sich wirklich zu freuen, dass ich gekommen war, doch schon bald merkte ich, dass ich diese Freude nicht teilte. Aus den Lautsprechern dröhnte irgendwelche schlechte Chartmusik und Mädchen in Leggins und bauchfreien T-Shirts hüpften dazu auf und ab. Ich wartete nur darauf, dass sie im Chor »YOLO« schrien und ihre Jutebeutel hervorholten. Sie sahen einfach alle gleich aus und waren trotzdem stolz auf ihre Individualität. Egal wie viele Farbkleckse auf der Leggins waren, sie waren trotzdem nicht anders als die Farbkleckshosen der anderen.

Ich setzte mich also alleine auf ein Sofa und baute mir einen, doch es dauerte nicht lange, bis sich irgendein Typ neben mich setzte. Wir unterhielten uns kurz und er schien ganz nett zu sein, weshalb ich ihn auch fragte, ob er mit rauskommen wolle, um mit mir einen zu rauchen. Ich war irgendwie in einer melancholischen Stimmung, was aber wahrscheinlich eher am Alkohol lag, und hörte dementsprechend dem Jungen kaum zu, als wir im Garten standen und kifften. Ich genoss das Gras, bemerkte aber ziemlich schnell die andere Wirkung. Wie auf einen Schlag wurde ich ganz aufgekratzt und wollte irgendwas machen. Dem Jungen schien es genauso zu gehen und wir liefen zum Spielplatz. Ich setzte mich auf die Schaukel und rauchte eine, da ich wieder etwas runterkommen wollte. Ein schlecht gekleideter Mann fragte mich, ob ich etwas Geld für ihn hätte, doch ich hatte nichts dabei. Er wankte ein wenig und schaute seinen Hund an.

»Sie hat kein Geld? Niemand hat mehr Geld«, er stolperte leicht zur Seite und schaute mich an. »Es ist schon scheiße, wenn man in Berlin kein Geld hat. Und wenn man dann auch noch obdachlos ist ...« Er drehte sich um und ging ein Stück weiter, ehe er erneut ansetzte: »Du bist dreckig und verbraucht, doch nur für die, die kein Dach über dem Kopf haben. Für alle anderen ...« Irgendwo in weiter Ferne leuchtete ein Feuerwerk auf, doch wir konnten deutlich das laute Knallen hören. »Verrecke, Berlin! Für Feuerwerk gibt man Tausende aus? Und wir? Das schöne Feuerwerk.« Er stolperte weiter, doch man konnte seine Stimme immer noch klar hören. »Verrecke, Berlin! Du machst uns alle kaputt, du zerstörst jeden. Bei dir zählt nur das Geld, und das Geld verschwendet man. Verrecke, Berlin, verrecke!«

Wir hatten dem Obdachlosen einige Zeit hinterhergeschaut, bis man ihn nicht mehr in der Dunkelheit ausmachen konnte. Ich dachte über seine Worte nach, über sein plötzliches Erscheinen. Das war das Schöne an Gras, dass man sich über noch so kleine Begegnungen den Kopf zerbrach. Warum hatte er das alles gesagt? Hatte er recht, lag es wirklich an Berlin, dass wir alle so zerstört waren? Ich musste an eine ehemalige Freundin von mir denken, mit der ich immer noch manchmal Briefkontakt hatte und die auf dem Land lebte. Sie hatte ganz andere Sorgen, als die, auf welche Feier sie am Abend gehen sollte, doch was den Alkoholkonsum betraf, hinkte sie mir nicht unbedingt hinterher. Aber sie hatten nur selten Feiern, die ganze Gemeinschaft war dort ganz anders, man half gerne, wenn man es konnte. Vielleicht hatte der wundersame Mann recht gehabt, vielleicht war Berlin wirklich bis zu einem gewissen Grad schuld. Hier dachte jeder nur an sich selbst, wer Geld hatte, bekam das, was er wollte, doch ohne Geld kam man nicht weit. Doch andererseits, wo war das nicht mehr der Fall? Vielleicht gab es anderswo nur nicht so viele schädliche Möglichkeiten, sein Geld auszugeben, wie in Berlin …

So saß ich einige Zeit in meine Gedanken versunken da, als der Junge, der mit mir auf den Spielplatz gekommen war, mich von meiner Schaukel hochzog und meinte, dass wir wieder zu Jasmins Haus zurückkehren sollten. Ich nickte stumm und wir machten uns auf den Weg. Als ich ins Haus gehen wollte, hielt der Junge mich an meinem Handgelenk fest und zwang mich, mich zu ihm umzudrehen. Er strich mir eine Haarsträhne aus dem Gesicht und betrachtete mich. »Weißt du, dass du wunderschön bist?«

Ich wich seinem Blick aus und schaute an ihm vorbei. Was sollte man auch schon auf eine solche Frage antworten. Er beugte sich vor und küsste mich. In dem Moment dachte ich nichts weiter als daran, dass es sich gut anfühlte, und deswegen küsste ich ihn zurück. Seine warmen Lippen schienen mir auf irgendeine Weise wieder Halt zu geben, es war, als wäre der Kuss die einzige Möglichkeit, nicht abzuheben und davonzuschweben. Seine Hand fuhr unter mein T-Shirt und ich drückte ihn leicht an die Hauswand, damit uns niemand sah. Verdammt, warum fühlte es sich so richtig an? Mir wurde auf einmal bewusst, dass ich noch nicht einmal seinen Namen kannte, aber merkwürdigerweise störte mich das recht wenig. Ich löste mich von ihm und er fuhr sich grinsend durch seine Haare.

»Gehen wir rein?«, fragte ich leicht außer Atem, aber er schüttelte nur den Kopf und küsste mich erneut. Er zog mir mein T-Shirt aus und fuhr mit seinen Fingerspitzen ein Stück über meine Wirbelsäule. Mich überfuhr eine leichte Gänsehaut. Plötzlich hörte ich Schritte hinter mir.

»Till, bist du hier?«

Ich stolperte zurück in den Schatten und zog mir mein T-Shirt wieder über. Der, dem die Stimme gehörte, kam näher, und als er nah genug war, erkannte ich, dass es sich bei der Gestalt um Kevin handelte.

»Ich geh mal rein«, nuschelte ich und ließ einen leicht verdutzten Kevin zurück, sowie einen Jungen, der anscheinend Till hieß. Ich ging in die Küche, goss mir etwas vom Wodka in einen Becher und kippte ihn runter. Philipp, ein Junge aus meiner Parallelklasse, winkte mich zu sich und fragte mich, ob ich bei einem Todeskreis mitspielen würde. Ich nickte. Die Karten wurden gelegt und das Spiel begann. Wir spielten zunächst mit Bier, bis ich alle davon überzeugen konnte, dass es mehr Spaß mit Tequila machen würde. Danach wurde alles sehr verschwommen, meine Bewegungen langsamer, die Stimmung besser.

*

Ich öffnete meine Augen. Wo war ich? Ich lag irgendwo auf dem Boden, unter mir nur ein Teppich. Ich war bei Jasmin, ich hatte

Todeskreis gespielt und hatte dann noch getanzt. Ein Bild blitzte in meinen Gedanken auf, wie wir alle auf dem Tisch standen und lachten. Musste wohl irgendeine Regel bei Todeskreis gewesen sein. Langsam drehte ich mich um, wobei irgendein Arm von meiner Schulter fiel. Als ich mich hochhievte, erkannte ich, dass es der von Philipp war. Ich erinnerte mich, dass er mich noch am Abend geküsst hatte, doch als ich in meinem Kopf nach weiteren Bildern suchte, die mir sagten, ob noch mehr passiert war, dröhnte er nur. Ich stöhnte auf. Scheiße. Ich verließ Jasmins Haus, ohne mich noch von irgendwem zu verabschieden, die meisten schliefen ohnehin. Als ich im Bus saß, versuchte ich, den Abend zu rekapitulieren und die kleinen Bruchstücke meiner Erinnerung wie Puzzleteile zusammenzusetzen. Ich erinnerte mich, dass ich gegen fünf noch mit Philipp draußen gesessen hatte und dass er irgendwann zu mir gemeint hatte, dass er mich liebte. Bestimmt nur besoffenes Gerede, doch es ließ mich mich trotzdem nicht los. Mir fiel Till wieder ein und ich vergrub etwas verzweifelt mein Gesicht in meinen Händen. Was war nur mit mir los? An einem Abend zwei Jungen, den einen mochte ich noch nicht mal und den anderen kannte ich nicht. Und das alles, obwohl ich doch eigentlich nur auf einen Anruf von Chris wartete.

Ich bog um die Ecke und konnte schon unser Haus sehen. Geschickt steckte ich mir meine Haare hoch und besprühte mich mit ein paar Tropfen Parfum, das ich neuerdings immer in der Tasche hatte, damit meine Mutter nicht den Geruch nach Rauch riechen würde. Ich hatte einige Mühe, mit meinen zitternden Händen den Schlüssel in das Schlüsselloch zu stecken, aber nach einigen Anläufen gelang mir auch das. Meine Mutter saß am Küchentisch und blickte nicht mal hoch, als ich die Tür zuknallte. Sie las gerade ihre E-Mails und ich ging ohne ein weiteres Wort nach oben. Ich legte mich in die Badewanne und rauchte dort einen. Von Nina hatte ich erfahren, dass durch den Wasserdampf der Duft des Marihuanas sehr schnell verschwand, wenn man danach lüftete. Langsam fiel die ganze Anspannung von mir ab und ich beobachtete fasziniert, wie sich der heiße Wasserdampf mit den dicken Rauchschwaden des Joints vermischte. Einige Zeit verweilte ich noch so und lauschte dem Plätschern des Wassers, als ich die Stimme meiner Mutter hörte. Schnell sprang ich auf und alles um mich herum wurde schwarz. Ich spürte, wie das heiße Wasser an meinem Körper herunterfloss, und versuchte, wieder Orientierung zu finden.

Ich wollte gerade auf das Handtuch steigen, als ich ausrutschte und auf die Badewannenkante fiel. Sofort spürte ich einen stechenden Schmerz an meinem Kopf und hielt meine Hand dagegen, damit er aufhörte. Alles um mich herum drehte sich, und der Rauch, vermischt mit dem Lavendelgeruch des Badezusatzes, erschien mir auf einmal wie dichter Nebel. Er bekam etwas Undurchdringliches und es fiel mir schwer zu atmen. Ich nahm meine Hand weg, um mich mit ihr abzustützen, als ich die rötliche Färbung bemerkte. Irritiert schaute ich auf die Kante, auf die ich gefallen war, und auch dort sah man eine kleine rote Pfütze, die langsam in die Badewanne tropfte. Das Blut vermischte sich mit dem vom Öl lila gefärbten Wasser. Mir wurde übel und ich schleppte mich zum Fenster, um es zu öffnen. Dann schaute ich in den Spiegel. Und was ich da sah, toppte jeden Horrorfilm. Meine Wimperntusche war verlaufen und hatte sich ihre Bahnen bis zu meinen Lippen gesucht, welche blass aufeinandergepresst waren. Die nassen Haare fielen verknotet über meine Schulter und waren teilweise von Blut getränkt. Schnell wandte ich mich von meinem Spiegelbild ab und beschloss, Ruhe zu bewahren. Ich öffnete auch noch das andere Fenster, ließ das Wasser aus der Badewanne und schraubte das Marmeladenglas zu, das ich als Aschenbecher benutzt hatte. Dann wickelte ich mir ein Handtuch um den Kopf, sprintete in mein Zimmer und versteckte die Überreste meines Joints. Ich klopfte bei meinem Bruder an, und als er nicht antwortete, betrat ich einfach den Raum.

»Hast du kurz Zeit?«

Ich vernahm ein zustimmendes Murmeln, aber er schaute trotzdem nicht von seinem Buch auf. Also schloss ich leise die Tür hinter mir und ging noch ein paar Schritte weiter in sein Zimmer rein.

»Was macht man bei einer Platzwunde?«, fragte ich ihn direkt.

Verwundert drehte er sich zu mir. »Warum fragst du?«

Ich nahm das Handtuch ab und zeigte auf meinen Kopf. Zuerst konnte er nichts erkennen, weil meine nassen Haare die Wunde verdeckten, aber als er sie dann endlich sah, zog er scharf die Luft ein.

»Wo hast du dir denn die zugezogen? Ich würde sagen, dass du sie lieber nähen lassen solltest.«

»Kannst du das nicht machen?«, fragte ich ihn mit treuem Blick, aber er schüttelte den Kopf.

»Bist du verrückt? So ganz ohne Schmerzmittel würdest du mir die ganze Nachbarschaft zusammenschreien. Außerdem habe ich gar nicht die richtigen Instrumente dazu. Jetzt sag doch erst mal, wie das passiert ist.«

»Bin in der Wanne ausgerutscht«, murmelte ich. Ich war immer noch ganz ruhig. Ich spürte keinen Schmerz, außer einem unangenehmen Kribbeln am Hinterkopf. Vielleicht lag das noch an der Wirkung des Grases. Ich hoffte, dass sie nicht allzu schnell verfliegen würde. Auch mein Bruder blieb relativ locker dafür, dass seine kleine Schwester im Bademantel und mit einer Platzwunde am Kopf in seinem Zimmer stand. Er sagte, ich solle mich kurz auf seinen Stuhl setzen, und stand auf, um meinen Kopf genauer zu untersuchen.

»Ich hab echt keine Ahnung, wie breit die Wunde ist, weil deine ganzen Haare davor sind. Die müsste man wahrscheinlich erst mal alle abrasieren.« Er tastete behutsam meinen Kopf ab. »Ich glaube allerdings, dass es nicht so schlimm ist, die Wunde blutet schon nicht mehr so stark. Das Gefährliche könnte nur eine Gehirnerschütterung sein, ist dir denn übel?«

»Nein, eigentlich nicht.« Zumindest nicht übler als sonst.

Mein Bruder ging kurz in seinem Zimmer umher, bis er eine Schublade aufzog, kurz kramte und dann eine kleine Lampe herausholte. Ich wollte protestieren, doch er kniete sich schon vor mich und leuchte mir ein paarmal kurz in die Augen, während er mir eine flache Hand auf die Stirn hielt. Er hielt einen Moment inne und schaute verdutzt.

»Ella, bist du straff?«, fragte er mich verblüfft.

»Quatsch«, antwortete ich mit gespielter Empörung.

»Hm«, sagte er skeptisch. »Und du bist dir sicher, dass dir nicht übel ist?«

»Ja«, antwortete ich.

Mein Bruder musterte mich misstrauisch. Dann holte er ein weißes Tuch aus seinem Schubfach und machte mir einen Druckverband. Als er fertig war, betrachtete er sein Werk.

»Ich würde trotzdem lieber noch mal zum Arzt gehen. Ich fahre dich, ja?«

»Nein, bitte nicht«, wehrte ich ab.

Die würden doch bestimmt bemerken, dass ich Gras geraucht hatte, und dann war ich vollkommen aufgeschmissen.

»Ist Eva denn gar nicht da?«, fragte er.

»Doch, aber ich wollte sie nicht noch mehr beunruhigen. Außerdem ist es doch nur eine kleine Wunde, wie du schon selbst gesagt hast.«

»Klein jetzt auch nicht, aber auf jeden Fall nicht lebensgefährlich. Ich schau sie mir noch mal in einer Stunde an, ja? Wenn die Blutung dann nicht aufgehört hat, fahr ich dich zum Arzt.«

Ich drückte ihm einen Kuss auf die Wange.

»Du bist der beste Bruder.«

Er brummte etwas, was ich nicht genau verstand, und meinte, dass ich ja mit ihm fernsehen könne. So legten wir uns auf sein Bett und schauten uns *Scrubs*-Folgen an, die wir beide schon in- und auswendig kannten. Nach einiger Zeit öffnete er noch mal den Verband und er schien beruhigt, offenbar war der Blutfluss versiegt. Ihm fiel auf, dass er die Wunde vorher gar nicht desinfiziert hatte, und er sprühte noch etwas von dem brennenden Zeug rauf. Ich biss die Zähne zusammen und konzentrierte mich auf eine Rede von Dr. Cox. Sein Gequassel erschien mir auf einmal sehr schnell und ich stellte mir vor, dass seine Worte ihm wie ein Wasserstrahl aus dem Mund kommen würden. Ich fing an zu kichern und starrte fasziniert auf den Bildschirm. Mein Bruder war sichtlich irritiert.

Grinsend zeigte ich auf den Fernseher, aber er schaute stattdessen mich an. Dann nahm er mein Gesicht in seine beiden Hände und zwang mich dadurch, in seine Augen zu schauen. Ich hatte Mühe, seinem Blick standzuhalten, und musste mich zwingen, nicht laut aufzulachen.

»Ella, du bist straff! Hab ich's doch gewusst«, rief er.

Ich stellte mir vor, die Welt würde kurz angehalten und ich hätte genügend Zeit. Also versuchte ich, meine Gedanken zu ordnen. Sollte ich alles zugeben? Aber was war, wenn er es meiner Mutter sagen würde? Er zog seine Stirn hoch und ich zählte seine Falten. Ich beschloss, zu beichten, wenn es eine gerade Anzahl war. Ich brauchte mehrere Anläufe, aber schließlich einigte ich mich mit mir selbst darauf, dass es drei waren. Eine ungerade Zahl, also würde ich alles abstreiten, oder war es doch andersrum gewesen? Gerade Zahl: leugnen, ungerade Zahl: beichten? Nein, da war irgendetwas falsch.

»Seit wann kiffst du denn?«, unterbrach mein Bruder meinen wirren Gedankengang und musterte mich erneut. Es war, als ob er mich zum ersten Mal seit Langem wiedersehen. Ihm schien aufzufallen, dass seine kleine Schwester doch schon ziemlich groß geworden war, und er schüttelte den Kopf, wie um seinem Erstaunen Ausdruck zu verleihen.

»Noch nicht so lange, seit drei oder vier Monaten vielleicht.« Keine Ahnung, ob das stimmte, aber ich war zu faul, um länger darüber nachzudenken.

»In welcher Klasse bist du jetzt noch mal?«

Ich zeigte meine zehn Finger, so wie es Kleinkinder immer machen, wenn sie nach ihrem Alter gefragt werden.

»Ja okay, wir haben schon in der Neunten angefangen. Ich hätte es mir ja denken können.«

»Was soll das heißen, ihr habt in der Neunten angefangen? Du kiffst doch nicht?«

Er lachte laut auf. »Ja, da merkt man mal, wie gut deine Beobachtungsgabe ist. Ich hab mit am meisten aus meiner Klasse gekifft, wie hätte ich sonst die Schule überstehen sollen?«

Meine Augen wurden groß. Mein Bruder, ein Kiffer?

»Aber du hast doch ein 1,2-Abi. Wie kann das sein?«

»Nur weil man kifft, heißt das ja nicht, dass man dumm ist. Es kommt immer darauf an, wie man damit umgeht. Wenn du dauernd bekifft im Unterricht sitzt, wirst du wohl kaum ein gutes Abi schaffen, aber mal entspannen kann nicht schaden. Außerdem muss man echt viel rauchen, um davon psychisch abhängig zu werden. Da ist Tabak schon problematischer, aber der schmeckt mir sowieso nicht.

»Wie kann dir Tabak nicht schmecken?«, fragte ich ihn irritiert. Wie konnte einem der Geschmack von Ruhe, Entspannung und Wärme nicht zusagen?

»Ich finde es einfach nur ekelhaft. Es fühlt sich in der Lunge wie Dreck an und außerdem ist es ungesund.«

»Also Kiffen ist okay, aber Rauchen nicht?« Ich lachte, so etwas Absurdes hatte ich ja lange nicht mehr gehört.

»Ja, du hast es erfasst. Kiffen ist natürlich auf Dauer auch gefährlich, aber du wirst ja nicht so dumm sein und es übertreiben. Wenn du aber mit Rauchen anfängst, kann das eine Sünde sein, für die du dein ganzes Leben lang büßen wirst.«

Ich nickte und dachte über seine Worte nach. Auf einmal wurde ich ganz schläfrig und sagte meinem Bruder, dass ich ins Bett gehen würde. Schnell packte ich meine Schultasche und stellte den Wecker, bevor ich erschöpft in einen tiefen Schlaf sank.

*

Das Klingeln meines Weckers hielt fast eine Minute an, bevor ich mich dazu aufraffen konnte, ihn auszustellen. Ich hatte fast vierzehn Stunden geschlafen, fühlte mich aber, als hätte ich die Nacht durchgemacht. Meine Beine waren wie aus Gummi, und immer wenn ich einen Schritt gehen wollte, knickte ich ein wenig ein. Verschlafen schaute ich auf mein Handy – zwei neue Nachrichten.

Hast du morgen Zeit? Die Nummer war von Philipp.

Tut mir leid, wenn ich mich gestern daneben benommen habe, kann ich es mit einem Kaffee wiedergutmachen? – Till.

Langsam las ich jedes einzelne Wort und hatte Mühe, nicht verbittert aufzulachen. Wieso bekamen sie es hin, sich zu melden, und Chris schaffte keine einzige Nachricht? Es tat mir unglaublich leid, dass ich von den beiden nichts wollte, aber als mir auffiel, dass sie bestimmt sowieso nur Sex wollten, da sie mich immerhin kaum kannten, ebbte mein schlechtes Gewissen wieder etwas ab.

Ich aß eine Mandarine, bevor ich mich ins Bad traute, um mir das Unheil anzusehen. Die Wunde schien in der Nacht noch einmal aufgegangen zu sein, denn getrocknetes Blut hatte den Verband steif gemacht. Langsam wickelte ich ihn ab und ein metallischer Geruch stieg mir in die Nase. Ich rannte zur Toilette und übergab mich. Schnell spülte ich mir den Mund aus und machte mich dann wieder daran, den verkrusteten Verband möglichst vorsichtig von meinen Haaren zu lösen. Als ich endlich fertig war, musste ich zugeben, dass ich absolut scheiße aussah. Ich hatte tiefe Augenringe und meine Haare waren zum einen vom Blut verklebt und zum anderen vom Verband in eine so komische Form gelegt worden, dass ich aussah wie eine Obdachlose. Zaghaft fuhr ich mir mit meiner Bürste durch mein ehemals so schön glänzendes Haar und biss mir bei jedem Strich auf die Lippen. Es ziepte unglaublich und nach einiger Zeit gab ich mit tränenden Augen auf. Mein Bruder kam ins Bad und schaute mich an.

»Ich würde Make-up empfehlen.«

Ich grinste, aber selbst das tat weh. Also schminkte ich mich so gut es ging und zog einfach einen Kapuzenpullover an. Mein

Bruder schaute noch einmal auf meine Wunde und meinte, dass sie eigentlich ganz gut aussehe und man auch nicht unbedingt zum Arzt gehen müsse, wenn ich keine weiteren Beschweren habe.

Also machte ich mich auf den Weg zur Schule. Ich hatte das Gefühl, dass alle Menschen mich anstarrten, und versuchte, den meisten aus dem Weg zu gehen. Ich setzte mich mit Kopfhörern in die letzte Reihe und wartete darauf, dass die Lehrerin kam. Müde schloss ich die Augen.

»Hey, wach auf, wir müssen den Raum wechseln, Frau Lietsch ist heute nicht da«, weckte mich Alex, nachdem er mir die Kopfhörer aus den Ohren gezogen hatte.

Verschlafen schaute ich ihn an und hatte Probleme, wieder in der Realität anzukommen. Torkelnd stand ich auf und folgte den anderen in den Computerraum. Wir schauten uns einen Film auf Französisch an, aber niemand hörte zu.

»Warst du auch auf der Home von Jasmin?«, fragte Alex und drehte den Stuhl zu mir. Den Referendar störte es wenig, er hatte selbst sein iPhone hervorgeholt und angefangen, irgendein Spiel zu spielen.

Ich nickte. »Warum bist du nicht gekommen?«

»Ich halte nicht viel von diesen Partys. Es sind auch nicht so meine Freunde.«

Seine Worte verletzten mich etwas, aber ich versuchte, es mir nicht anmerken zu lassen.

»Es ist mir irgendwie zu viel Geläster, zu viel Geschrei. Außerdem ist der Alkohol schlecht.« Er grinste. Dann wurde seine Miene aber wieder ernst. »Ist alles in Ordnung mit dir? Du wirkst ein wenig krank.«

»Ja, ich hab mir gestern an der Badewannenkante den Kopf gestoßen und jetzt ist mir ein bisschen schwindelig.«

Besorgt musterte er mich. »Ich glaube, ich weiß, was du jetzt brauchst.«

Ich fragte ihn, was er meinte, aber er sagte nur, dass ich es schon sehen würde, ich müsse mich nur kurz gedulden. Nach der Stunde wartete er vor der Tür auf mich und ging mit mir zum Schultor. Ich wusste immer noch nicht, was er vorhatte, und als er das Gelände verlassen wollte, wurde ich doch etwas skeptisch.

»Wohin willst du?«

»Komm, Ella, vertrau mir. Der Tag bringt sowieso nichts. Als ob du dich auf die Schule konzentrieren kannst, wenn du in einem solchem Zustand bist. Lass uns den Tag besser nutzen.«

Ich schüttelte den Kopf. »Nein, ich schwänze nicht. Tut mir leid, aber ich will nicht, dass das irgendwer bemerkt.«

Er lachte. »Es ist nur die zehnte Klasse.«

Ich war noch nicht ganz überzeugt, aber da hörte ich bereits das Stundenklingeln. Jetzt war es sowieso sinnlos umzukehren.

Wir verbrachten den Tag am Schlachtensee, rauchten einen nach dem anderen und philosophierten über unser Leben. Es war schön, einfach mal abzuschalten und sich über alles auszulassen. Er erzählte mir, dass es mit Kim endgültig aus war, und fragte mich nach Philipp und Till. Anscheinend hatte sich mein wenig galantes Benehmen auf Jasmins Feier herumgesprochen. Ich war mir nicht ganz sicher, ob es an ihm lag, dass es mir am Ende des Tages besser ging, oder einfach nur an der enormen Menge Gras, die wir geraucht hatten, aber tatsächlich kam mir mein Leben viel weniger schlimm vor, als ich mich von ihm verabschiedete.

KAPITEL 7

Die Ohnmacht, die aus der Hoffnungslosigkeit hervorgeht,
ist ebenso grausam wie die Hoffnung selbst.

Lu Xun

Es war erst 9 Uhr, als ich bei Svea klingelte. Mir war klar, dass ich eine der Ersten sein würde, und ich hatte überhaupt keine Lust auf den Small Talk, der folgen würde. Svea öffnete mir mit erhitztem Gesicht die Tür und begrüßte mich freudestrahlend. Ich hatte sie lange nicht mehr gesehen und war erstaunt gewesen, dass sie mich zu ihrer Feier eingeladen hatte, schließlich kannte ich sie ja eigentlich nur durch Maja, die sie nicht gefragt hatte, ob sie kommen wollte. Svea hatte sich ziemlich verändert, aber vielleicht lag das auch daran, dass ich sie nicht so gut kannte. Irgendetwas an ihrer Ausstrahlung war anders, sie wirkte nicht so unbeschwert wie bei den letzten Malen.

»Es sind noch nicht so viele da, aber du kannst dir schon was zum Trinken nehmen.« Mit einem Schwung schloss sie die Tür hinter uns und ich folgte ihr ins Wohnzimmer.

»Ist schon okay«, nuschelte ich, begrüßte kurz die anderen Gäste und blieb überrascht auf der Stelle stehen, als ich Felix auf dem Sofa sitzen saß. »Was macht der denn hier?«, fragte ich Svea kreidebleich, aber sie schien meine Reaktion nicht zu verstehen.

»Du kennst Felix?«, fragte sie etwas erstaunt, aber durchaus erfreut.

Ich nickte und mein Herz schlug automatisch schneller. Wenn Felix hier war, konnte es dann nicht auch sein, dass Chris kommen würde? Aus irgendeinem Grund hatte ich überhaupt nicht damit gerechnet, dass ich jemanden aus diesem Kreis bei Svea treffen würde, obwohl ich sie ja überhaupt erst durch ihre letzte Feier kennengelernt hatte. Felix hatte mich entdeckt und stand auf, um mich zu begrüßen.

»Ella, was für eine Überraschung. Und dazu noch eine so schöne.«

Er beugte seinen Kopf zu mir herunter und küsste mich flüchtig auf die Wange. Ich versuchte, mich zusammenzureißen, und begann mit hohler Stimme zu sprechen.

»Felix. Wie lange ist es her? Es kommt mir vor wie eine Ewigkeit.«

Er lachte.

»Ewigkeit? Es handelt sich doch wohl eher um Wochen, oder?«

Wir setzten uns zusammen aufs Sofa und er fing an zu plaudern. Nichtige Themen, die eigentlich weder ihn noch mich wirklich interessierten, aber er redete davon, als wären sie seine ganz großen Leidenschaften.

Ich holte mein Baggy raus und fing an zu bauen. Um Felix Lippen spielte ein Lächeln.

»Du lernst echt schnell«, gab er zu.

»Ich hatte ja auch viel Übung«, grinste ich, während ich den Tip in das Longpape legte. »Kommt Chris heute?«, schnitt ich dann das Thema an, um das er bisher einen großen Bogen gemacht zu haben schien.

»Keine Ahnung. Willst du denn, dass er kommt?« Er schaute mich prüfend an und strich mir eine Haarsträhne aus dem Gesicht, um meine Reaktion besser sehen zu können.

»Warum sollte ich es nicht wollen?«, konterte ich, und sein Blick zeigte mir, dass er Tausende Gründe kannte, aber sie mir nie sagen würde.

»Ella, ich bin wirklich schon lange mit ihm befreundet, und ich würde sagen, dass ich ihn ziemlich gut kenne. Wenn er dich treffen wollen würde, dann hätte er es getan.«

Er schien zu bemerken, wie sehr mich seine Worte trafen, doch er konnte sie nicht rückgängig machen. Ich schluckte. Natürlich war es nicht so. Schließlich hatte er sich mir offenbart, hatte seine Maske fallen gelassen. Bei mir hatte er so sein können, wie er wollte, ich hatte doch gesehen, wie anders er sich benommen hatte, wenn wir alleine waren. Das war er gewesen und nicht der Junge, den alle bewunderten. Felix hatte doch keine Ahnung. Was auch immer gerade mit ihm los war, es hatte nichts mit mir zu tun.

Ich stand auf, um draußen mein Werk zu rauchen, und lud Felix mit einer Handbewegung dazu ein, mir zu folgen. Sichtlich froh darüber, von dem unbequemen Sofa wegzukommen, setzte er sich zu mir auf die Terrasse. Ich zündete den Joint an und Felix beobachtete ganz genau jeden Schritt. Konnte ich da so etwas wie Anerkennung in seinem Blick lesen?

»Wie geht es dir so, Ella? Und ich will jetzt nicht den typischen Alles-ist-super-Scheiß hören. Wie geht es dir mit Chris?«

Ich schüttelte den Kopf. »Keine Ahnung. Ich wünschte, ich könnte dir hier alle meine Empfindungen sagen, aber ich weiß es wirklich nicht. Irgendwie geht es mir beschissen, aber dann auch wieder gut, es ist so eine Mischung aus allem.«

Er nickte, so als ob er meine Worte verstehen würde. »Ella, kann ich mal ganz ehrlich zu dir sein?«

Stumm blickte ich ihn an. Ich hatte zu sehr Angst vor dem, was jetzt kommen würde, als dass ich zustimmen konnte, aber andererseits war ich auch neugierig. Gott sei Dank nahm er mir die Entscheidung ab und sprach einfach weiter.

»Chris ist ein toller Junge, wirklich, und ich beneide so viel an ihm, aber er ist kein guter Freund. Er ist interessant, ja, und man kann gut mit ihm reden, aber man kann sich einfach nicht auf ihn verlassen. Und wenn er schon nicht gut als Kumpel ist, ist er noch schlechter als fester Freund. Ich habe das wirklich schon lange beobachtet, es tut keinem Mädchen gut, sich auf ihn einzulassen. Und du kannst dir nicht vorstellen, wie oft ich schon gehört habe, dass sie hoffen, dass er sich für sie verändert, aber das tut er nicht. Glaub mir. Ich war auch erstaunt, als er dich mitgebracht hat, weil du einfach irgendwie anders bist. Du bist intelligent, und ich dachte schon, dass ihm wirklich etwas an dir liegt, aber er ist dafür einfach noch nicht bereit. Vielleicht wird er es nie sein, keine Ahnung. Ich hoffe es, aber versaue du dir nicht dein Leben, nur weil du auf jemanden wartest, der vielleicht nie so weit sein wird.«

Er hielt inne und versuchte, meinen Blick aufzufangen, doch ich schaute unbeirrt auf meine Hände. Warum erzählte er mir das alles? Ich hatte doch noch gar nicht so viel mit Chris zu tun gehabt, als dass er davon sprechen konnte, dass ich mein Leben wegwerfen würde. Und wieso war er so ehrlich zu mir? Auf irgendeine Weise war es ja nett, dass er versuchte, mir zu helfen, aber ich wollte es eigentlich gar nicht hören. Ich öffnete meinen Mund, um etwas zu sagen, aber es kam nichts heraus. Felix zündete den Joint wieder an, der während seines Vortrages ausgegangen war.

Ich setzte erneut an. »Danke. Ich weiß, du meinst es nur gut, aber ich habe das Gefühl, dass ich das alles erst selbst herausfinden muss. Vielleicht ist das zwischen ihm und mir ja auch einfach nur Freundschaft, wer weiß. Ich lasse es einfach auf mich zukommen.«

Er zog eine Augenbraue hoch, und ich konnte ihm ansehen, dass er mir kein Wort glaubte. Zu Recht, schließlich glaubte ich mir ja selbst nicht.

»Mach, wie du willst, es ist schließlich deine Sache. Ich wollte dich nur warnen. Falls du Chris irgendwann noch mal sehen solltest, dann denk einfach an meine Worte.«

Er tötete den Joint und ich folgte ihm wieder nach drinnen. Es war, als hätte sich in den wenigen Minuten, die wir draußen gewesen waren, ein ganz neues Haus aufgebaut. Überall waren Menschen und man hatte Mühe, sich seinen Weg zu bahnen.

Ich füllte mir einen Pappbecher mit Wodka und stellte mich zu ein paar Leuten, die ich aus dem Mauerpark kannte. Es fiel mir schwer, mich auf irgendein Gespräch zu konzentrieren, denn kaum entstand eine kurze Pause, hatte ich wieder Chris im Kopf. Um mich abzulenken, ging ich nach draußen und rauchte eine. Ich setzte mich auf die kalten Marmorstufen vor dem Haus und zog den vertrauten Qualm ein. Ich schaute mich um und sah von Weitem einige Gestalten auf mich zukommen. Sie waren vielleicht zu sechst und ich kannte sie alle nicht wirklich, höchstens vom Sehen. Außer einen. Einen, der mir nur zu gut bekannt war; sah ich doch seit Wochen nichts anderes mehr vor mir als sein Gesicht.

Chris lief ein Stück vor den anderen, an seiner Seite ein braunhaariges Mädchen in schwarzen Leggins und hohen Schuhen. Sie sah umwerfend aus, aber auch irgendwie normal. Normal in dem Sinne, dass jedes zweite Mädchen auf dieser Feier das Gleiche anhatte und denselben gelangweilten Gesichtsausdruck aufsetzte. Sofort spürte ich ein nur allzu bekanntes Stechen in der Brust. Ich versuchte, nicht die Fassung zu verlieren. Gleich würde er mich erkennen, aber was würde er dann tun? Wie würde er mich begrüßen, und vor allem: Was wäre seine Entschuldigung?

Sie waren nur noch ein paar Meter von mir entfernt und ich rückte auf den Stufen etwas beiseite, um sie durchzulassen. Chris erkannte mich, wie ich da auf dem Boden kauerte, und nickte mir mit unbewegter Miene zu. Dann ging er mit den anderen ins Haus, ohne mich noch eines Blickes zu würdigen.

Mein Herz setzte für einen Moment aus. Ich war mir nicht sicher, ob ich weinen oder lachen sollte. Ich hatte irgendwie mit allem gerechnet, aber nicht damit, dass er mich ignorierte. Wieso machte er das? Hatte er mich nicht gesehen? Nein, sonst hätte er mir ja nicht zugenickt. Was war das denn für eine Begrüßung gewesen? So konnte er doch nicht mit mir umgehen! Ich zog meine Beine an und legte meinen Kopf auf meine Knie. Keine Ahnung, wie lange ich so verweilte, aber irgendwann beschloss ich, dass das so nicht gehen konnte. Ich überlegte, ob ich wieder reingehen sollte, und auch wenn ich keine große Lust darauf hatte, dass er mich wieder ignorierte, wollte ich ihn doch irgendwie sehen. Also rauchte ich eine letzte Zigarette, bevor ich wieder ins Haus ging und mich unter die anderen mischte.

Ich war gerade auf der Suche nach dem Klo, als ich Chris entdeckte, wie er sich Wodka einschenkte. Er schaute auf, so als ob er meinen Blick spüren konnte, und wir blickten uns für einen Moment in die Augen. Er lächelte und goss einen weiteren Becher ein, den er mir reichte. Ich nahm ihn entgegen und blieb weiterhin dumm im Raum stehen.

»Können wir kurz reden?«

Er schien diese Möglichkeit abzuwägen, und ich hatte schon Angst, er würde mir meine Bitte abschlagen, als er meine Hand nahm und mich nach draußen führte. Seine Finger waren warm und für einen Moment vergaß ich zu atmen. Ich dachte schon, wir würden uns auf die Stufen setzen, wo er mich vor einigen Minuten noch so kalt sitzen gelassen hatte, aber er führte mich weiter zu einem kleinem Waldstück und zu einer roten Parkbank. Wir ließen uns nieder und eine Weile sagte niemand etwas.

Ich nahm einen Schluck aus meinem Becher und begann zu reden. »Warum hast du dich nicht gemeldet?«

»Ich hatte zu tun, das habe ich dir doch geschrieben.«

»Aber warum bist du dann hier, wenn du doch so viel zu tun hast?«

Er wandte sich mir zu. »Weil ich dich sehen wollte.«

Er sprach so leise, dass er fast flüsterte, und mich überfuhr eine Gänsehaut. Unsere Beine berührten sich, es fühlte sich an, als würde seine Wärme auf mich übergehen. Konzentriere dich, Ella, ermahnte ich mich selbst. Du wolltest doch irgendetwas mit ihm klären. Das ist deine Chance! Aber was hatte ich ihn noch mal fragen wollen? Und warum genau war ich eigentlich verunsichert gewesen? Das hier war doch ziemlich eindeutig, oder etwa nicht? Ich registrierte genau jeden seiner perfekten Gesichtszüge. Seine hohen Wangenknochen, die dichten Wimpern, die blauen Augen … Warum war er plötzlich so nah? Sein Gesicht näherte sich meinem immer mehr, ich konnte seinen Atem auf meiner Haut spüren.

»Ich habe dich so vermisst.« Seine Stimme war nur noch ein Hauchen, und als sich seine warmen Lippen auf meine pressten, war alles um mich herum vergessen.

Automatisch öffnete ich meinen Mund, und es fühlte sich an, als würden wir auf einmal alles teilen. Jeden Atemzug, jeden Gedanken, jedes Gefühl. Ich war so benebelt, dass ich erst viel später merkte, dass er mich auszog. Wir küssten uns immer noch, als ich nur noch in Unterwäsche dasaß. Ich spürte deutlich den Alkohol, aber er störte mich nicht, ich war eher froh über ihn, denn sonst wäre mir das alles wahrscheinlich eher unangenehm gewesen. Plötzlich ließ sich dieser Gedanke nicht mehr verdrängen. Sonst … ja, sonst würde ich das nicht tun, schoss es mir durch den Kopf, und ich hörte auf, ihn auszuziehen. Ich war Jungfrau, und das hier war sicher nicht das erste Mal, das mir vorgeschwebt hatte, oder? Ich hatte doch nicht so lange darauf gewartet, um es jetzt hier auf einer Parkbank zu machen, völlig betrunken.

»Hey«, ich legte ihm die Hand auf die nackte Brust und drückte ihn etwas von mir. Dann nahm ich meinen ganzen Mut zusammen. Er würde es schon verstehen. »Ich hatte noch nie Sex.«

Er schaute mich mit großen Augen an. Doch im nächsten Moment hatte er sich wieder gefangen, nur seine Stimme klang etwas heiser, als er begann zu reden.

»Das stört mich nicht.«

Das störte ihn nicht? Da hatte ich aber Glück, das ihn das nicht störte. Wut kam in mir hoch.

»Aber mich«, sagte ich kalt und er verstand sofort.

Er ließ von mir ab und stand auf. Seine Stimmung hatte sich auf einen Schlag verändert, und als er begann zu reden, spürte ich, dass er Mühe hatte, seine Aggressionen in den Griff zu bekommen.

»Weißt du was, es ist meine Schuld. Ich hätte es wissen müssen, dass du noch nicht so weit bist. Vielleicht war das alles einfach nur ein großer Fehler.« Er zog sich sein T-Shirt über und war im nächsten Moment verschwunden, ehe ich die Chance hatte, etwas zu erwidern.

Ich ließ mich wieder auf die Parkbank fallen und schaute in die Dunkelheit. Ein großer Fehler. So sah er das also. Meine Augen füllten sich mit Tränen und erstaunt fuhr ich mit der Hand über meine nassen Wangen. Tränen. Wie konnte es sein, dass ich wegen einer solchen Nichtigkeit weinte? Aber es tat so verdammt weh. Es war, als ob nicht nur er aus meinem Leben gegangen war, sondern alles andere mit ihm. Er war doch das Einzige, was mir noch irgendwie das Gefühl gegeben hatte, dass alles gut war. Ich hätte wahrscheinlich so ziemlich alles für ihn getan, aber doch nicht so. Hätte er mir nicht auch einen Schritt entgegenkommen können? Es war einfach noch nicht alles geklärt zwischen uns, ich hatte mir wochenlang Sorgen um ihn gemacht und jetzt tauchte er plötzlich mit einer Brünetten auf, nur um mir Minuten später zu sagen, dass er mich vermisste.

Mit zitternden Fingern suchte ich nach meiner Kleidung. Als ich mein Oberteil nicht fand, wurde ich hysterisch. Ich drehte mich mehrmals im Kreis, mein Atem ging so schnell, dass ich kaum noch Luft bekam. Immer mehr steigerte ich mich rein, und in meiner blinden Verzweiflung bemerkte ich erst viel später, dass ich den Pullover die ganze Zeit in meiner Hand gehalten hatte. Total erschöpft ließ ich mich zu Boden sinken und vergrub mein Gesicht in meinem Pullover. Was sollte ich jetzt tun? Ich hatte zwei Möglichkeiten: Entweder ich zeigte ihm, dass ich auch gut ohne ihn konnte, oder ich versuchte, alles wieder ins Reine zu bringen. Ich entschied mich für Letzteres und ging wieder zu Svea. Vorher jedoch leerte ich noch meinen Becher in einem Zug.

Im Haus war es stickig. Manche hatten angefangen zu tanzen, doch ihre springenden Körper gingen in der allgemeinen Masse unter. Ich sah Felix und fragte ihn, ob er wusste, wo Chris war, doch er schüttelte nur den Kopf. Dafür drehte sich ein Junge neben ihm um und zeigte nach oben. Dankbar nickte ich ihm zu und versuchte, mir einen Weg zur Treppe zu bahnen. Eigentlich hatte Svea gesagt, dass die oberen Stockwerke tabu waren, und je mehr ich an Höhe gewann, desto mehr nahmen auch meine Zweifel zu. Warum war Chris da oben? Hatte ihn unser kleiner Streit doch mehr zugesetzt, als er gezeigt hatte? Hatte er vielleicht sogar allen ausweichen wollen, indem er sich nach oben zurückzog?

Ich erklomm die letzte Treppenstufe und schaute mich auf dem Flur um. Vor mir lagen vier verschiedene Türen und eine weitere Treppe. Da ich wusste, dass Sveas Eltern an diesem Abend sowieso nicht da waren, öffnete ich planlos die erste Tür. Ich sah ein großes Badezimmer, dessen Mitte eine riesige Wanne einnahm. Ich schloss die Tür wieder und machte mich an den nächsten Raum. Doch auch dort keine Spur von Chris. Als ich vor der dritten Tür stand, klopfte mein Herz so stark, dass mir schon fast schlecht wurde. Vorsichtig drückte ich die Klinke herunter und trat in das dämmrige Zimmer. Es war das Schlafzimmer von Sveas Eltern, aber die Menschen, die auf ihrem Bett lagen, waren um einiges jünger. Ertappt drehte sich die schöne Brünette um und grinste mich leicht atemlos an. Auch ihr muskulöser Partner ließ einen Moment von ihr ab. Ich brauchte ziemlich lange, bis mein Gehirn verstand, was ich da sah. Mit einem Knall schloss ich die Tür wieder.

Chris. Mein Puls schien seinen Namen zu pochen. Chris. Chris. Chris. Wie konnte er mir das nur antun? So schnell ich konnte, stolperte ich die Treppen herunter, ich wollte einfach nur so viel Abstand wie möglich zwischen ihn und mich bringen. Fast erwartete ich, dass er mir hinterherrennen und schreien würde, dass es gar nicht so war, wie es aussah, aber er tat es nicht. Filme wecken immer falsche Hoffnungen in einem, die das Leben nicht erfüllen kann.

Ich hastete, so schnell ich konnte, in die Küche und goss mir meinen Becher bis oben mit purem Wodka voll. Dann kippte ich ihn, ohne auch nur eine Miene zu verziehen, hinunter. Das Leben konnte mich mal. Es wollte mir alles nehmen? Nur zu, ich hatte nicht mehr viel zu verlieren. Erneut goss ich mir den Becher voll und kippte ihn in meinen Rachen. Ein warmes Kribbeln durchfuhr meinen Körper und ein wenig der klaren Flüssigkeit lief aus meinen Mundwinkeln. Vergiss ihn, vergiss alles, flüsterte mir mein Unterbewusstsein zu. Also mischte ich mich unter die anderen und fing an zu tanzen. Alles um mich herum drehte sich, der Schweiß lief an meiner Stirn herunter. War der Boden immer schon so wackelig gewesen? Und die Stimmen so stumpf? Ich tanzte für mich ganz allein, auch wenn ich es eigentlich mit anderen tat.

Auf einmal wurde mir unglaublich heiß, die Leute schienen mich zu bedrängen. Mussten sie alle an mir drankleben? So konnte ich doch gar nicht atmen! Ich spürte, wie die Galle in mir hochkam, und mein einziger Gedanke war, dass ich hier raus musste. So schnell ich konnte, griff ich mir meine Tasche und eine Wodkaflasche und rannte aus dem Haus. Draußen schnappte ich gierig nach Luft.

Luft. Leben. Ich fuhr mir durch die verklebten Haare und nahm einen Schluck aus der Flasche. Die klare Flüssigkeit schien auf einmal alles zu sein, was ich hatte. Was sollte schon groß passieren, wenn sie bei mir war? Selbst das mit Chris erschien mir gar nicht mehr so schlimm, vielleicht war es ja auch mein Fehler gewesen. Schließlich hatte ich nicht mit ihm geschlafen. Ich nahm noch einen tiefen Schluck und torkelte los. Mein einziger Wunsch war nur noch mein kuscheliges Bett und so machte ich mich auf den Weg zur S-Bahn.

Die Nacht war erstaunlich kühl dafür, dass die letzten Tage so warm gewesen waren, und ich konnte mich nicht erinnern, dass ich jemals eine solche Stille genossen hatte. Ich lief auf der Straße, in der einen Hand die Flasche, in der anderen meine Tasche. Es kam mir vor, als würde ich auf Wellen laufen, und ich versuchte, mir vorzustellen, dass vor mir eine Linie war, von der ich nicht abweichen durfte. Das ging aber ziemlich schief; ich merkte, dass ich in großen Schlangenlinien lief, die von der einen Straßenseite zur anderen reichten. Das erschien mir so lustig, dass ich anfing, in die stille Nacht hinaus zu lachen. Laut schallte es durch die Straßen, und es klang irgendwie abstrakt, sodass es mir fast ein wenig Angst machte. Sorgenvoll schaute ich mich um, und ich hätte schwören können, dass ich in dem dämmrigen Licht der Straßenlaternen eine Gestalt sah. Ich ging ein wenig schneller und versuchte, mich noch mehr auf meine Schritte zu konzentrieren. Aber was sollte hier schon groß passieren? Links und rechts wurde die Straße von Häusern flankiert, außerdem hatte ich eine laute Stimme.

Dennoch erschien mir auf einmal das Klackern meiner eigenen Schuhe auf dem Asphalt bedrohlich und ich zog die Schuhe aus, auch, um im Notfall besser wegrennen zu können. Ich kam zu dem kleinen Waldstück, durch das ich musste, um zur S-Bahnstation zu kommen, und allmählich bekam ich es wirklich mit der Angst zu tun. Hektisch trank ich noch einmal aus der Flasche und ging dann zügig zwischen den Bäumen hindurch. Man konnte kaum etwas sehen, nur vereinzelt spendeten Laternen schwaches Licht. Ich verlor bei jedem Knacken im Geäst fast den Verstand, und als ich auf eine Plastiktüte trat, schrie ich fast laut los. Meine Hände waren schwitzig, ich konnte kaum noch die Flasche halten, aber sie war meine einzige Hoffnung und so schleppte ich sie den ganzen Weg über mit. Als ich den Wald verließ, fiel mir ein so großer Stein vom Herzen, dass ich feststellte, dass ich wohl tatsächlich Todesängste gehabt hatte.

Ich ließ meinen Blick schweifen und war in Gedanken schon bei meinem warmen Bett, als ich nicht weit von mir eine Gestalt an der Mauer lehnen sah. Es war ein Mann im mittleren Alter, eine Bierflasche in der Hand und schon sichtlich angetrunken. Schnell schaute ich weg, doch es war zu spät. Schwerfällig löste er sich aus dem Schatten und kam auf mich zu. Verkrampft blickte ich weiter geradeaus und tat so, als würde mich ein Werbeplakat brennend interessieren. Mein gesamter Körper war in Alarmbereitschaft, aber ich war viel zu gelähmt, um auch nur irgendetwas zu tun.

Er war höchstens noch einen Meter von mir entfernt und ich konnte seinen rasselnden Atem hören. Warum kam die verdammte S-Bahn nie dann, wenn man sie brauchte?

»Na Süße, was machst du hier so ganz alleine in der Nacht? Wo ist dein Freund?«

Ich ignorierte ihn und versuchte, die Schrift auf dem Plakat zu entziffern, aber sie verschwamm immer wieder.

»Sei doch nicht schüchtern, ich tu dir doch nichts.«

Ich versuchte, meinen Atem zu regulieren und möglichst gelassen rüberzukommen. Er durfte meine Angst nicht spüren. Ich schaute hoch.

»Wie heißt du?«

»Ella.«

Ich hätte mir im gleichem Moment auf die Zunge beißen können, aber es änderte auch nicht viel, wenn er meinen Namen wusste. Er lächelte und entblößte dabei eine Reihe ungepflegter gelber Zähne.

»Schöööön«, er zog das Wort so lang, dass mir spätestens jetzt bewusst geworden wäre, dass er besoffen war. Eigentlich wirkte er nicht wirklich gefährlich und er hatte mir ja auch nichts getan. Trotzdem stellten sich meine Nackenhaare auf.

»Also, woher kommst du Ella?«, lallte er und ich konnte bei jedem Wort, das er sagte, den Biergeruch wahrnehmen.

»Von einer Feier«, ich schaute extra ein Stück an ihm vorbei.

»Ella«, er beugte sich etwas zu mir vor, »du scheinst mir ein nettes Mädchen zu sein. Du wirkst, als würdest du gerne Spaß haben. Du hast doch gerne Spaß, oder, Ella?«

Ich nickte mit einem Kloß im Hals. Was sollte ich auch anderes tun?

»Sieh mal, mein Auto steht da hinten. Ich bringe dich nach Hause. So ein hübsches Mädchen sollte nicht um diese Uhrzeit Bahn fahren, das ist gefährlich.«

Ich blickte in seine Augen, die erstaunlich nah waren, und mir wurde schlecht. Das war sicherlich keine gute Idee. Anderseits konnte es noch Ewigkeiten dauern, bis die S-Bahn kommen würde. Nein, auf gar keinen Fall, Ella, bist du verrückt?, kam mir jedoch meine innere Stimme zuvor. Du bist absolut betrunken und du solltest machen, dass du so schnell wie möglich von diesem Mann wegkommst.

Ich schüttelte den Kopf. »Danke, aber nein.«

Ich sah so etwas wie Wut in seinen Augen aufblitzen.

»Ach komm schon!«, polterte er laut. »Ich dachte, du willst ein wenig Spaß haben.«

Er nahm seine leere Bierflasche und schmiss sie auf die Gleise. Das Krachen klang dumpf, und erst jetzt bemerkte ich, wie betrunken ich selbst war. Ich schwankte und versuchte, ein wenig Abstand von dem Mann zu gewinnen.

»Gehen Sie weg«, versuchte ich, stark zu wirken, aber meine Stimme brach ab.

Er folgte mir und seine Haltung bekam irgendwie etwas Bedrohliches, Aggressives.

»Du hattest die Wahl.«

Ich hörte seine Stimme nur noch undeutlich, denn ein lautes Rauschen benebelte meine Sinne. Wie durch einen Schleier nahm ich wahr, wie er näherkam und mich an die Wand drückte. Dann griff er mir zwischen die Beine und ich heulte vor Schmerz auf. Ich wollte schreien, doch der Schrei blieb mir in der Kehle stecken. Er fuhr mir mit seiner rauen Zunge über meine Lippen und ich schloss die Augen. Ich wünschte mich ganz fest an einen anderen Ort. Einen Ort, wo es keine Drogen gab und keine Männer, die einen verletzten. Einen Ort, der früher mal mein Leben gewesen war. Ich versuchte, ihn mit meinen Händen abzuwehren, ihm irgendwie wehzutun, aber er lachte nur über meinen lächerlichen Verteidigungsversuch. Ich hörte, wie er seine Hose öffnete, und zwang mich, an irgendetwas Schönes zu denken. Langsam schwanden meine Kräfte, ich spürte, dass ich verloren hatte. Er fuhr mir unter mein T-Shirt, dann wanderten seine Hände nach unten.

Ich öffnete meine Augen und wollte ihn anflehen, es zu lassen, da sah ich plötzlich, dass die S-Bahn eingefahren war. Ich weiß nicht, woher auf einmal meine Kraft kam, aber mit einer letzten Aufwallung meiner gesamten Lebensenergie trat ich ihm mit meinem Knie zwischen die Beine und hastete in die Bahn. Sich vor Schmerzen krümmend stand er am Gleis und schien zunächst nicht zu wissen, wie ihm geschah. Dann drehte er sich um und sah mich, wie ich verloren in einem leeren Abteil stand. Warum fuhr die verdammte S-Bahn nicht los? Mein Herz schlug so sehr, dass es fast aus meiner Brust zu springen schien, und ich drückte verzweifelt den Türschließen-Knopf, aber er funktionierte nicht.

»Zurückbleiben, bitte«, ertönte von irgendwoher eine Lautsprecherstimme. Der Mann hatte sich wieder von seinem Schock erholt und rannte auf die Tür zu. Ich dachte schon, dass ich meine letzte Chance vertan hatte, als sich endlich die Tür schloss. Er stand vor ihr und drückte wie wild auf den Knopf, doch war die Tür erst mal zu, blieb sie es auch. Mit gehetztem Gesichtsausdruck blickte er mich an, voller Wut schlug er gegen das Fenster. Die Bahn setzte sich in Bewegung. Der Mann blieb am Gleis zurück, seine gesamte Haltung schien sagen zu wollen: »Wir sehen uns wieder.«

Erst als die Station schon in weiter Ferne lag, begann mein gesamter Körper zu zittern. Ich krümmte mich vornüber und kotzte mitten auf den Gang. Nicht fähig, mich zu bewegen, robbte ich nur ein Stück weiter und versuchte, mich wieder unter Kontrolle zu bekommen. Ich merkte, dass ich sowohl meine Tasche als auch den Wodka verloren hatte, und ich war mir nicht sicher, welchen Verlust ich mehr bedauerte. Zum Glück hatte ich mein Handy und mein Portemonnaie in der Jackentasche. Ich umklammerte das Handy mit meinen eiskalten Fingern. Auf gar keinen Fall konnte ich so nach Hause gehen. Aber wo sollte ich hin? Ich erhob mich und stieg aus. Erst nach einiger Zeit bemerkte ich, dass ich ungewollt den Weg zu Alex eingeschlagen hatte.

Ich stand vor seiner Tür, barfüßig und mit verlaufener Mascara und verknoteten Haaren. Ich musste aussehen, als wäre ich gerade von einem Bären angefallen worden. Mit zitternden Fingern wählte ich Alex' Nummer. Seine Stimme klang verschlafen, als er sich meldete.

»Ja?«

»Bist du zu Hause?«

»Ella?«

»Ja.«

»Bin ich.«

»Kannst du die Tür aufmachen?«

»Warte.«

Das Gespräch hatte höchstens dreißig Sekunden gedauert, und ich war froh, dass er keine Erklärung verlangt hatte. Die Tür wurde geöffnet und Alex stand in Boxershorts vor mir. Es kam mir auf einmal so unrealistisch vor, wie er da im Türrahmen stand und sich müde die Augen rieb. Ich hatte nicht damit gerechnet, dass er schon im Bett war und ich ihn wecken würde, denn ich hatte die Zeit vollkommen aus den Augen verloren. Er trat aus dem Türrahmen und lud mich ein, ins Haus zu kommen.

»Es tut mir leid«, flüsterte ich heiser und meine Stimme verlor sich im kalten Flur.

»Es gibt nichts, was dir leidtun müsste.«

Er führte mich die Treppe hinunter in ein großes Zimmer. Es lief leise Musik und ein gedämpftes Licht fiel auf die hohen Wände. Alex ging zu einer kleinen Bar, goss mir ein Glas Whisky ein und reichte es mir – ohne Eiswürfel, mein Opa wäre stolz gewesen. Dann öffnete er ein weiteres Zimmer und verschwand für einen kurzen Augenblick. Als er wieder zurückkam, hielt er einen großen Pullover in der Hand. Er warf ihn mir zu. Dankbar schälte ich mich aus meiner dreckigen, verrauchten Kleidung und schlüpfte in den Pullover, der mir bis zu den Oberschenkeln ging. Dann trank ich den Whisky in einem Zug aus.

Alex setzte sich zu mir und schaute mich an.

»Willst du schlafen?«, fragte er mich sanft.

Es war, als ob er Angst hätte, dass ich an seinen Worten zerbrechen würde. Ich schüttelte den Kopf. Wenn ich mich jetzt hinlegen würde, würde alles nur noch schlimmer werden. Der Mann erschien wieder vor meinem inneren Auge und ich würgte. Erneut erhob sich Alex und brachte mir einen kalten Waschlappen. Ich fuhr mir damit übers Gesicht, um die Mascarareste zu entfernen und legte ihn dann auf meine Stirn. Alex fing an, einen zu bauen, und ich spürte ein schreckliches Verlangen nach der kleinen Tüte. Das war jetzt genau das Richtige. Ich dachte an Chris und die Brünette, ich dachte an den Mann. Es gab so viele Gründe, warum ich vergessen wollte, warum ich vergessen sollte.

Ich ließ mich aufs Bett fallen und vergrub mein Gesicht im Kissen. Alex blickte kurz auf und schaute mich sorgenvoll an, baute dann aber weiter. Es war schwer einzuschätzen, ob er nur Rücksicht auf mich nahm oder einfach keinen Bock hatte, mit mir zu reden, aber mir konnte es eigentlich auch egal sein. Es war mir gerade nur recht, dass er keine Fragen stellte. Seine Hände fuhren schnell und geschickt über den Joint und er drehte ihn zu. Dann zündete er ihn einfach im Zimmer an. Ich schaute ihm zu und spürte, wie Tränen über mein Gesicht rannen. Er war zwar ganz anders als Chris, aber in vielen Dingen ähnelten sie sich so sehr, dass es schmerzte. Alex stand auf und setzte sich auch aufs Bett. Er reichte mir den Joint, und als ich an ihm zog, hatte ich ein Gefühl, als würde ich einen verlorenen Freund wieder in meine Arme schließen. Sofort ging es mir besser, was passiert war, erschien mir nun weit entfernt. War das alles wirklich in dieser Nacht geschehen?

»Brauchst du noch irgendwas?«

Ich zuckte zusammen. Die Worte hallten in dem riesigen Zimmer. Ich schüttelte erneut den Kopf. Mir fiel auf, dass ich noch fast gar nichts gesagt hatte.

»Habe ich dich sehr gestört?«

»Nein, ich bin auch erst vor einer halben Stunde nach Hause gekommen. Ich war noch bei Levins Home.«

Daher kamen also die leeren, unruhigen Augen.

»Wo sind deine Eltern?«, fragte ich irritiert, weil meine Mutter es niemals zulassen würde, dass ich erst so spät nach Hause kam.

»Auf Geschäftsreise.«

Prüfend schaute ich ihn an, doch er verzog keine Miene. Irgendwie hatte ich das Gefühl, dass seine Eltern ziemlich oft weg waren. Ich nahm einen letzten Zug und gab den Joint wieder Alex. Dann schloss ich die Augen.

Wie Chris dagestanden hatte. Seine blauen Augen so kalt wie die Antarktis. Wie hatten sie mich nur so täuschen können? Wieso hatte ich ihm so schnell getraut? Alles, was er getan und gesagt hatte, war eine Lüge gewesen. Der Mensch, zu dem er mich gemacht hatte, war eine Lüge. Ich fühlte mich, als wäre ein Weg abgebrochen, eine Brücke zerstört.

Langsam öffnete ich meine Augen wieder und schaute zu Alex auf. Nachdem der Joint tot war, legte er sich zu mir und nahm mich in den Arm. Meinen Körper durchfuhr sofort eine Abwehrreaktion und zuerst war mir die Berührung unangenehm, aber dann tat es einfach nur gut, dass jemand für mich da war. Hier war ich sicher, hier in Alex' Armen. So blieben wir eine ganze Weile liegen und lauschten den Klängen der leise säuselnden Musik. Ich hörte seinen tiefen Atem ganz nah an meinem Ohr und kuschelte mich näher an seinen warmen Körper. Doch da ich nicht schlafen konnte, löste ich mich nach einiger Zeit vorsichtig aus seiner Umarmung und suchte meine Kippen. Dann huschte ich nach draußen vor die Tür. Ich setzte mich auf eine kleine Bank und beobachtete, wie langsam die Sonne aufging. Zu meinen Füßen sah ich zwei Feuerkäfer, der eine den anderen tragend. Es war nicht ganz klar, ob der eine tot oder verletzt war, oder ob diese Stellung einem völlig anderen Zweck diente. Irgendjemand setzte sich neben mich, aber ich war viel zu sehr in meine Gedanken versunken, um aufzuschauen.

»Kannst du nicht schlafen?«, hörte ich die Stimme von Alex neben mir.

»Ich bin zu fertig«, antwortete ich, und es klang, als ob ich seit Jahren nicht mehr gesprochen hätte.

»Zu fertig zum Schlafen?«, seine Worte schmunzelten, aber seine Miene blieb ernst.

Ich seufzte und ließ meinen Kopf auf seine Schulter sinken, und so schauten wir zu, wie sich die Sonne sich langsam wie eine Schnecke vom Horizont trennte.

»Ich möchte so gerne mal hier raus«, flüsterte ich und er zeichnete mir sanft mit seinem Daumen Kreise auf die Handfläche.

»Ja, mir geht's ähnlich, ich freue mich schon so auf die Sommerferien.«

Ich nickte.

»Wir fahren in der ersten Woche nach Prag. Wenn du willst, kannst du mit. Es gibt nichts Besseres, um den ganzen Stress hier zu vergessen, als Prag. Glaub mir.«

Mein leises Lachen kam selbst mir falsch vor. Aber ich musste zugeben, dass das gut klang. Prag. Warum nicht?

»Ja, gerne«, nuschelte ich leise.

Nach einiger Zeit holte uns dann doch die Müdigkeit ein und wir gingen zurück ins Haus. Ich kuschelte mich in sein Bett und er stellte die Musik noch etwas leiser. Dann legte er sich zu mir. Ich wollte ihm gerade eine gute Nacht wünschen, als er sich plötzlich vorbeugte und mich küsste. Es ging so schnell, dass ich kaum eine Chance hatte zu reagieren, und danach drehte er sich einfach nur um und ich hörte wieder seinen tiefen Atem. Ich schlief sofort ein.

*

Am nächsten Tag war es, als wäre nichts gewesen. Und vielleicht hatte ich es mir auch wirklich nur eingebildet, denn schließlich hatte ich in dieser Nacht viel zu viel getrunken. Die Folge war ein heftiger Kater. Mein Kopf brummte und alles tat weh. Jeder Schritt, jedes Wort, jeder Gedanke. Zum Glück wusste Alex, wie man es erträglicher machen konnte, und brachte mir eine riesige Auswahl an Brötchen und Aufschnittarten. Es ist absoluter Schwachsinn, dass man angeblich keinen Hunger hat, wenn man verkatert ist. Mir wurde zwar ein bisschen schlecht, aber der Hunger war durchaus da. Alex musterte mich mit kritischem Blick und ich las in seinem Gesicht so etwas wie Spott, den ich nicht ganz verstand. Unter dem wachsamen Blick Alex' aß ich ein halbes Brötchen und traute mich erst wieder aufzuschauen, als ich fertig war.

Alex fragte mich, ob ich nicht noch mehr wolle. Ich schüttelte den Kopf. Also schaltete er den Fernseher an und wir schauten uns die schlechtesten Soaps an, die Deutschland zu bieten hatte. Die Art von Soaps, die man nur erträgt, wenn man straff oder verkatert ist.

Wir vertrödelten den Tag, schauten Fernsehen, redeten und kifften. Es war echt schön, endlich hatte ich mal wieder Zeit, etwas nachzudenken, und er stand mir bei. Das Buffen brachte unser Gespräch auf eine ganz andere Ebene. Es war, als ob wir viel ehrlicher und intensiver miteinander redeten. Nachmittags machte ich mich auf den Weg nach Hause. Es ging mir schon viel besser. Ich setzte mich für einen Moment in den Park und mir wurde bewusst, dass mein Leben so nicht weitergehen konnte. Ich musste mich verändern, durfte mich nicht mehr so hängen lassen. Bald kam ich in die Oberstufe und da musste ich alles im Griff haben. Ich konnte ruhig das ein oder andere Mal kiffen, aber alles Exzessive sollte ich lassen. Mein Kopf schmerzte, es fühlte sich an, als würde er meinen Gedanken zustimmen.

Ich war so unendlich müde, so müde vom Leben. Mein Blick huschte suchend umher, aber es gab nichts, an dem er hängen blieb. Ich hatte Mühe, meine Augen offen zu halten, und immer wieder fielen sie zu. Machte das alles überhaupt Sinn? Irgendwann starb doch jeder und die Tage davor waren einfach nur leidvoll und anstrengend. Man konnte sich das Ganze doch auch so leicht ersparen.

Ich hatte in den letzten Tagen so viel verloren und war für so wenige da gewesen. Gerade jetzt, wo mein Vater mich am dringendsten brauchte, war ich praktisch fast ausgezogen. Mein schlechtes Gewissen wuchs und mir fiel auf, dass ich einen Fehler begangen hatte.

Nicht, dass ich irgendwelche Drogen nahm, sondern dass ich die Menschen, die ich liebte, fallen gelassen hatte. Aber war es nicht eher andersherum gewesen? Hatten mich nicht eher Maja, Chris und meine Familie im Stich gelassen? Aber es gehörten immer zwei Menschen dazu, damit sich eine Beziehung löste. Außer bei Chris. Da hatte ich nichts falsch gemacht, ihm stand es nicht zu, dass er so mit mir umging. Ich beschloss, mich zu verbessern, aus Liebe zu meiner Familie und zu meinen Freunden. Ich wollte für sie da sein, ihnen helfen. Das war mein neues Ziel.

Also fuhr ich nach Hause. Es war merkwürdig, plötzlich wieder vor dem weißen großen Haus zu stehen, von außen schien es ganz verlassen und es wirkte irgendwie fremd. Ich ging ins Wohnzimmer und sah meine Mutter beim Lesen. Sie nickte mir zu und fragte nach meinem Befinden. Ich wollte ihr erzählen, dass mein MSA-Vortrag nicht so gut gelaufen war, aber sie unterbrach mich und informierte mich, dass mein Vater morgen seine Operation haben und deswegen die nächsten Tage nicht da sein würde. Sie sagte nicht mehr dazu und ich fragte auch nicht weiter; ohne ein Wort zu sagen, ging ich in den Garten. Mein Vater hatte sich mitten auf der Wiese einen Stuhl hingestellt und betrachtete seinen Rasen, als wäre es ein Meisterwerk. Ich drückte ihm einen Kuss auf die Wange und er fragte mich, ob ich mich nicht neben ihn setzen wolle. Also ließ ich mich zu seinen Füßen nieder und wir betrachteten zusammen den Rasen. Ich traute mich nicht zu fragen, was wir hier machten, weil ich das Gefühl hatte, dass es etwas war, was nur er verstehen konnte.

»Ist das nicht schön?«, fragte er mich melancholisch.

Was sollte ich darauf sagen? Ja, der Rasen ist schön grün? »Heute ist ein schöner Tag.«

Mein Vater lächelte und seine Augen wetteiferten mit dem Blau des Himmels. »Da hast du recht, perfekt, um in den Zoo zu gehen.« Schelmisch grinste er mich an. Mein Vater liebte den Zoo, aber seit Jahren war niemand mehr mit ihm hingegangen. Die Zeit reichte nie und irgendwie waren wir auch zu alt dafür.

»Okay, lass uns in den Zoo gehen.«

Überrascht schaute er mich an. »Wirklich?«, fragte er begeistert. »Aber du brauchst das nicht zu machen. Nicht weil …«

Doch ich wehrte ab. »Ich möchte gerne in den Zoo, das Leben ist zu kurz, um immer alles aufzuschieben.«

Mein Vater sprang begeistert auf. »Na dann los.«

Wir gingen ins Haus und meine Mutter blickte skeptisch von ihrer Zeitung auf. Mein Vater strahlte sie an.

»Ich gehe mit meiner Tochter in den Zoo«, eröffnete er stolz und klang dabei wie ein Kind an Weihnachten. Der Unglaube meiner Mutter wuchs, sie schaute mich an, als wäre ich krank. »Aha.«

Meine Mutter hatte ein ganz bestimmtes »Aha«; ich glaube, niemand auf der gesamten Welt könnte ihr das nachmachen. Sie bekam es hin, darin Skepsis, Überlegenheit und Verächtlichkeit zu verbinden. Doch mein Vater war zu glücklich, um ihre Herablassung zu spüren.

»Kommst du mit?«

Meine Mutter schaute ihn mit müden Augen an und schüttelte unmerklich den Kopf. »Irgendwer muss doch deinen Aufenthalt vorbereiten. Hast du denn schon gepackt?«

Er machte eine wegwischende Handbewegung. »Das können wir nachher noch machen. Jetzt gehen wir in den Zoo.«

Widerwillig stand meine Mutter auf, und nachdem mein Bruder auch noch zu dem Ausflug genötigt wurde, fuhren wir zum Berliner Zoo.

Es war ein schöner Tag. Die Sonne schien und mein Vater genoss den Besuch sichtlich. Immer wenn er ein Tier entdeckte, rief er begeistert »Schau mal, siehst du das, Ella?« und zeigte mit seinem Finger darauf. Auch die Stimmung meiner Mutter wurde besser und man hätte uns für eine glückliche Nimm-2-Familie halten können, wären da nicht der gehetzte Ausdruck meiner Mutter, die traurigen Augen meines Bruders und mein lebloses Gesicht gewesen. Nur mein Vater wirkte rundum zufrieden. Ironie des Schicksals. Ein Mann überholte uns mit seiner kleinen Tochter auf den Schultern und mein Vater schaute ihnen hinterher.

»Sieh mal, so war das bei uns früher auch. Komm Kleine, noch einmal um der alten Zeiten willen.«

Ich wehrte lachend ab, aber er bestand darauf, und ich konnte es ihm nicht verwehren, wenn er mich so anblickte. Also suchten wir uns eine Bank und hievten mich mit vereinten Kräften auf seine Schultern.

»Leichtgewicht, du wiegst ja fast gar nichts!«, rief mein Vater aus und sofort blickte meine Mutter mich alarmiert an.

Sie schien mich das erste Mal seit langer Zeit wieder wirklich anzuschauen. Sie runzelte ihre Stirn und Sorge war in ihrem Blick zu erkennen. Ich konnte es nicht ertragen, der Grund dafür zu sein, dass ihre Stimmung sich wieder verschlechterte. Also drängte ich meinen Vater dazu, mich wieder herunterzulassen, aber er dachte überhaupt nicht daran. Erst als er einen schrecklichen Hustenanfall bekam und seine Schritte immer langsamer wurden, hielt er an und setzte mich ab.

Zu Hause aßen wir ein letztes Mal zusammen. Meine Mutter blickte mich die ganze Zeit mit einem Adlerblick an, sodass ich mich nicht traute, gar nichts zu essen. Sie erzählte, dass sie sich die nächsten Tage freigenommen hatte, um meinen Vater auf der Station zu unterstützen. Ich war froh, dass sie das tat, denn ich war mir sicher, dass mein Vater mehr Angst hatte, als er je zugegeben hätte.

Es gab T-Bone-Steak, und als mein Vater sagte, dass es ganz köstlich schmecke, meinte meine Mutter, es sei ja auch seine »Henkersmahlzeit«. Es war ihr offenbar einfach herausgerutscht, sie wirkte selbst ein wenig erschrocken. Dennoch rastete ich aus. Ich schrie sie an, dass sie absolut geschmacklos sei, dann sprang ich auf und warf wütend meinen Stuhl um, stellte ihn wieder auf, setzte mich und brach in Tränen aus. Erst leise, doch dann steigerte ich mich immer mehr hinein, bis ich hyperventilierte. Meine Familie saß wie versteinert da, man konnte ihnen den Schock am Gesicht ablesen. Ich konnte nicht aufhören, gleichzeitig zu schluchzen und nach Luft zu schnappen.

Schließlich sackte ich vollkommen erschöpft auf meinem Stuhl zusammen. Meine Familie versuchte, einfach über den Vorfall hinwegzugehen und das Essen wieder aufzunehmen, aber der Abend war gelaufen. Mein Bruder schaute mich an, als ob ich verrückt geworden wäre, und schmulte nach jedem Bissen zu mir rüber, um zu sehen, ob ich nicht wieder ausrasten würde.

Nach dem Essen ging ich in mein Zimmer. Mir war schlecht, mein Magen war unnatürlich voll. Ich hatte zwar nicht alles aufgegessen, aber ein Viertel des Steaks hatte ich mir trotzdem reingezwängt. Mein Magen rumorte und ich konnte gerade noch rechtzeitig ins Bad laufen, bevor ich mich übergab. Ich ließ ein Weile das Wasser über meinen Kopf laufen, bevor ich mich ins Bett legte und vollkommen erschöpft einschlief.

KAPITEL 8

Es gibt schmerzhafte Erinnerungen, die uns wirklichen, körperlichen Schmerz verursachen, fast jeder Mensch hat solche Erinnerungen, nur vergessen die Menschen sie gewöhnlich.

Fjodor Michailowitsch Dostojewski

Es war Montag, und schon als ich aufstand, hatte ich ein ganz mulmiges Gefühl. Es gibt diese Tage, wo man überhaupt nicht aufstehen will, weil man Angst vor dem Tag hat, weil man lieber unter seiner warmen Decke bleiben will, als sich der Welt zu stellen. Als ich die Augen an diesem Morgen öffnete, wusste ich, dass ein Teil meines Lebens vorbei war. Ich würde nie mehr so unbeschwert sein, wie ich es einst gewesen war. Auch wenn ich noch nicht erwachsen war, so musste ich doch langsam einsehen, dass es Dinge gab, die einfach nie wieder zurückkamen.

Ich war während der Nacht immer wieder aus dem Schlaf aufgeschreckt. Immer wieder sah ich den Mann vom S-Bahnsteig vor mir, wie er seinen Körper an meinen gepresst hatte. Ich war mehrmals auf Toilette gerannt, so groß war die Übelkeit, aber selbst mich zu übergeben hatte mich zu viel Anstrengung gekostet. So hatte es sich nachts gerächt, dass ich am Tag alle Sorgen verdrängt hatte, aber immerhin hatte mein Vater den Tag genossen.

Erstaunlicherweise suchte mich Chris genauso oft in meinen Gedanken heim wie der Mann, und ich war mir nicht sicher, welche Erinnerungen mehr schmerzten. Wobei, »schmerzen« war nicht der richtige Ausdruck. Ich spürte das Ganze überhaupt nicht, ich hatte sogar das Gefühl, dass das alles überhaupt nicht mir zugestoßen war. Es war eher, als ob ich es durch eine Scheibe betrachten würde. Zwar ging es mir körperlich schlecht, aber irgendwie spürte ich es trotzdem nicht, seelisch meine ich. Das war das Schlimmste. Zu wissen, dass man vollkommen fertig war, dass man traurig darüber sein sollte, was mit einem passiert war, aber trotzdem nichts spürte als ein Ziehen in der Brust. Es war, als sei da nichts mehr, als würde ich mich mit jeder Sache, die mir zustieß, ein weiteres Stück von mir selbst entfernen.

Ich hatte ein wenig Angst vor der Schule, zum einen, weil ich nicht wusste, wie ich Alex gegenübertreten sollte, und zum anderen, weil ich befürchtete, dass die nächtlichen Übelkeitsattacken auch am Tage zuschlagen würden. Zumindest eine Sorge schien unbegründet, da Alex überhaupt nicht in der Schule war. Das war mir wiederum auch nicht recht, ich wollte ihn schon gerne sehen. Ich gab die Hoffnung nicht auf, dass er wenigstens zu Französisch kommen würde, aber er kam nicht. Der Tag zog sich schier endlos hin.

Zu Hause war niemand, einzig ein kleiner Zettel mit der sauberen Schrift meiner Mutter begrüßte mich. *Wir sind bei Sebastian im Krankenhaus, es wird später.*

Ich holte mir einen Orangensaft aus dem Kühlschrank und ging nach oben. Dann öffnete ich alle Fenster in meinem Zimmer und zündete mir eine Zigarette an. Ich beobachtete, wie die Sonne langsam unterging, und holte mein Lateinbuch heraus. Doch weder der Ablativus absolutus noch die Vokabeln reizten mich, und so lag ich einfach nur da und starrte auf die Wand. Wie ging es meinem Vater, hatte er die Operation gut überstanden? Wie würde das mit der Chemotherapie laufen? Ich hasste mich selbst so sehr dafür, dass ich von alldem keine Ahnung hatte, aber ich hatte Angst, dass meine Sorgen, je mehr ich wusste, wachsen würden. Es muss schon recht spät gewesen sein, als meine Mutter in mein Zimmer kam. Sie brachte mir einen Tee. Dunkle Augenringe zeichneten sich auf ihrem Gesicht ab.

»Sebastian geht es gut, er hat die Operation überstanden, allerdings ist der Krebs nicht vollständig entfernt. Er bekommt noch eine Chemotherapie und eine Bestrahlung.«

Ich nickte.

»Wird er wieder gesund?«, fragte ich leise und meine Mutter blieb im Türrahmen stehen.

»Natürlich, er ist doch ein Kämpfer.« Ihre Worte klangen eher, als wenn sie sich selbst überzeugen wollte. Sie schloss leise die Tür und ich blieb alleine zurück.

*

Alex kam erst nach einer Woche wieder in die Schule. Ich konnte nicht ganz einschätzen, woran das lag, ob er einfach keine Lust auf Schule gehabt hatte oder ob es ihm tatsächlich schlecht gegangen war, und ich traute mich auch nicht, ihn zu fragen. Es fiel mir schwer, seine Stimmung zu deuten, er wich mir geschickt aus und ich machte auch keine großen Anläufe, um alles mit ihm zu klären. Wir sprachen das erste Mal wieder miteinander, als wir nach der Schule mit ein paar Klassenkameraden am Schlachtensee saßen. Er hatte sich ein wenig von der Gruppe abgelöst und sich alleine unten ans Wasser gesetzt. Ich gesellte mich zu ihm und ließ meine Füße in das kühle Wasser baumeln. Alex würdigte mich keines Blickes und schaute weiterhin auf einen großen verästelten Baum, der auf der anderen Seite des Sees lag und von dem ein paar Jugendliche ins Wasser hinuntersprangen. Er schien über irgendetwas nachzudenken, denn er hatte seine Augen leicht zusammengekniffen, so wie er es immer tat, wenn ihn etwas beschäftigte. Plötzlich begann er zu reden. Seine Worte waren leise, aber durchdacht. »Kennst du dieses Gefühl, wenn du denkst, dass du dich total veränderst, aber in Wirklichkeit die ganze Zeit auf der Stelle trittst?«

Ich blickte auf meine Fingernägel, die leicht gelblich waren.

»Man erlebt Sachen und fühlt sich danach wie ein ganz anderer Mensch. Man denkt, dass jetzt alles ganz anders wird, und dann kommt doch wieder nur der Alltag.«

Seine Stimme klang resigniert und ich war verwundert über seine melancholische Stimmung. Ich suchte nach den richtigen Worten, aber ich hatte immer noch nicht so richtig verstanden, worum es ging. Was wollte er mir sagen? »Du trittst nicht auf der Stelle.«

»Woher willst du das wissen?«

Ich zuckte mit den Schultern. »Ich weiß es einfach.«

Er schüttelte den Kopf, nahm einen Stein und warf ihn ins Wasser. Der Stein hüpfte drei Mal auf, bevor er in den Tiefen des Schlachtensees verschwand. Eigentlich unterscheidet uns gar nicht so viel von Steinen, dachte ich. Irgendjemand wirft einen ins Wasser, wo man dann ein paar Mal aufhüpft, und dann geht man für immer unter.

»Und wie geht es dir?«, er schaute mich prüfend an.

»Ganz gut, nur müde.«

»Wenn jemand sagt, dass er müde ist, geht es ihm in Wirklichkeit scheiße.«

Ich grinste nur, weil er es auf den Punkt gebracht hatte. Es gab so vieles, was mich beschäftigte. Chris, der Mann vom Bahngleis, der Krebs meines Vaters. Es war, als wenn ich in allen Lebensbereichen gerade Pech hatte, und ich hoffte, dass dies alles so schnell wie möglich vorbeiging. Wir erhoben uns und schlenderten zurück zu unseren Klassenkameraden.

Als ich nach Hause kam, wartete meine Mutter bereits auf mich. Sie hatte gekocht und der Duft von angebranntem Fett und Fleisch kroch mir in die Nase. Ich war kurz davor, einfach wieder umzukehren.

»Ella, bist du es?«, rief meine Mutter aus der Küche.

Ich hielt es für unnötig, auf diese Frage zu antworten, und flüchtete nach oben.

Meine Mutter rief mir hinterher: »Ella, warte doch mal, ich habe gekocht.«

Warum machte sie auf einmal einen auf gute Mutter?

»Ich habe schon gegessen«, log ich.

»Komm doch trotzdem einen Moment runter und setz dich zu mir an den Küchentisch.« Sie hatte hörbar Mühe, eine liebevolle Stimme beizubehalten.

Ich stellte meine Tasche ab und tat ihr den Gefallen. Lustlos schlurfte ich die Treppe hinunter und setzte mich an den gedeckten Tisch. Meine Mutter tat sich ein Steak auf und war im Begriff, auch mir eins auf den Teller zu legen, aber ich riss ihn ihr weg.

»Ich habe doch schon gesagt, dass ich keinen Hunger habe.«

Wenn sie enttäuscht war, ließ sie sich davon nichts anmerken. Sie fragte nur, ob ich nicht wenigstens ein wenig Reis wolle. Ich schüttelte den Kopf. Also häufte sie sich selbst etwas von dem körnigen weißen Zeug auf ihren Teller und begann zu essen. Ich beobachtete sie, wie sie aß, und wurde wütend. Essen ekelte mich in letzter Zeit irgendwie an, es war so primitiv, in gewisser Weise war es eine Art von Abhängigkeit. Doch das erklärte noch nicht, warum jedes Mal, wenn jemand kaute, die Wut in mir hochkam. Ich ballte meine Hände zu Fäusten und versuchte, mich zu beruhigen. Langsam schob meine Mutter sich noch eine Gabel Fleisch in den Mund.

»Dein Vater und ich haben uns dazu entschieden, dass wir den Sommerurlaub in der Karibik stornieren, weil er das gesundheitlich nicht schaffen wird.«

Ich nickte. Das konnte ich verstehen, es wunderte mich eher, dass sie es noch nicht früher getan hatten.

»Deswegen werde ich bereits eine Woche vor deinen Ferien erst einmal alleine an die Ostsee fahren, und falls der Arzt seine Zustimmung gibt, würde Sebastian dann nachkommen.«

Ungläubig starrte ich sie an. »Das ist doch wohl nicht dein Ernst?«

»Wieso nicht?«, fragte meine Mutter mit Unschuldsmiene. »Ich kann hier sowieso nichts machen und ich habe noch ein paar Urlaubstage. Du bist doch nie zu Hause und dein Bruder hat nur mit seinem Studium zu tun.«

Entgeistert rief ich: »Du lässt ihn alleine? Verdammt, dein Mann stirbt und du machst dir ein paar schöne Tage an der Ostsee! Wenn dir so langweilig allein zu Hause ist, dann kauf dir doch einen Hund!«

Ich war aufgesprungen und hatte dabei den Stuhl umgestoßen.

»Und du bist besser?« Auch sie war eindeutig sauer auf mich. Kalt musterte sie mich. »Du hast ihn weder auf der Station besucht, als er die Operation hatte, noch siehst du ihn, wenn er gerade zu Hause ist. Du bist die ganze Zeit unterwegs, ich weiß gar nicht mehr, wo du überhaupt bist. Du brauchst deinen Freiraum, okay, damit kann ich leben, aber es dreht sich nicht immer alles nur um dich. Das alles ist anstrengend, Ella, ich brauche mal wieder Zeit für mich.«

Ich schluckte. Ihre Worte taten weh. Aber was sie konnte, konnte ich schon lange.

»Ja! Ja, ich denke, ich bin besser als du. Dich nimmt das Ganze überhaupt nicht mit! Du isst wie immer dein Steak und liest deine Zeitung. Immer meckerst du herum, kein Wunder, dass er da lieber weiter arbeiten geht.«

Ohne Vorwarnung ergriff meine Mutter ihr Wasserglas und schüttete den Inhalt über mich. Perplex stand ich da. Nass und verwirrt. Meine Mutter stand hocherhobenen Hauptes auf und ging langsam die Treppe hoch. Ich war viel zu überrascht, um irgendwie zu reagieren, und starrte einfach nur aus dem Fenster. Mir war bewusst, dass meine Worte gemein gewesen waren, aber ich hatte einfach sehen wollen, dass meine Mutter Emotionen zeigte, dass sie litt. Zitternd stand ich auf und tapste die Treppe hoch. Zaghaft klopfte ich an die Tür meiner Mutter. Als sie nach einiger Zeit immer noch nicht öffnete, drückte ich die Klinke herunter, aber die

Tür ging einfach nicht auf. Seit wann hatten wir denn Schlüssel für unsere Zimmertüren?

»Eva?«, flüsterte ich leise, doch sie antwortete nicht, also wiederholte ich ihren Namen etwas lauter.

Als immer noch keine Reaktion aus ihrem Zimmer kam, ließ ich mich zu Boden sinken. Wieso musste ich auch immer alles zerstören? Hätte ich nicht einmal meinen Mund halten können? Ich hätte mir doch denken können, dass meine Mutter sauer sein würde bei einem solchem Vorwurf. Erneut hob ich meine Hand, um zu klopfen, hielt dann aber doch mitten in der Bewegung inne. Wenn sie nicht öffnen wollte, dann hatte ich keine Chance. Erschöpft zog ich meine Knie zum Bauch und ließ meinen Kopf darauf sinken. Ich fühlte mich so kraftlos, so als ob ich einen Marathon gelaufen wäre. Natürlich hätte ich das nicht zu ihr sagen dürfen, aber war es wirklich fair, dass sie mich jetzt so alleine mit meiner Schuld ließ?

»Es tut mir leid«, schluchzte ich mit gebrochener Stimme und wartete ein paar Minuten auf eine Reaktion, die aber ausblieb.

Mit letzter Kraft ging ich die Treppe wieder hinunter und warf mich auf mein Bett. Eva hatte eine Tochter wie mich nicht verdient, niemand hatte das. Meine Finger zitterten, ich sprang wieder auf und rannte in die Küche. Mein Blick streifte durch die Küche, auf die mein Vater so stolz war, und blieb an einem hölzernen Messerblock hängen. Die scharfen Klingen glitzerten in dem dämmrigen Licht, und ohne meine Bewegungen steuern zu können, griff ich nach einem großen Brotmesser. Wie unter Hypnose betrachtete ich die kleinen Einkerbungen in dem Metall und zeichnete langsam die Klinge nach, ohne sie jedoch zu berühren. Ich bemerkte erst nach einiger Zeit, dass ich aufgehört hatte zu atmen, und als hätte ich mich verbrannt, ließ ich blitzschnell das Messer los. Scheppernd knallte es auf den Boden, das Geräusch klang gespenstisch in der Stille des Hauses. Mir war plötzlich unglaublich heiß, so schnell ich konnte zog ich meine Sachen aus. Ich zerrte an meinem Pullover und zerrte, doch er ging mir einfach nicht über den Kopf. Schließlich gab ich auf. Hätte mich in dem Moment jemand sehen können, hätte er mich wahrscheinlich für geisteskrank gehalten. Ein blondes Mädchen, das nur in Unterwäsche, den Pulli halb ausgezogen, barfuß in der Küche stand, das Gesicht vom Weinen gezeichnet, die Haare aus dem Zopf gelöst und in alle Richtungen abstehend. Ja, was würden sich wohl Außenstehende denken?

Für einen Moment schloss ich die Augen und versuchte, mich zu beruhigen. Was war nur mit mir los? Mühsam und mit zitternden Knien rappelte ich mich auf und ging zum Kühlschrank, um mir eine Flasche Wasser zu holen. Ich öffnete den Kühlschrank und mein Blick fiel auf unsere Schokolade. Ohne nachzudenken, nahm ich eine Tafel, riss sie auf und brach mir ein Stück ab. Da ich sowieso das Gefühl hatte, alles wäre vorbei, schob ich mir das braune Stück Verhängnis in den Mund und ließ es langsam auf der Zunge zergehen. Mir war so, als hätte ich in meinem Leben nie etwas Köstlicheres gegessen, und einem Wahn verfallend, stopfte ich mir Stück um Stück in den Mund. Es fühlte sich so leer an, wenn ich nichts auf der Zunge hatte, und so legte ich erst eine Pause ein, als die Tafel aufgegessen war. Erschrocken schaute ich auf die leere Verpackung und konnte einfach nicht anders, als mir eine weitere Tafel aus dem Kühlschrank zu holen. Ich merkte, wie mir schlecht wurde, aber ich konnte einfach nicht aufhören. Denn wenn ich aufhörte, würden die Gewissensbisse anfangen, da war ich mir ganz sicher.

Als auch die zweite Tafel aufgegessen war, war mir verdammt übel. Ich hatte mich auf den kalten Fliesenboden der Küche gesetzt und starrte meine Fingernägel an, unter denen sich die braune Schokolade abzeichnete. Ich riss mich von dem Anblick los und betrachtete meine Beine. Geschockt sprang ich auf. Das konnte doch nicht sein! Schnell schaute ich weg, aber meine Augen huschten wieder zurück, so als ob sie sich vergewissern wollten, dass das, was sie sahen, die Realität war. Meine Beine waren fett! Und jetzt hatte ich auch noch die Schokolade gegessen, Unmengen von Schokolade. Panisch sprang ich auf und rannte ins Bad, schloss hektisch die Tür ab und beugte mich übers Klo. Doch auch wenn mir unendlich schlecht war, konnte ich meine Sünde nicht ungeschehen machen. Ich wollte nur alles rückgängig machen, meine Schandtat begleichen. Niemals konnte mich jemand lieben, wenn ich so aussah, ich konnte es ja selbst nicht. Und verzweifelt steckte ich mir den Finger in den Hals.

KAPITEL 9

Resignation ist ein täglicher Selbstmord.

Honoré de Balzac

Es war, als wäre in meinem Leben ein riesiges Loch, doch ich wusste einfach nicht, womit ich es füllen konnte. Mir fehlte ein Ziel, irgendetwas, worauf ich mich freuen konnte. Kiffen hatte schon lange seinen Reiz verloren, auch wenn mich das nicht daran hinderte, es weiterhin zu tun. Und Trinken war auch nicht wirklich das Wahre. Generell das ganze Feiern war irgendwie immer dasselbe. Die gleichen Leute, die gleichen Anmachsprüche, der gleiche Alkohol. Ohne Chris hatte das Ganze seinen Glanz verloren, auch wenn ich erkannt hatte, dass bei Chris nicht wirklich viel mehr vorhanden war als dieser Glanz, der schöne Schein. Trotzdem schmerzte es immer noch, wenn ich an ihn dachte. Nicht diese Ich-habe-meine-große-Liebe-verloren-Schmerzen, sondern ein leichtes Ziehen, das eher von Scham hervorgerufen wurde. Ich vermisste die Ablenkung, die er mir geboten hatte; auch wenn ich mir meistens Sorgen gemacht hatte, so war es wenigstens irgendetwas gewesen, woran ich mich hatte klammern können.

Am Mittwoch traf ich mich mit Nina auf eine Kippe, doch wie so oft wurde daraus dann wieder ein Club-Besuch. Es störte mich nicht sonderlich, denn das bedeutete, dass wir nicht so viel reden mussten, und ich konnte mir langsam echt nicht mehr ihren Ich-weiß-nicht-was-ich-aus-meinem-Leben-machen-soll-Scheiß anhören. Sowieso war mir aufgefallen, dass den meisten eigentlich nur jemand fehlte, der ihnen zuhörte, doch da alle ähnlich viele Probleme hatten, blieb jeder auf seinen eigenen sitzen. Wir gingen also wieder ins Montrés, in der Hoffnung, dass die Musik uns etwas von unseren Alltagsproblemen ablenken würde. Wie immer hielt das Montrés seine Versprechungen, es legte zwar jemand auf, von dem ich noch nie gehört hatte, aber es gefiel mir trotzdem unheimlich gut. Es war noch nicht sonderlich spät, vielleicht 11 Uhr, aber ich wollte mich trotzdem auf den Weg machen, weil meine Mutter sicher bald von dem Treffen mit ihrer Freundin nach Hause kommen würde. Ich verabschiedete mich gerade von Nina, als ich Svea traf. Sie erkannte mich im gleichen Moment wie ich sie und kam lachend auf mich zu. Das Erste, was mir auffiel, war, dass ihre Pupillen riesig waren.

»Ella!« Sie sprach meinen Namen aus, als hätte sie ihn gerade komponiert, und küsste mich zur Begrüßung auf den Mund. »Ich habe dich so lange nicht gesehen.«

Sie starrte mir regelrecht in die Augen und ich fühlte mich etwas unwohl.

»Ja, das stimmt. Was machst du hier?«, fragte ich sie neugierig, weil ich sie noch nie im Montrés gesehen hatte.

»Ich bin hier mit ein paar Freunden.« Sie drehte sich um und schaute ein paar Gestalten an, die ziemlich aggressiv zur Musik tanzten. »Finde, wir sollten mal wieder reden.«

Ich nickte und überlegte, wie ich am besten von ihr loskam. Ihre Pupillen deuteten eigentlich auf Dope hin, aber irgendwie auch wieder nicht. Ihr Blick war viel krasser, viel klarer und intensiver. Ich kannte niemanden, bei dem Gras so eine Wirkung hatte, und erst recht nicht bei Svea, die schon seit Jahren kiffte.

»Ja klar.«

»Wie wäre es mit morgen?«

Sie bewegte ihren Kiefer irgendwie komisch und ich nickte einfach zur Antwort.

»Okay, ich schreibe dir.«

Sie küsste mich erneut und gab sich wieder der Musik hin. Sie wirkte so unheimlich zufrieden in diesem Moment, dass ich mir wie ein Eindringling vorkam. Ich drehte mich um und verließ den Club.

*

Am Donnerstag traf ich mich mit Svea. Ich hatte zwei Stunden früher Schluss, weil mein Französischlehrer krank war, und das war mir eigentlich nur recht. Svea holte mich von der S-Bahn ab. Sie hatte die Schule geschwänzt, und es war klar warum. Sie wirkte unglaublich fertig, ihre Haut war fast durchschimmernd und eine Sonnenbrille verdeckte ihre Augen.

»Ist alles okay mit dir?«, fragte ich sie und sie nickte.

Trotzdem war sie sichtlich erleichtert, als sie in ihrem Bett lag und ein Glas kalte Cola umklammerte. Wir redeten belangloses Zeug.

Irgendwann sagte sie: »Es tut mir übrigens leid, wie ich gestern drauf war. Ich kann mich gar nicht mehr so richtig erinnern, aber ich muss wohl ziemlich schräg gewesen sein.«

Ich zuckte mit den Schultern. »Es ging eigentlich.«

»Nein, ich weiß schon, du musst das nicht verteidigen. Ich war ziemlich drauf und ich bin es noch nicht so richtig gewohnt.«

Inzwischen hatte ich natürlich durchaus mitbekommen, dass viele härtere Drogen ausprobierten, und die meisten im Montrés begnügten sich wahrscheinlich nicht damit, ein paar Joints zu rauchen, aber so richtig kannte ich niemanden, der härtere Sachen nahm – hatte ich gedacht. Aber vielleicht hatte ich es auch einfach nur nicht sehen wollen, denn wenn es eines gab, was ich gelernt hatte, war es, dass man nur das sah, was man auch sehen wollte.

»Also nimmst du Drogen?«

Svea lachte. »Das klingt so drastisch. Ja, ich habe genau drei Mal was genommen, aber das war wirklich nicht schlimm. Ich war neugierig, was alle daran finden.«

»Und was hast du genommen?«

»Die ersten beide Male Ecstasy und gestern Speed.«

Ich nickte. Was sollte ich auch sagen? Ich kannte mich bei dem Thema einfach viel zu wenig aus, ich wusste nur, dass es verdammt gefährlich war.

»Schau mich nicht so an, Ella.«

»Ich soll dich nicht so anschauen? Du wirfst gerade alles weg, wofür du dich je angestrengt hast, und jetzt willst du mich auch noch beruhigen? Mir ist das doch egal, es ist dein Leben, aber ich kann dir dazu jetzt auch nicht applaudieren.«

Wir diskutierten noch lange, aber unsere Sätze drehten sich irgendwie im Kreis. Letztendlich blieben wir immer wieder daran hängen, dass ich viel zu wenig Ahnung davon hatte, als dass ich ihr wirklich hätte sagen können, was so schlimm daran war, wenn man mal das ein oder andere ausprobierte. Sie schien auch so überzeugt davon zu sein, dass sie alles im Griff hatte, dass sie in diesem Punkt auch gar nicht mit sich reden ließ. Als ich sie fragte, wie es gewesen sei, bekamen ihre Augen einen leicht träumerischen Glanz.

»Es ist ein ziemlich krasses Gefühl. Man denkt, dass man schweben würde, man fühlt sich selbstbewusst. Irgendwie ist alles egal und so wichtig zugleich. Man kann es nicht beschreiben. Es ist nichts, was ich immer bräuchte. Ich mach jetzt auch erst mal eine Pause, ich will nicht anfangen, wirklich Drogen zu nehmen, das könnte ich auch nicht.«

»Hoffentlich meinst du das wirklich ernst.«

»Ja, das tue ich. Du kennst mich.«

Ich versuchte, ihr zu glauben, trotzdem plagten mich die Zweifel. Warum hatte sie überhaupt damit angefangen? Wollte sie irgendjemandem etwas beweisen? Oder war es tatsächlich nur die Neugierde gewesen?

Die nächsten Tage kam ich einfach nicht von der Frage los, wie es wohl war, drauf zu sein. Ich sprach auch mit Nina darüber, die mir erzählte, dass sie einmal MDMA gezogen hätte, dann aber auch nie wieder. Sie sei einfach betrunken gewesen, es sei aber nicht viel dran gewesen. »Es ist halt für die Nacht geil, aber die Tage danach sind scheiße.«

Ich hatte mir nicht vorstellen können, dass ich jemals jemanden kennen würde, der wirkliche Drogen nahm, und jetzt kannte ich auf einmal schon zwei. Je mehr ich darüber sprach, desto abwegiger erschienen mir Drogen. Sie klangen wie eine andere Welt für mich. Ich las unglaublich viel über Speed, Koks, Ecstasy und LSD. Es faszinierte mich irgendwie, außerdem wollte ich Svea unbedingt Gründe nennen, warum es so gefährlich war, damit anzufangen. Ich sah abschreckende Videos, Texte und Bilder und erzählte Svea davon, doch sie reichten ihr nicht als Argument. Sie meinte nur, dass das Extremfälle wären, dass man wirklich abhängig sein müsste, um so herunterzukommen. Vielleicht hatte sie recht, aber ich wollte mich nicht so schnell geschlagen geben.

*

Ich hatte Lust, etwas zu malen, und suchte im Zimmer meiner Mutter nach den Ölfarben. Ich schaute in allen Schubladen, und als ich sie dann endlich fand, fiel mein Blick auf ein Buch, das mitten auf dem Schreibtisch lag. Es erregte meine Aufmerksamkeit durch seine grelle grüne Farbe, da meine Mutter normalerweise nur stilvolle Bücher las. Bücher mit dunklen Einbänden, die nach Zeit rochen. Ich nahm also das kleine Büchlein in die Hand. Meine Finger zitterten, als ich es durchblätterte. »Wie sollen Sie als Angehörige mit Magersüchtigen und Bulemiekranken umgehen?«

Ich war so wütend, dass ich das Buch schnell wegschmiss. Es lag, immer noch gleich grün, aufgeschlagen in der Ecke, als hätte es nichts verbrochen, dabei hatte es innerhalb weniger Sekunden meine ganze gute Laune zerstört. Ich fühlte mich auf einmal müde, es war, als hätte jemand die komplette Energie aus meinem Körper gesogen. Mein Verstand sagte mir, dass ich wieder zurück in mein Zimmer gehen und das kleine Büchlein vergessen sollte, doch mein

Körper handelte anders. Ich nahm das Buch erneut zur Hand. Die ersten Seiten sagten nicht viel aus, außer, dass man das Buch offen herumliegen lassen sollte, sodass auch die an dem Magerwahn Erkrankten es sehen konnten, da man ja schließlich nichts zu verstecken hatte. Ich fand das vollkommen dämlich, denn schließlich las ich ja nun auch diesen Text. Ziemlich sinnlos also. Die weiteren Seiten beschäftigten sich eher damit, warum Menschen magersüchtig wurden. Ich übersprang dieses Kapitel, da es mich wenig interessierte. Schließlich war ich weder magersüchtig noch bulimisch.

Meine innere Stimme wollte dazu etwas sagen, doch ich erschlug sie in Gedanken. Das Kapitel, wie sich die Angehörigen verhalten sollten, interessierte mich da schon mehr. Fein säuberlich waren dort Ratschläge für die Eltern, die Geschwister, die Freunde und für alle möglichen Beteiligten aufgelistet. Ich schluckte. Langsam las ich Wort für Wort die Ratschläge für die Eltern. »Wenn Ihr Kind nichts essen will, dann sagen Sie ihm ganz ruhig, dass es in sein Zimmer gehen soll. Zwingen Sie es nicht dazu, etwas zu essen, und reden Sie auch nicht darüber. Wenn ihr Kind sich mit Ihnen über seinen Körper unterhalten will, dann gehen Sie nicht näher darauf ein …«

Mein Atem beschleunigte sich. Mir fielen auf einmal Situationen ein, wo meine Mutter genau das getan hatte. Probierte sie etwa diese Psychoscheiße an mir aus? Was waren denn das für Ratschläge? Die hatten doch überhaupt keine Ahnung davon, wie man sich fühlte, wenn man unzufrieden mit seinem Körper war.

Ich rannte runter ins Bad und stellte mich auf die Waage. 45 Kilo. Ich hatte in den letzten Monaten fast zehn Kilo abgenommen. Das konnte nicht sein, die Waage stimmte nicht. Ich trat dagegen und verdammte sie dafür, dass sie mir vorgaukelte, ich wäre nicht dick. Verdammte sie dafür, dass sie so hart war und meinen Fuß bei dem Tritt verletzte. Aber vor allem verdammte ich sie für ihre unglaubliche Emotionslosigkeit. Ihr war es egal, ob sie das Leben eines Menschen zerstörte oder ob sie ihn glücklich machte. Für sie war es ja nur eine Zahl, egal ob 40 oder 160 Kilo.

Meine Mutter kam nach Hause, ich konnte es an dem Klacken im Türschloss hören. Ich wartete darauf, dass sie nach mir rief, so wie sie es früher immer getan hatte, aber nichts dergleichen geschah. Ein ganzer Tag. Ein ganzer Tag und ich hatte nichts zu tun. Ich saß zu Hause, hatte Zeit und wusste wirklich nicht, was ich mit mir anstellen sollte. Was hatte ich denn sonst immer getan, wenn ich alleine gewesen war? Ich konnte mich nicht erinnern. Also legte ich mich ins Bett und nahm mir vor zu schlafen, aber es ging einfach nicht. Es kamen zu viele Gedanken hoch, und wenn ich eines nicht ertrug, dann waren es meine Gedanken. Doch es gab wohl wenig, was man dagegen machen konnte, ich konnte sie ja kaum töten oder vergiften. Also nahm ich mir *Krieg und Frieden* aus dem Regal und versuchte, mich auf diese Weise abzulenken.

*

Alex umarmte mich zur Begrüßung. Wir standen zu zweit vor dem Französischraum, jeder seine eigene Musik im Ohr. Wir waren beide zu fertig, um uns richtig zu unterhalten. Es war bereits fünf nach acht, und so langsam wunderte ich mich, wo die anderen blieben. Ich tippte Alex auf die Schulter.

»Wollen wir mal auf den Vertretungsplan schauen?«

Er nickte und wir liefen zum Plan, der uns zeigte, dass Französisch ausfiel. Wie es aussah, waren wir die Einzigen, die das nicht mitbekommen hatten.

»Kaffee?« Er schaute mich fragend an.

»Ja, ich bin auf jeden Fall dafür.«

Wir machten uns zu Starbucks auf und ich bestellte mir einen Kaffee. Schwarz, alles andere hatte zu viele Kalorien. Wir setzten uns in eine Sofaecke und es entstand eine kurze Stille.

»Was hast du gestern gemacht, dass du so fertig aussiehst?«, fragte ich ihn und betrachtete seine unruhigen Augen.

»Ich war noch weg und bin dann erst um 11 Uhr nach Hause gekommen.«

»Morgens?«

Er nickte.

Deswegen war er also nicht in der Schule gewesen.

»Sind deine Eltern nicht skeptisch geworden?«

Er nahm einen Schluck seines heißen Kaffees. Es war merkwürdig, mit ihm bei Starbucks zu sitzen, er passte überhaupt nicht hierhin. Wahrscheinlich hätte er dieses Café auch nie betreten, hätte ich nicht darauf bestanden. Als ich auf meine Finger schaute, überlegte ich, ob ich hier überhaupt noch reinpasste. Wahrscheinlich nicht.

»Die sind beide auf einer Geschäftsreise.«

Er schien nicht darüber reden zu wollen und deshalb nickte ich nur. Wir tranken beide schweigend unseren Kaffee. Irgendwas an seinem Aussehen machte mir Sorgen.

»Bist du glücklich?« Mir war die Frage rausgerutscht, bevor ich sie hatte aufhalten können.

»Nein.« Er flüsterte dieses eine Wort leise, aber so intensiv, dass ich es bis auf zehn Meter Entfernung hätte hören können.

»Warum nicht?«

»Wie könnte ich in einer solchen Welt glücklich sein? Wo jeder nur an sich selbst denkt, wo jeder nur Geld verdienen will. In der am Ende jeder nur alleine dasteht?«

»Aber wir haben nur das, was uns gegeben wird. Wir können es doch nicht ändern, wir müssen nun mal versuchen, in diesem System glücklich zu werden.«

Er schaute mich an, als hätte ich überhaupt nichts auf dieser Welt verstanden. »Nur weil etwas angeblich nicht zu ändern ist, willst du es einfach hinnehmen?«

Die Frage irritierte mich, denn er hatte schon recht, man konnte nicht einfach alles so nehmen, wie es kam, aber was nutzte es einem, wenn man kämpfte, ohne eine Chance auf Sieg zu haben?

»Und was machst du dagegen, Alex? Gegen dieses Scheißsystem? Wie willst du es verändern?«

»Ich tue nichts und deswegen bin ich auch nicht besser als die anderen, das habe ich aber auch nie behauptet. Das Einzige, was ich versuche, ist, das alles zu ertragen.«

»Und deswegen die Drogen?«

Er nickte. »Ja, deswegen die Drogen.«

Ich schaute ihn an und verstand ihn nicht. Folgte seinen Worten, aber sie brachten mich immer auf den gleichen Punkt zurück, und der Punkt war, dass das alles sinnlos war. Das konnte doch nicht die Lösung sein. »Du hast auch schon mal härtere Drogen genommen, oder?«

Er nickte.

»Aber was bringen dir Drogen? Die Welt ist immer noch gleich scheiße, egal was du nimmst.«

»Das mag sein, aber auf Drogen erscheint sie einem nicht mehr so. Ich habe nicht vor, mein ganzes Leben lang Drogen zu nehmen oder so. Ich bin einfach nur neugierig, ich will alles mal ausprobiert haben. Ich schätze deine Meinung wirklich, Ella, und das Letzte, was ich will, ist, dass du irgendwas nimmst, aber urteile nicht so über etwas, wovon du keine Ahnung hast.«

Das saß. Es war genau die gleiche Situation, wie wenn Maja mir sagte, dass Kiffen und Rauchen schlecht waren. Ich wusste es und sie wusste es, aber trotzdem hatte ich das Gefühl, dass sie mich nicht so richtig verstand, dass sie das alles nicht nachvollziehen konnte.

»Mag sein, dass das stimmt, aber vielleicht bist du davon auch einfach schon viel zu sehr beeinflusst. Am Anfang hatte ich echt Respekt vor Alkohol, ich dachte mir, dass ich es nie damit übertreiben würde und dass das schon die höchste Stufe sei. Dann Rauchen und Kiffen. Man macht immer mehr und bemerkt es nicht, weil man das, was man macht, kleinredet. Cannabis ist keine Droge mehr, ein Liter Wodka nicht mehr viel. Und für dich ist Koks nur eine Erfahrung –« Ich hielt inne und dachte über meine eigenen Worte nach.

Was war nur falsch mit unserer Jugend? Wir lebten in Zehlendorf, verdammt noch mal. Was sollten denn die Kinder mit richtigen Problemen sagen?

»Hast du vielleicht mal daran gedacht, dass die Sachen nur so schlimm sind, wie die Gesellschaft darauf reagiert? Was genau ist gefährlich an Ecstasy? An Koks oder Speed? Von einem Mal wirst du nicht abhängig und sterben tust du auch nicht, zumindest nicht, wenn du ein wenig aufpasst. Du denkst doch nur, dass es so gefährlich ist, weil es dir von klein auf eingeredet wurde. Wer Drogen nimmt, ist dumm. Aber das ist nicht wahr, die schlausten Menschen nehmen Drogen, und das nicht, weil sie es nicht besser wissen. Nein, sie ertragen einfach diese Welt nicht mehr, weil sie verstehen, wie schlimm es um uns steht. Weil sie merken, dass es keinen wirklichen Sinn für uns gibt. Weil wir so wenig Zeit haben, dass wir alles Mögliche tun sollten, um glücklich zu werden.«

»Aber du bist nicht glücklich«, stellte ich nüchtern fest.

»Ja, aber das liegt nicht daran. Wenn ich drauf bin, bin ich glücklich. Nur die Realität ist scheiße.«

»Aber ist es nicht traurig, dass du nur dann glücklich sein kannst, wenn du was genommen hast?«

»Das habe ich nie gesagt, das wäre ja schlimm. Die schönsten Momente meines Lebens hatte ich, als ich vollkommen klar war. Vielleicht ist es wirklich so, dass Drogen nicht so eine große Wirkung bei mir zeigen, denn ich bin nicht sonderlich anders, wenn ich drauf bin.«

Ich wusste, dass dies nicht der Wahrheit entsprach, widersprach ihm aber nicht. Vorsichtig nahm ich noch einen Schluck Kaffee.

»Weißt du was, du hast recht! Es ist albern, die ganze Zeit darüber zu reden! Es ist, wie es ist, und die Welt wird sich durch unsere Worte nicht verändern.«

Ich traute mich nicht zu sagen, dass ich es alles andere als albern fand, darüber zu reden, aber ich wollte ihn auch nicht nerven. Er wusste schon, was er tat, und ich machte mir da auch nicht sonderlich große Sorgen, denn er war viel zu intelligent, als dass wirklich etwas passieren konnte.

Wir machten uns wieder auf den Weg zurück zur Schule und er meinte zum Abschied, dass wir ja mal was am Wochenende miteinander machen könnten. Ich nickte nur und ging wieder in mein Klassenzimmer.

KAPITEL 10

Verbotene Früchte schmecken am besten.

Ovid

Es war Freitagabend, ich saß auf meinem Bett und lackierte mir meine Fingernägel. Ich hatte keine Lust auf gar nichts, was vielleicht auch daran lag, dass ich Fieber hatte, doch ich wollte auch nicht den ganzen Abend alleine auf meinem Bett hocken. Ich starrte auf mein Handy und überlegte, ob ich Maja anrufen sollte. Ich vermisste sie, doch ich war mir inzwischen sicher, dass sie hassen würde, was aus mir geworden war. Ich war, seitdem ich die Turnhalle mitten im Spiel verlassen hatte, nicht mehr zum Training gegangen, zum einen, weil mein Team wahrscheinlich ziemlich sauer war, zum anderen, weil ich mich immer noch nicht bei meinem Trainer gemeldet hatte.

Ich war also eigentlich ganz froh, als mich Alex um 23 Uhr anrief und fragte, ob ich noch zu ihm kommen wolle. Ich machte mich so schnell wie möglich auf den Weg, um den Bus noch zu bekommen, und stand eine halbe Stunde später vor seiner Tür. Ich klingelte fast zehn Minuten, bis Alex mir endlich aufmachte. Er schaute mich nicht einmal richtig an, sondern nickte mir nur kurz zu und ging dann wieder rein. Verwirrt blieb ich im Flur stehen und zog dann die Tür hinter mir zu. Anscheinend hatte ich ihn falsch verstanden und bei unserem Treffen handelte es sich in Wirklichkeit um eine Feier, denn schon vom Flur aus konnte ich die verschiedenen Stimmen hören. Ich überlegte, ob ich nicht umkehren sollte, doch ich entschied mich dagegen und folgte dem schmalen Flur ins Wohnzimmer. Auf den ersten Blick wirkte alles recht normal, außer dass ziemlich laute Musik lief, doch dann fielen mir immer mehr Kleinigkeiten auf, die darauf hinwiesen, dass hier irgendwas ganz und gar nicht stimmte. Erst mal war die Musik komisch, also nicht komisch im Sinne von lustig, sondern irgendwie eher laut, gehetzt, nichts, was man normalerweise hörte, wenn man mit ein paar Freunden chillte. Zumindest ich nicht, vielleicht war das ja auch Geschmackssache. Überall standen leere oder halb gefüllte Gläser herum, Bierflaschen kullerten umher und mitten auf dem Boden war eine Jägermeisterflasche zerbrochen, doch niemand schien sich die Mühe machen zu wollen, die Scherben zusammenzufegen.

Im Wohnzimmer tanzte einer ganz alleine, den ich noch nie zuvor gesehen hatte. Er stampfte dabei so stark mit dem Fuß auf, dass ich mir nicht einmal sicher war, ob man es tanzen nennen konnte. Trotzdem sah es irgendwie schön aus, weil er es nur für sich alleine tat und nicht, um irgendjemanden zu beeindrucken. Schön und beängstigend zugleich. Ich hatte meine Schuhe ausgezogen, meine Socken klebten auf dem Parkett. Das ganz in Weiß gehaltene Haus kam mir auf einmal fremd vor. Ich war zwar nicht oft hier gewesen, aber diesmal wirkte es irgendwie anders. Das Licht war leicht gedämmt und ich konnte kaum mehr erkennen als die Umrisse der Gegenstände und Personen. Nur vier andere saßen in der Küche und starrten vor sich hin. Überall roch es nach Rauch, Gras und Alkohol, und trotz der milden Nacht war es erstaunlich kühl im Haus.

Alex winkte mich zu sich nach draußen und ich setzte mich zu ihm auf die Terrasse. Es standen weitere sieben Personen draußen herum, doch sie beachteten uns kaum, sie waren gerade in irgendwas vertieft, auch wenn ich nicht genau sagen konnte, in was. Ein Mädchen leerte gerade eine Wodkaflasche, ein Junge hielt die Flasche so, dass sie sie nicht absetzen konnte. Sie trank den letzten

Schluck und blickte triumphierend in die Runde. Schon vom Zusehen wurde mir ganz anders, aber sie schien fast gar nichts von dem Alkohol zu spüren. Sie stand auf, ohne auch nur ein wenig zu wanken, und kam dann direkt auf uns zu. Sie legte Alex eine Hand auf die Schulter.

»Ich nehme mal kurz deinen Wohnzimmertisch in Beschlag.«

Sie zwinkerte mir zu und ging rein. Ich kannte sie irgendwoher, aber mir fiel einfach nicht mehr ein woher.

»Wer ist das?«, fragte ich Alex leise.

»Helen.« Er goss zwei Jägermeistershots ein und reichte mir einen. »Sie war mal auf unserer Schule, einen Jahrgang über uns.«

»Echt? Sie ist mir nie aufgefallen.« Was mich sehr wunderte, da sie eine sehr einprägsame Person war. Das lag weniger an ihrem dunkelbraun gefärbten Bob, der ihr ungewöhnlich gut stand, als vielmehr an ihrer Ausstrahlung. Sie hatte etwas Verführerisches, Anziehendes, ich konnte es nicht anders beschreiben. Sie war einer von den Menschen, die einen zu allem überreden konnten.

»Wahrscheinlich weil sie fast nie da war.«

Ich nickte und hob mein Glas an seines.

»Auf den Abend«, sagte er.

»Auf den Abend«, flüsterte ich leise und schaute ihm in die Augen. Niemand wollte sieben Jahre schlechten Sex.

Ich war unglaublich irritiert von der Stimmung, die herrschte. Sie war gut, das war keine Frage, aber ich konnte sie trotzdem nicht so richtig einschätzen. Die meisten waren ziemlich still, einige saßen zu zweit in einer Ecke und führten innige Gespräche, wieder andere waren vollkommen am Ausrasten, tanzten oder stritten sich. Es floss viel Alkohol, ich hatte noch nie so wenig Menschen so viel Alkohol trinken sehen, die zudem davon kaum betrunken zu sein schienen. Am Alkohol lag das auf jeden Fall nicht, denn nach dem neunten Shot merkte ich, wie ich alle meine Bedenken vergaß. Alex verabschiedete sich nach einiger Zeit und meinte, er müsse noch mal los, sagte aber nicht wohin. Ein paar Leute gingen mit ihm, andere wollten in einen Club gehen und ein kleiner Rest, zu dem ich gehörte, blieb bei Alex zu Hause.

Ich saß mit Jules draußen. Er war einer der besten Freunde von Alex. Ich hatte ihn zuvor schon ein paarmal gesehen, unterhielt mich aber zum ersten Mal wirklich mit ihm. Immer, wenn ich ihn gesehen hatte, war mir an ihm eine unglaublich arrogante Haltung aufgefallen. Er gab einem das Gefühl, dass man unter seinem Niveau war, dass er sich mit solchen Leuten wie einem selbst normalerweise nicht abgab. Doch an diesem Abend war er erstaunlich offen; er redete und redete. Ich konnte ihm oft nicht folgen, aber das schien ihn überhaupt nicht zu stören.

»Das komplette System ist vollkommener Schwachsinn, es muss etwas geändert werden, diese Ausbeutung ist doch absurd. Wie kann man von christlichen Werten sprechen, wenn so etwas wie Kinderarbeit in Afrika geduldet wird. Wir sind alle schlechte Menschen, die Welt wäre viel besser ohne uns dran. Es sollte ein neuer Krieg kommen, wo alle getötet werden, die ganzen Regierungen ausgelöscht werden. Vielleicht können die paar Überlebenden dann wieder eine richtige Gesellschaft aufbauen, eine, für die man sich nicht zu schämen braucht.«

Ich nickte nur, da ich nicht so ganz wusste, was er von mir erwartete, außerdem hatte ich Mühe, scharf zu sehen. Ich versuchte, seine Mimik zu deuten. Er hatte riesige Pupillen, von der Iris war fast nichts mehr zu sehen, ich konnte nicht einmal mehr sagen, welche Augenfarbe er hatte. Sein Gesicht war bleich und er zog immer wieder nervös seine Nase hoch. Er redete schnell und klar, doch manchmal verlor er sich in einem Gedanken, dem er dann so lange folgte, bis ein neuer kam. Er legte sein Gesicht schief und holte aus seiner Hosentasche Gras. Dann fing er flink an zu bauen und überreichte mir den Joint. »Hier, du kannst ihn haben. Rauch ihn schon mal, ich komme gleich.«

Etwas überrumpelt nahm ich den Joint entgegen und zündete ihn an. Jules ging wieder ins Haus und ließ mich alleine zurück.

»Welcher Spast hat das Licht ausgemacht?«, hörte ich seine laute Stimme poltern, doch ich kümmerte mich nicht weiter darum. Ich fragte mich wieder einmal, was das hier war, denn ich konnte es beim besten Willen nicht einordnen. Es war keine Feier, aber es war auch kein »nettes Treffen mit ein paar Freunden«, denn dazu nahmen sich die meisten gegenseitig viel zu wenig wahr. Ich saß also ganz alleine auf der Terrasse und kiffte, die Musik war deutlich zu hören, doch ich blendete sie aus. Es war auf eine ganz merkwürdige Art wunderschön, denn ich konnte für mich alleine sein, ohne dass ich es war. Niemand riss mir den Joint aus der Hand, um auch einen Zug abzubekommen, und ich musste mich um niemanden kümmern, nur weil er zu viel getrunken hatte. Auch dass ich nicht tanzen wollte, schien keinen zu stören, jeder machte einfach das, was er wollte.

Nach ein paar Minuten ging ich ins Haus zurück. Ich blieb wie angewurzelt stehen, als ich die anderen sah. Einige tanzten, doch sie tanzten irgendwie nicht richtig, irgendwie beängstigend. Ein paar hatten ihre T-Shirts ausgezogen, sowohl Jungen als auch Mädchen, und die nackte Haut schimmerte in dem schwachen Schein der kleinen Lampe. Ich sah auch bald die Ursache dafür, dass das richtige Licht nicht angemacht wurde; Scherben einer kaputten Glühbirne lagen auf dem Boden. Irgendwer musste es hinbekommen haben, die Glühbirne zu zersplittern, auch wenn dies eigentlich nach einem unmöglichen Unterfangen aussah, hatte die Lampe ja schließlich hoch oben an der Decke gehangen. Also wenn jemand nicht gerade aus Versehen einen Ball dagegen geworfen hatte, so musste er es mit Absicht getan haben.

Die Musik hämmerte in meinen Ohren und nahm sofort alle meine Sinne ein, ich konnte nichts anderes mehr hören, sehen oder schmecken. Ich fühlte ein großes Unbehagen, ich wusste irgendwie nicht, was ich tun sollte. Nichts auf der Welt hätte mich in diesem Moment zum Tanzen gebracht, ich hätte auch überhaupt nicht gewusst, wie ich mich zu dieser Musik bewegen sollte. Aber ich wollte auch nicht auf die Terrasse zurückgehen, ich wollte schließlich nicht den ganzen Abend außenseitermäßig alleine herumsitzen. Ich ging also auf Toilette, weil das irgendwie immer die Notlösung war, wenn man auf einer Feier nicht wusste, was man tun sollte. Als ich sah, dass dort bereits drei Mädchen waren, wollte ich wieder umkehren, doch sie stoppten mich. Helen stand am Waschbecken und wusch sich die Hände, sie sprach mit mir, ohne mich anzusehen.

»Komm rein und schließ hinter dir ab.«

Ich hatte viel zu viel gekifft, als dass ich ihr hätte widersprechen können, und tat wie geheißen. Ein Mädchen mit kurzen braunen Haaren hockte auf den Fliesen und starrte die ganze Zeit auf denselben Punkt. Sie hatte sich nicht einmal bewegt, seitdem ich reingekommen war, und sah irgendwie krank aus.

»Alles okay mit ihr?«, fragte ich Helen, weil ich nicht das Gefühl hatte, dass das Mädchen noch dazu fähig war, selbst zu antworten. Helen zuckte mit den Schultern und versuchte, mit Wasser einen roten Fleck aus ihrem Top herauszubekommen. Ich war mir nicht ganz sicher, ob es Blut oder Wein war.

»Sie hat irgendeine komische Pille von Micha genommen, hätte sie sich ja auch denken können, dass es ihr dann nicht so geil geht.«

Das dritte Mädchen stand von der Toilette auf und ging auch ans Waschbecken. Mir war das Ganze etwas unangenehm, weil ich die drei erstens kaum kannte, wir zweitens auf einer Toilette waren und drittens alle außer mir etwas genommen zu haben schienen.

»Wolltest du nicht?«, fragte Helen und nickte zur Toilette hinüber.

Ich schüttelte den Kopf. »Nein, ich wollte mir nur die Hände waschen.«

Ich stieg über das am Boden kauernde Mädchen und ging zum Wasserhahn. Die Stille war nach dem lauten Krach im Wohnzimmer fast unerträglich. Doch ich wusste auch nicht, worüber ich hätte reden können, die drei waren mir auf ganz verschiedene Arten fremd. Helen holte eine EC-Karte aus ihrem Portemonnaie heraus.

Sie legte die kleine Plastikkarte auf den Waschtisch und griff in ihren BH. Verwundert schaute ich sie an, für die beiden anderen war diese Geste offenbar so selbstverständlich, dass sie nicht einmal hinsahen. Vielleicht waren sie aber auch einfach viel zu sehr mit sich selbst beschäftigt. Helen holte eine kleine Tüte aus ihrem BH, in der irgendein weißes Pulver war. Sie legte sich mit dem Pulver eine Line auf der kleinen Plastikkarte und stopfte dann die Tüte wieder in ihren BH zurück. Sie schaute mich an, ihre Augen glänzten vor freudiger Erwartung.

»Willst du auch?«

Schockiert starrte ich sie an. Wie kam sie denn darauf? Als ob ich irgendetwas ziehen würde, wenn hier schon ein Mädchen auf dem Boden lag und so wirkte, als wenn sie gleich sterben würde. Ich schüttelte den Kopf. Helen schien das überhaupt nicht zu stören, vielleicht dachte sie auch einfach, dass es dann mehr für sie war. Das dritte Mädchen löste sich von der Heizung und stellte sich neben Helen. Ich rückte ein wenig ab, damit die beiden mehr Platz hatten. Ich überlegte, ob das der Zeitpunkt war, wo ich lieber verschwinden sollte, aber das ganze Spektakel interessierte mich zu sehr.

Helen holte aus ihrem Portemonnaie einen Zehneuroschein und rollte ihn zu einer kleinen Röhre zusammen. Dann beugte sie sich vor, hielt sich den einen Nasenflügel zu und zog mit dem anderen das weiße Pulver fast vollständig auf. Sie legte ihren Kopf in den Nacken, ihre Augen rollten nach oben und sie sog tief die Luft ein. Dann machte sie dem anderen Mädchen Platz und reichte ihr den zusammengerollten Schein. Das Mädchen sog das restliche Pulver durch die Nase, bei ihr dauerte es ein wenig länger, weil sie immer wieder absetzte und versuchte, auch das kleinste Pulverkrümelchen noch in ihre Nase zu ziehen. Als sie den Geldschein endlich wieder an Helen zurückgab, wirkte sie überhaupt nicht verändert. Ich hatte immer gedacht, dass man es den Menschen sofort ansehen würde, dass sie rumtanzten, schrien oder vornüber kippten, doch nichts dergleichen geschah. Helen steckte einfach die EC-Karte zurück in ihr Portemonnaie, die Tür wurde entriegelt und alle gingen raus, außer dem Mädchen am Boden, das weiterhin auf den gleichen Fleck starrte, als wäre nichts passiert.

»Sollten wir ihr nicht irgendwie helfen?«, fragte ich Helen, doch sie schüttelte nur den Kopf.

»Nein, sie braucht jetzt einfach nur Ruhe und Zeit für sich.«

Da mir kaum etwas anderes übrig blieb, als ihr zu glauben, beließ ich es dabei und folgte den beiden ins Wohnzimmer. Sie setzten sich aufs Sofa, doch ich ging noch einmal auf die Terrasse, um eine zu rauchen. Jules stand dort alleine und betrachtete die Sterne. Ich stellte mich zu ihm und schaute ihn an. Er war jemand, dem wohl keine Beschreibung gerecht würde. Das lag aber nicht daran, dass er so unglaublich schön war, sondern eher daran, dass er irgendwie etwas so Spezielles hatte, dass man es einfach nicht in Worte fassen konnte. Er war groß und eher der schlaksige Typ, wenn auch nicht unmuskulös. Er hatte ein markantes Gesicht mit stark ausgeprägten Wangenknochen, die seiner Miene etwas Ernstes gaben. Seine Pupillen waren immer noch unnormal groß, aber inzwischen konnte man deutlich die hellblaue Iris sehen. Seine Augen erinnerten mich stark an die von Chris. Doch im Gegensatz zu Chris, der blonde Haare hatte, hatte Jules braune, fast schwarze Haare, die seine Augen noch leuchtender erscheinen ließen.

»Gut, dass du kommst. Alex hat mir gesagt, ich soll dich etwas beschäftigen.« Er grinste, so als ob diese Worte ganz neue Ideen in ihm geweckt hätten.

»Sind die anderen alle weg?«, fragte ich ihn leicht verwirrt darüber, dass der Gastgeber anscheinend sein eigenes Haus verlassen hatte.

»Die meisten schon. Nicky und Helen sind, glaube ich, noch oben und irgendwo müsste noch Leon sein, aber der Rest ist entweder in einen Club gegangen oder halt mit Alex mit.«

Ich war mittlerweile aufs Selbstdrehen umgestiegen, weil mir selbst gedrehte Zigaretten einfach viel besser schmeckten als

Industriekippen und ich es mochte, dass ich dadurch eine Beschäftigung hatte. Also holte ich meinen Tabak heraus und steckte mir einen Filter zwischen die Lippen.

»Was willst du eigentlich mit Alex?«

Verwirrt schaute ich Jules an. »Wie, was will ich mit ihm?«

»Naja, ich schätze mal, du willst etwas von ihm, sonst wärst du jetzt nicht hier. Du nimmst keine Drogen, das alles muss eher anstrengend für dich sein.«

Ich zuckte mit den Schultern. »Nicht unbedingt. Ich mag Alex, ich sehe darin nichts Außergewöhnliches, wenn ich mich mit ihm treffe. Und nur weil ich heute keine Drogen nehme, heißt das ja nicht, dass ich es sonst nicht tue.«

»Warum dann heute nicht?« Er blickte mich mit seinen klaren blauen Augen an. Man konnte sich leicht in ihnen verlieren, es war, als hätten sie keinen Grund, als wenn er keine Seele hätte. Zumindest kam es mir in diesem Moment so vor, wahrscheinlich lag es aber doch eher daran, dass ich zu viel getrunken hatte. »Dachte, ich minimiere es ein wenig.«

Warum log ich ihn an? Warum sagte ich ihm nicht einfach, dass ich noch nie härtere Drogen als Gras genommen hatte? Es war ja nicht so, dass ich mich dafür schämte oder dass ich dachte, dass er mich nur akzeptierte, wenn ich Drogen nahm, trotzdem war mir die Ausrede einfach über die Lippen gekommen.

»Das ist doch kein Grund.«

Ich lachte. »Vielleicht lässt du ihn auch einfach nur nicht gelten.«

»Ja, du hast recht, das kann ich leider nicht zulassen. Fang nach den Sommerferien damit an, aber du willst dir doch nicht den Spaß verderben, indem du jetzt schon sagst, dass du aufhörst. Das schaffst du doch sowieso nicht.«

Ich bereute, dass ich ihn angelogen hatte, denn dadurch war ich gezwungen, das ganze Gespräch über zu lügen, was nicht gerade hilfreich war, wenn man jemanden kennenlernen wollte. »Ja, du hast wahrscheinlich recht.«

»Na siehst du.«

Ich grinste einfach nur als Antwort und hielt es für schlauer, gar nichts mehr dazu zu sagen.

»Also gehen wir rein?« Er hielt ein gar nicht mal so kleines Tütchen hoch, das mit einem weißen Pulver gefüllt war.

Etwas perplex starrte ich ihn an und ermahnte mich selbst, ruhig zu bleiben. Das war doch wahnsinnig, ich konnte doch jetzt nicht einfach irgendwas mit einem fast Fremdem ziehen. Ich sollte ihm sagen, dass er mich nie dazu bringen würde, dass ich viel zu intelligent für so was war, dass ich etwas aus meinem Leben machen wollte. Dass ich glücklich sein konnte, auch ohne Drogen …

»Da kann ich wohl schwer Nein sagen.« Das war nicht meine Stimme, bitte bitte, lass das nicht meine Stimme gewesen sein, die gerade das Angebot angenommen hat!

Doch ich konnte nicht zurücknehmen, was ich gesagt hatte, beziehungsweise ich wollte es nicht. Mein Herz schlug schneller, in mir ging alles auf einmal vor. Ich wusste nicht, ob es vor Freude, Erwartung oder Angst war, doch Tatsache war, dass ich so stark zitterte, dass ich nicht mal mehr richtig rauchen konnte. Jules drückte seine Zigarette aus und ging rein, ich tat es ihm gleich und zog die Terrassentür hinter uns zu. Im Wohnzimmer war niemand mehr, das Sofa, auf dem vorhin noch so viele gesessen hatten, war unbesetzt. Jules ließ sich darauf nieder und ich setzte mich dazu.

Er wischte die Glastischplatte mit der Handfläche sauber und holte ein Baggy mit fein kristallinem, glitzerndem Pulver darin hervor. Er legte eine schmale, aber lange Line. Fasziniert beobachtete ich ihn und beugte mich etwas vor. Wortlos reichte mir Jules ein kleines Silberröhrchen und ich nahm es entgegen. Auf einmal war ich ganz ruhig, ich wusste genau, was ich tun musste, auch wenn ich es erst einmal beobachtet hatte.

Ich kniete mich hin und hielt das Röhrchen an meinen rechten Nasenflügel. Ich schloss für eine Sekunde die Augen und überlegte, ob ich das wirklich machen wollte. Es war mir die ganze

Zeit so fern erschienen, und auch wenn ich immer verstehen hatte wollen, warum so viele Leute Drogen nahmen, so hatte ich doch nicht gedacht, dass ich irgendwann selbst vor einer Line sitzen würde. Das Komische war, dass es sich noch nicht einmal falsch anfühlte. Ich öffnete die Augen wieder und beugte mich etwas weiter vor. Dann zog ich das weiße Pulver durch die Nase und fluchte innerlich. Es brannte, als würden tausend kleine Gnome meine Nasenschleimhaut mit Äxten zerfetzen. Es tat höllisch weh und ich hatte Mühe, mir nichts anmerken zu lassen. Ich hörte Jules direkt neben mir was sagen, konnte aber nicht verstehen, was, und gab das Röhrchen aus der Hand. Meine Nase brannte. Was hatte ich nur getan?

Jules legte sich auch eine Line und ich versank tiefer ins Sofakissen. Ein ekelhafter, bitterer Geschmack zog sich durch meine Nase und rann meine Kehle herunter. Automatisch verzog ich mein Gesicht zu einer Grimasse, was Jules zum Glück nicht sah. Er war indessen damit beschäftigt, sich einen Kissenturm zu bauen. Ich hatte irgendwie erwartet, dass was Spektakuläres passieren würde, dass ich nach hinten gerissen werden würde oder eine andere Kraft von mir Besitz ergriff, doch nichts dergleichen geschah. Ich war immer noch der gleiche einsame Mensch. Da musste doch noch irgendetwas kommen. Ich hatte Angst, dass die Droge, hinter der ich MDMA vermutete, bei mir nicht wirkte, weil ich nichts spürte, und die Sekunden zogen sich endlos lange hin, sodass mir genug Zeit blieb, um mir wieder einmal viel zu viele Gedanken zu machen, vor allem darüber, wie es so weit hatte kommen können.

Es war ja nicht so, dass ich gedacht hatte, dass meine ganzen Probleme verschwinden würden, wenn ich was nahm, oder dass ich mir nicht der Gefahren von Drogen bewusst war – im Gegenteil. Hatte ich nicht gerade noch versucht, Alex und Svea zu bekehren? Maja hätte wahrscheinlich gesagt, dass das alles daran lag, dass ich angefangen hatte zu kiffen, aber das war Schwachsinn. Ich kannte so viele Menschen, die kifften und nie auf was anderes umgestiegen wären. Es senkte zwar die Hemmschwelle, aber es gab so vieles, was das tat.

Alle sagen einem immer wieder, wie schädlich Rauchen sei, dann raucht man zum ersten Mal und wundert sich am nächsten Tag, dass man noch keinen blauen Fuß hat oder gelbe Zähne. Also fängt man an, sich zu fragen, warum die Gefahr so stark überzeichnet wird, und denkt, dass dann vielleicht Kiffen auch nicht so schlimm ist. Wenn die Eltern einmal lügen, dann tun sie es bestimmt öfter. Auf einmal macht man sich über die Gesellschaft Gedanken, man stellt Dinge infrage, die man vorher ohne Weiteres geschluckt hat. Drogen sollen schlecht sein?, fragt man sich. Und man geht noch einen Schritt weiter und fragt sich, wie weit man gehen kann, bis der Abgrund kommt. Bis man wirklich stürzt.

Ich wusste nicht, ob der nächste Schritt schon der letzte war, der letzte, bevor ich fiel.

Ich schärfte meinen Blick wieder und merkte erst jetzt, dass ich vollkommen in Trance gewesen war. Meine Umgebung wirkte auf einmal so anders, ich sah zwar alles scharf, aber dann auch wieder nicht. Ich drehte mich zu Jules um, weil ich jemanden brauchte, dem ich meine Gedanken mitteilen konnte, doch er saß nicht mehr neben mir, dafür war ich nun mit einer dünnen Baumwolldecke zugedeckt. Ich ließ meinen Blick schweifen, aber nirgends in dem Raum war ein anderes menschliches Wesen. Ich spürte ein unangenehmes Kribbeln, das ich nicht ganz deuten konnte. Langsam stand ich auf, betrachtete den Raum und durchschritt ihn, die Decke immer noch um meine Schultern. Ich fühlte mich bei vollkommen klarem Verstand und auch meine Müdigkeit war mit einem Schlag verschwunden. Doch das konnte ja noch nicht alles sein, es war absolut unmöglich, dass das alles am Draufsein war, denn dann war wirklich nichts dabei.

Ich holte mir eine Wasserflasche und trank ein paar Schlucke. Ich stellte die Flasche gerade wieder zurück, als plötzlich, von der einen Sekunde auf die andere, unglaublich laute Musik das Haus erfüllte. Ängstlich und davon überzeugt, dass da etwas Übersinnliches am Werk war, schlich ich wieder ins Wohnzimmer zurück. Doch das einzig Übersinnliche in diesem Raum war Jules, der hingebungsvoll zu der Musik tanzte. Es war, als wenn er all seine Emotionen aus seinem Körper heraustanzte. Ich fing aus einem mir unbegreiflichen Grund an, mich im Kreis zu drehen und dabei die Decke aufzublähen, als wäre sie ein Umhang. Und gerade, als ich mitten in der Drehung war, merkte ich, dass ich drauf war. Sofort verfiel ich von der Drehung ins Tanzen, es war, als wenn ich mich bewegen musste, als hätte ich keine andere Wahl. Die Schatten an den Wänden bewegten sich und lösten sich teilweise ab. Ich nahm jedes kleine Detail war, Dinge, die mir vorher noch gar nicht aufgefallen waren. Zum Beispiel war die weiß verputzte Wand verziert mit ebenfalls weißen Ornamenten, die man aber nur sah, wenn man sie einige Zeit betrachtete. Immer wenn mein Fuß den Boden verließ, fühlte es sich an, als wenn ich gleich abheben würde, und umso heftiger war es, wenn ich dann wieder landete. Es war, als wenn ich meinen ganzen Kummer wegtanzen würde. Ich kannte zwar noch alle Probleme, die ich hatte, aber es war einfach kein Platz mehr für sie in meinem Kopf.

Ich weiß nicht, wie lange wir tanzten, aber es war noch dunkel, als ich rausschaute. Ich spürte immer noch keine Müdigkeit, geschweige denn, dass ich erschöpft war, aber ich beschloss trotzdem, lieber eine Pause zu machen und eine rauchen zu gehen. Also setzte ich mich auf die Terrasse und drehte mir eine. Es war relativ kühl, doch obwohl ich anscheinend im Laufe der Nacht meine Jacke ausgezogen hatte und nur noch im Top dasaß, war mir nicht kalt. Ganz im Gegenteil, ich schwitzte sogar und merkte, dass ich eine starke Wärme ausstrahlte. Ich rauchte meine Zigarette, indem ich so lange wie möglich daran zog, und sah zu, wie jeder Zug meinerseits die Kippe immer weiter auffraß. Irgendwas in mir war unruhig und ich wollte mich wieder bewegen, irgendwie meine Energie loswerden. Mein Bein zuckte die ganze Zeit unruhig und ich stand auf, um reinzugehen.

Jules hatte wieder eine Line gelegt und wir zogen nach. Ich wollte einfach nicht, dass das schöne Gefühl, das die Leere in mir verdrängt hatte, wegging, und außerdem wollte ich unbedingt wissen, wie es war, wenn man wirklich drauf war. Da ich mich zwar immer noch bewegen wollte, aber weniger Lust auf Tanzen hatte, beschloss ich, einen kleinen Spaziergang zu machen. Ich ging also barfuß los und lief die Straße lang. Wer mich in diesem Moment sah, dachte wahrscheinlich, dass ich vollkommen wahnsinnig war, aber das störte mich recht wenig. Zu dieser Uhrzeit waren nicht viele unterwegs, aber denen, die ich traf, schaute ich offen in die Augen, was in Anbetracht meiner riesigen Pupillen wahrscheinlich keine so gute Idee war.

Mit einem Mal hatte ich das Bedürfnis nach Nähe, ich wollte irgendwen umarmen, aber ich war ganz alleine, ich war einsam. Es wurde langsam hell, die Sonne ging auf. Der Morgen hatte etwas Frisches, Unverbrauchtes. Im Gegensatz zu mir, dachte ich bitter. Ich setzte mich auf eine Parkbank und bedauerte mich selbst. Wie hatte nur alles so weit kommen können? Mein Vater würde sterben, er würde nicht mehr miterleben, wie mein Bruder oder ich heirateten, er würde nie Großvater werden, nie in Rente gehen. Ein grünes Blatt fiel mir auf den Schoß und ich betrachtete es zwischen meinen Fingern. Es verzerrte sich vor meinen Augen und die Umrisse verschwanden. Ich konnte in dem Blatt verschwommene Gestalten erkennen und warf es weg.

Ich lief so schnell ich konnte weiter, doch jedes einzelne Blatt, das auf dem Boden lag, schien mich zu verfolgen. Die Menschen machten mir auf einmal Angst, wie sie so starr geradeaus gingen, ohne ihre Mienen zu verziehen. Das waren doch alles Roboter! Ich rannte los, ich wollte einfach nur so schnell wie möglich von der Straße runterkommen. Überall waren Kameras, die mich beobachteten, die jeden meiner Schritte aufnahmen. Hektisch blickte ich mich immer wieder um, bis ich plötzlich irgendwas auf meinem Arm spürte. Ich fuhr zusammen, drehte mich schnell um – und blickte direkt in die Augen von Alex. Mein rasender Herzschlag beruhigte sich wieder etwas.

»Ist alles okay mit dir? Du siehst ja schrecklich aus.«

Er führte mich wieder zum Haus und setzte mich mit einer Decke aufs Sofa, doch ich sprang sofort auf. Ich musste irgendwas machen, aber ich wusste nicht was. Alex baute einen und ich setzte mich wieder zu ihm. Er reichte mir den Joint.

»Damit du wieder etwas runterkommst«, meinte er und dankbar nahm ich ihn entgegen.

»Ella, was hast du genommen? Ich dachte, du nimmst nichts.«

Ich zuckte mit den Schultern und er verstand, dass es noch zu früh war, um mit mir darüber zu reden. »Wie geht es dir?«, fragte er und ich fühlte mich wie ein kleines Kind. »Ganz gut.«

Es fühlte sich so an, als wenn ich ein Haar im Auge hätte und versuchte es die ganze Zeit wegzustreichen, aber da war keins.

»Wo warst du die ganze Zeit?«, fragte ich ihn, er hörte mir aber gar nicht richtig zu, sondern betrachtete mich immer noch besorgt. »Wir waren beim Dealer und sind danach noch kurz ins Montrés. Tut mit leid, dass ich dich alleine gelassen habe.«

»Nicht so schlimm«, nuschelte ich. Er ging also auch ins Montrés. Merkwürdig, dass ich noch nie mit ihm darüber geredet hatte.

»Fährst du eigentlich in der ersten Woche weg?«, fragte er mich und ich schüttelte den Kopf. »Wir wollen nämlich nach Prag, hatte ich dir ja erzählt, und Nicola kann jetzt doch nicht mit, und du hattest ja schon einmal überlegt …«

Ich nickte. Die Vorstellung, mal aus Berlin rauszukommen, lockte mich unheimlich. Berlin war mir gerade einfach zu viel. Es war mir, als würde diese Stadt einen auf Dauer vergiften.

»Ja, ich fahre mit.« Es kam mir in der Sekunde so leicht vor, so als wenn wirklich nicht mehr dazu gehörte, als einfach diese vier Wörter zu sagen.

»Dann freue ich mich schon darauf.«

Ich nickte und bemerkte, dass ich am ganzen Körper zitterte. Alex legte mir noch eine weitere Decke um die Schultern, dabei hatte ich gar nicht vor Kälte gezittert. Keine Müdigkeit regte sich in mir, ganz im Gegenteil, das Letzte, was ich jetzt gekonnt hätte, war schlafen. Wir saßen auf dem Sofa, hörten der jetzt leise säuselnden Musik zu und schauten einfach nur auf die Wand. Es schien ihm ziemlich ähnlich wie mir zu gehen, auch wenn er sich nichts anmerken ließ. Wahrscheinlich hatte er Angst, dass ich mich sonst um ihn sorgen würde, und er war es ja, der für mich da sein wollte. Ich verfiel in eine Art Trance und stellte mir die absurdesten Dinge vor. Muster verschwammen vor meinen Augen und nahmen immer wieder andere Formen an.

Irgendwann hörte ich vom Flur aus laute Stimmen und konzentrierte mich darauf. Den Stimmen nach zu urteilen handelte es sich um Alex und Jules. Verwirrt schaute ich mich um, aber Alex saß tatsächlich nicht mehr neben mir.

»Und du kamst nicht auf die Idee, dass deine Menge an MD vielleicht etwas heftig für eine Anfängerin ist?«

»Ich konnte doch nicht wissen, dass sie eine Anfängerin ist, außerdem hat sie die erste Line gut vertragen. Ist doch nichts passiert.«

»Ich habe dir gesagt, dass du dich um sie kümmern sollst, und nicht, dass du sie mit irgendwelchen Drogen vollstopfen sollst.«

»Chill mal, Alex, du klingst, als wärst du ihr Vater. Sie kann doch selbst bestimmen, was sie will und was nicht.«

Ich hatte keine Lust, dem Gespräch weiter zu folgen, und suchte mein Handy. Es war bereits 9 Uhr, ich musste langsam mal nach Hause, wenn ich nicht wollte, dass die Polizei nach mir suchte, schließlich hatte ich meiner Mutter nicht gesagt, dass ich weggegangen war. Ich merkte, dass mir verdammt kalt war, und zog mir schnell meine Jacke über. Dann ging ich auf den Flur, wo immer noch Alex und Jules standen. Sie verstummten sofort, als sie mich sahen.

»Ich mach mich mal langsam auf den Weg, meine Eltern machen sich sonst Sorgen.«

Die beiden schauten etwas skeptisch. »Bist du sicher, dass du so nach Hause willst?«

Ich nickte, auch wenn ich nicht ganz wusste, was »so« hieß. Alex brachte mich noch zum Bus und wir setzten uns an die Haltestelle. Ich wollte mir eine drehen, doch meine Hände zitterten zu sehr. Alex nahm mir das Pape aus der Hand und drehte für mich zu Ende.

»Ist alles okay zwischen Jules und dir?«, fragte ich leise, irgendwie hatte ich Angst, dass er sauer auf mich war.

»Ja, natürlich. War ja irgendwie auch meine Schuld, ich kenne doch Jules, ich hätte dich einfach nicht alleine lassen sollen.«

Es störte mich, dass er das so sagte, als wäre ich ein naives kleines Kind, das nicht auf sich selbst aufpassen konnte. »Es hätte auch nicht viel geändert, wenn du da gewesen wärst. Ich hätte es trotzdem gemacht.«

»Ich hätte dich schon abgehalten.«

Ich blickte in seine immer noch ungewöhnlich großen Pupillen und versuchte zu ergründen, warum es ihm so wichtig war, dass ich nichts nahm.

»War das vorhin eigentlich ernst gemeint mit Prag?«

»Ja, Jules' Eltern haben dort ein Haus, wir fahren gleich am Zeugnistag mit dem Zug los.«

»Das ist ja schon nächste Woche«, meinte ich, etwas erstaunt, weil mir erst in diesem Moment bewusst wurde, dass ich bald schon die zehnte Klasse beendet haben würde.

Er nickte.

»Wäre das nicht merkwürdig, wenn ich mitkomme? Ich kenne die doch alle nicht so.«

Er lächelte. »Das ist das kleinste Problem.«

Ich konnte meinen Bus in weiterer Ferne sehen und stand auf. Er tat es mir gleich und wir standen uns gegenüber. Die Sonne blendete mich ein wenig, sodass ich ihm nicht direkt in die Augen blicken konnte. Das Licht fiel auf sein braunes Haar und ließ es leicht karamellfarben erscheinen. Er beugte sich vor, sodass sich unsere Lippen fast berührten. Ich war nicht wirklich überrascht, eher verwirrt darüber, dass er mich nicht küsste. Deswegen überbrückte ich den kleinen Abstand und presste meinen Mund auf den seinen. Wir lösten uns voneinander, als ich bemerkte, dass der Bus direkt neben uns stand, und er strich mir mit seinem Finger über die Wange.

»Denk darüber nach«, meinte er mit rauer Stimme und ich lächelte.

Dann drückte er mir nur einen kurzen Kuss auf den Mund und ging weg. Vollkommen verwirrt stieg ich in den Bus ein.

Alle starrten mich an. Jeder artige Bürger Berlins wusste ganz genau, was ich getan hatte. Ich konnte es in ihren Blicken sehen, in ihren mitleidigen, verachtenden Blicken. Das Licht war viel zu hell und ich wollte einfach nur nach Hause. Meine ganze Kraft schien aufgebraucht, jeder einzelne Knochen tat mir weh. Meine Füße schmerzten so sehr, dass ich sogar meine Schuhe im Bus auszog. Meine Füße sahen schrecklich aus, dreckig und blutig zugleich. Ich erinnerte mich, dass ich ja barfuß durch die Straßen gegangen war, und bemerkte erst jetzt, dass ich dabei wohl in eine Glasscheibe getreten war. Doch auch wenn mein Körper vollkommen hinüber war, so war mein Verstand dennoch messerscharf. »Denk darüber nach.« – Meinte er damit die Pragfahrt oder ihn und mich? Ich dachte an den Kuss und fragte mich, warum nicht irgendwas mal einfach sein konnte. Das könnte es sein, sagte mir meine innere Stimme, das einzige Problem bin einfach nur ich selbst. Ich bin schließlich diejenige, die immer alles so scheißkompliziert macht.

Meine Station kam und ich zog mir die Schuhe wieder an. Kraftlos schlurfte ich zu unserem Haus und schloss die Tür auf. Ich freute mich schon auf eine warme Badewanne und meine Ruhe, doch bereits als ich den Flur betrat, wurde mir klar, dass das wohl heute nichts mehr werden würde. Dass irgendwas anders als sonst war, bemerkte ich schon auf den ersten Blick. Zum einen, weil der Ständer voller mir fremder Jacken war und überall Schuhe rumstanden, aber auch, weil ein ganz merkwürdiges Knistern in der Luft lag. Ich zog also meine Jacke aus und schlich möglichst leise ins Esszimmer, was natürlich absolut unnötig war, da die lauten Stimmen sowieso jedes Geräusch übertönten.

Ich bog um die Ecke und blieb geschockt auf der Schwelle stehen. Der ganze Tisch war besetzt mit irgendwelchen Familienmitgliedern. Vielleicht nicht unbedingt irgendwelchen, aber Eva saß dort, Moritz, meine Oma, mein Opa und meine zwei Tanten. Michelle stand etwas abseits und grinste mich an. Sie tranken Wein und es standen Käse und Brot herum. Auch roch es nach Bratfett, doch das nahm ich alles nur nebenbei wahr. Meine Konzentration war ausschließlich auf eine Person gerichtet, die am Tischende saß und sich blass an einem Wasserglas festhielt. Mein Vater.

Als er mich sah, huschte ein Lächeln über sein Gesicht. Er stand auf und umarmte mich. Ich hatte Angst, dass er den Zigarettenqualm riechen würde, doch er schien es zu ignorieren. Ich hatte ihn in den letzten Tagen nicht gesehen, weil wir beide viel unterwegs gewesen waren, und so war ich erstaunt, wie verändert er wirkte, vielleicht fiel es mir aber auch jetzt erst auf. Er war deutlich dünner geworden und hatte seinen leichten Bierbauch verloren, doch was mich am meisten verwunderte, waren seine verwaschen aussehenden blauen Augen, die normalerweise nur vor Energie strotzten. Sein Anblick war mir so schrecklich ungewohnt, und das nicht, weil seine blonden Haare der Kahlheit gewichen waren. Konnte es wirklich so lange her sein, dass ich ihn das letzte Mal gesehen hatte? Natürlich, die Chemotherapie und die Bestrahlung hatten ihm viel Zeit abverlangt, aber trotzdem wohnte er ja noch bei uns. Ich wollte irgendwas sagen, aber ich brachte kein Wort heraus.

»Was machen die denn alle hier?«, fragte ich ihn flüsternd.

»Keine Ahnung, ich werde die alten Säcke einfach nicht mehr los.«

Ich grinste. »Soll ich ein Ablenkungsmanöver starten, damit du unbemerkt aus dem Fenster klettern kannst?«

Mein Vater lachte. Es war so schön, ihn wieder lachen zu sehen, ich hätte fast geweint. Es tat schrecklich weh, ihn hier so zu sehen.

Ich begrüßte den Rest meiner Familie und ließ mich für einen Moment entschuldigen. So schnell ich konnte, eilte ich in mein Zimmer und zog mich um. Mein Blick fiel in den Spiegel und ich erstarrte. Ich sah wirklich durch und durch irre aus. Wahrscheinlich lag das daran, fiel mir bei näherer Betrachtung auf, dass meine Pupillen so geweitet waren und das Grün meiner Iris nur noch als schmaler Ring erschien. Ich war unheimlich blass und die Adern an meinen Schläfen traten deutlich hervor. Doch da ich daran auf die Schnelle nichts ändern konnte, blieb mir nichts anderes übrig, als in diesem Zustand wieder zu den anderen nach unten zu gehen. Ich fühlte mich unter meiner Familie so fremd wie eine Fliege im Bienennest. Es war, als ob ich die Personen überhaupt nicht mehr kennen würde, sie schienen jeder ihr ganz persönliches Theaterstück aufzuführen, mit sich selbst in der Hauptrolle.

»Wie geht es dir?«, fragte ich meinen Vater, als die anderen gerade damit beschäftigt waren, über die steigenden Steuern zu diskutieren.

»Ganz gut, ich bin froh, dass die Therapie anschlägt –«, er wurde unterbrochen, weil meine Oma ihn zu irgendeinem Finanzproblem befragte.

Ich war froh, als sie endlich alle gingen, denn ich ertrug die mitleidigen Blicke nicht mehr. Selbst Michelle, die sich sonst selten von etwas einschüchtern ließ, blieb den ganzen Abend stumm. Zum Abschied meinte sie zu mir, dass ich auf mich aufpassen solle. Vielleicht hatte sie als Einzige gemerkt, was tatsächlich mit mir los war. Ich war mit meinen Kräften komplett am Ende. Die ganzen Menschen hatten an meinen sowieso schon angespannten Nerven gezerrt. Also legte ich mich sofort ins Bett, nachdem der letzte Gast gegangen war. Mein Vater kam zu mir und setzte sich auf die Bettkante.

»Ich wusste gar nicht, dass wir heute Gäste haben«, meinte ich.

»Hat dir das Eva gar nicht gesagt?«

Ich schüttelte den Kopf.

»Ich habe jetzt erst mal Pause bis zur nächsten Bestrahlung, damit ich mit deiner Mutter an die Ostsee fahren kann.«

»Das heißt, du bist jetzt noch nicht geheilt?«

»Nein, so schnell geht das nicht, nicht wenn der Krebs in diesem Stadium ist.«

Ich schluckte. »Ich habe überlegt, ob ich nächste Woche zu Ferienbeginn mit ein paar Freunden nach Prag fahre, aber das ist jetzt wahrscheinlich nicht so gut, oder?« Ich schämte mich ein wenig, dass ich das jetzt zur Sprache brachte, aber meinen Vater schien das nicht zu stören.

»Wieso nicht? Prag ist wunderschön, das muss man gesehen haben. Mach das auf jeden Fall. Was sind das für Freunde? Aus der Schule?«

Ich nickte und mein Vater fragte nicht weiter nach.

Es war wohl die Reaktion, die sich jeder von seinem Vater gewünscht hätte, aber irgendwie stimmte es mich etwas traurig, dass er mich so ziehen ließ, denn das bedeutete, dass ich ihn einige Zeit nicht sehen würde, und das kam mir irgendwie falsch vor. Gleichzeitig wusste ich, dass es für keinen von uns angenehm gewesen wäre, wenn ich mit an die Ostsee gefahren wäre, weil der Urlaub dann sicher aus einem einzigen großen Streit zwischen meiner Mutter und mir bestanden hätte.

»Papa?«

Verwundert schaute er mich an, normalerweise nannte ich meine Eltern immer nur bei ihren Vornamen.

»Du würdest mir doch sagen, wenn es dir wirklich schlecht gehen würde, oder?« Ich schaute ihn an und versuchte, eine Träne, die sich in mein Auge geschlichen hatte zurückzuhalten.

»Wie könnte es mir schlecht gehen, wenn ich dich habe.« Er drückte mir einen Kuss auf die Stirn und ging aus dem Zimmer.

Kaum hatte er die Tür hinter sich geschlossen, konnte ich die Tränen nicht mehr aufhalten. Ich fühlte mich so unglaublich verlassen, so fertig mit der Welt. Mein Gewicht presste mich tief in die Matratze und ich hatte das Gefühl zu fallen. Noch eine Woche und dann waren Ferien. Prag. Ich wusste nicht, ob das alles eine gute Idee war, auch weil meine Beziehung zu Alex noch nicht so ganz geklärt war. »Denk darüber nach.« Wie sollte ich mir über so etwas Gedanken machen, während es meinem Vater so schlecht ging? Was war ich eigentlich für eine egoistische Tochter, dass ich mir in letzter Zeit überhaupt um etwas anderes Gedanken gemacht hatte als um ihn?

Ja, die Erde drehte sich einfach weiter und ich mit ihr. Ich war nicht besser als jeder andere dieser verlogenen Menschen. Nicht besser als meine Generation, die ich so verabscheute. Nicht besser als die Mädchen, die nur ihre Figur im Kopf hatten und deswegen so viel im Leben verpassten. Wahrscheinlich war ich sogar viel schlimmer als all diese Menschen zusammen, weil ich mir einbildete, dass es bei mir etwas anderes war, dass ich besonders war. Aber das war ich nicht.

Ich lag die ganze Nacht wach und starrte an die Decke. Mein Körper war von einer schrecklichen Lustlosigkeit erfüllt. Jeder Gedanke an Essen, Fernsehen oder sonst irgendeine Beschäftigung ekelte mich an.

KAPITEL 11

Was wunderst du dich, dass deine Reisen dir nichts nützen,
da du dich selbst mit herumschleppst?

Sokrates

Wir standen auf dem Bahnsteig. Wir, das hieß Alex, Jules, Helen, Kevin, mein Vater und ich. Mein Vater hatte darauf bestanden, mich zum Bahnhof zu bringen, da er sich noch einmal »die Typen anschauen wollte, mit denen seine Tochter durchbrannte«. Die letzten Tage waren alle so schrecklich schnell vergangen. Den MSA hatte ich in der Tasche, die zehnte Klasse mit einem 1,3-Durchschnitt erfolgreich bestanden. Jetzt konnte das Leben weitergehen. Meine Mutter hatte erstaunlich gelassen reagiert, als ich ihr erzählt hatte, dass ich in den Ferien mit ein paar Freunden wegfahren wollte. Sie meinte nur, dass sie mich wohl schwer davon abhalten konnte, und da hatte sie auch irgendwie recht gehabt. Zumal Sebastian schon zugesagt hatte. Vielleicht hoffte sie auch insgeheim, dass ich in Prag wieder meine innere Ruhe finden würde, dass ich mich erholte.

Der Zug fuhr ein und mich beschlich ein beklemmendes Gefühl. Hatte ich mir das alles wirklich gut überlegt? Mit einem Zischen öffneten sich die Türen und mein Vater hievte den Koffer die kleinen Treppen hoch. Er half auch noch den anderen, und ich hätte ihm am liebsten die schwere Last abgenommen, doch er bestand darauf. Er wirkte immer noch sehr schwach, doch inzwischen hatten seine

Augen wieder einen Hauch ihrer einstigen Stärke zurückbekommen. Ich griff in meine Tasche, um mich zu vergewissern, dass ich alles hatte. Geld, Ausweis, Fahrkarte, Tabak, Gras. Ja, es war alles da.

»Wir suchen schon einmal ein Abteil, ich nehme deinen Koffer mit.« Alex war bereits im Zug und schaute raus. »Auf Wiedersehen, Herr Milt.«

»Tschüss Alex, pass mir auf meine Kleine auf.«

Ich schaute meinen Vater etwas sauer an, aber Alex lachte nur. »Keine Sorge, das mache ich.«

Er verschwand im Zug und ich drehte mich zu meinem Vater um.

»Ein sehr netter Junge«, meinte er im gespielt väterlichen Ton.

Ich grinste. »Ja, ich weiß.«

Ich umarmte meinen Vater und mir fiel mal wieder auf, wie dünn er geworden war.

»Pass gut auf dich auf.«

Ich nickte, mir steckte ein Kloß im Hals.

»Und keine Drogen.«

Sebastian hob mahnend den Finger und ich lachte. Wenn er wüsste. Die Lautsprecherstimme machte eine Ansage, dass der Zug gleich losfahren würde, und ich stieg ein. Die Türen schlossen sich und es hatte etwas Endgültiges. Jetzt gab es kein Zurück mehr.

Die Bahn fuhr langsam aus dem Bahnhof und ich winkte zum Abschied, doch mein Vater konnte mich längst nicht mehr sehen. Etwas verloren stand ich im Gang herum, dann ich riss mich zusammen. Das würde eine schöne Fahrt werden, Prag war eine wundervolle Stadt und die Leute waren nett. Was konnte schon schiefgehen?

Ich suchte die anderen und fand sie ausgebreitet auf zwei Viererplätzen. Ich ließ mich gegenüber von Alex nieder und er schaute mich etwas besorgt an. Wahrscheinlich beschäftigte ihn die Frage, ob mein Vater Krebs hatte, doch ich hatte kein große Lust, darüber zu reden, und das respektierte er. Helen baute sich einen Joint und verschwand dann damit für einige Minuten auf der Toilette.

»Hat sie jetzt eigentlich ihr Abi abgebrochen?«, fragte Jules Alex.

Der nickte. »Ich glaube, sie arbeitet jetzt in einer Bar am Mehringdamm.«

Jules wirkte nicht sonderlich überrascht und ich schaute aus dem Fenster. Abitur abgebrochen nur wegen Drogen, ich wusste nicht, ob man sie bemitleiden sollte oder beneiden, dafür, dass es ihr am Arsch vorbeiging. Ich kuschelte mich tiefer in meinen Sitz und schaute aus dem Fenster. Die Landschaft zog an mir vorbei, als wäre sie etwas Momentanes, Unbedeutendes, doch letztendlich war jedes Haus, jeder Garten für jemanden eine Heimat. Alex hatte seine Kopfhörer aufgesetzt und die Augen geschlossen. Ich betrachtete sein friedliches Gesicht und mir fiel ein, dass er gerade mal acht Monate älter war als ich. Manchmal wirkte es eher, als wären es acht Jahre, und eigentlich war er ja wirklich noch ein Kind. Und dann auch wieder nicht. Es war merkwürdig, wie sehr ich ihm vertraute, ich wäre wahrscheinlich bei keinem anderen so spontan gewesen und mit drei mir fast Fremden nach Prag gereist. Aber er war dabei, er würde schon aufpassen, dass nichts passierte.

*

Ich musste wohl eingeschlafen sein, denn als ich meine Augen öffnete, waren schon alle dabei, ihre Sachen zusammenzupacken.

»Sind wir schon da?«, fragte ich etwas verwirrt und Kevin lachte über mein verschlafenes Gesicht.

»Ja, wir wollten dich gerade wecken. Kannst du vielleicht die Kippen nehmen, dann trage ich deinen Koffer.«

Viel zu müde, als dass ich zu irgendwelchen Widerworten fähig gewesen wäre, nahm ich die zwei gedrehten Zigaretten, die er mir entgegenstreckte, und betrachtete fasziniert den Trubel des allgemeinen Aufbruchs. Der Zug hatte sich in den Stunden, in denen ich geschlafen hatte, ziemlich gefüllt und nun standen sie alle im Gang und warteten darauf, dass sie endlich aussteigen konnten.

Wir versperrten den anderen Reisenden ziemlich den Weg mit unseren riesigen Rucksäcken und meinem Koffer, doch das schien Alex und seine Freunde wenig zu stören. In Seelenruhe überprüften sie noch mal, ob sie alles hatten, und setzten sich dann langsam in Bewegung. Ich fragte mich, wie viele sie wohl geraucht hatten in der Zeit, in der ich geschlafen hatte. Es ärgerte mich ein wenig, dass ich das verpasst hatte, weil sie nun auf einem ganz anderen Level waren als ich. Der Zug hielt und wir drängten uns durch den schmalen Gang. Ich war die Letzte und warf den anderen Passagieren entschuldigende Blicke zu, weil wir so lange brauchten. Eine etwas ältere Frau hinter mir wurde sichtlich ungeduldig, wahrscheinlich hatte sie Angst, dass der Zug mit ihr weiterfahren würde, weil sie nicht schnell genug rauskam. Als ich endlich draußen stand, war ich erst mal vollkommen überwältigt von dem Trubel und den vielen Menschen, sodass ich für einen Moment innehielt, doch ich wurde gleich weitergeschubst. Prag. Jetzt war ich also in Prag. Alex hatte sich etwas abseits hingestellt und wartete auf mich.

»Die anderen sind schon rausgegangen.«

Ich nickte und wir bewegten uns durch eine große Halle mit vielen Geschäften hindurch zum Ausgang. Irgendwie beschlich mich ein bedrückendes Gefühl; es war wie eine böse Vorahnung, die ich nicht ganz erklären konnte. Vielleicht lag es aber auch einfach nur daran, dass ich das erste Mal alleine ohne meine Eltern in einer unbekannten Stadt war. Wir traten aus der Halle heraus und steckten uns eine Zigarette an. Vor dem Bahnhof lag ein Park, wo im Schatten eines Baumes die anderen auf ihren Rucksäcken sitzend auf uns warten. Ganz in der Nähe kauerten Bettler auf dem Boden, den Körper vornübergebeugt und die Hände weit ausgestreckt. Diese schreckliche Haltung war das Erste, was mir wirklich klarmachte, dass wir nicht mehr in Deutschland waren. Sie sahen so demütig und unterwürfig aus, dass mich ein eisiger Schauer überlief. Die Menschen gingen an ihnen vorüber, ohne sie auch nur eines Blickes zu würdigen. Ich zwang mich, mich abzuwenden.

»Was ist denn jetzt der Plan, wie kommen wir zu eurem Haus?«, fragte ich, und mir fiel auf, wie angewiesen ich auf die anderen war. Ich hatte zwar meinen Eltern zur Sicherheit die Adresse gegeben, aber ich selbst hatte mir weder den Straßennamen gemerkt, noch wusste ich, wie wir da hinkommen konnten.

»Wir werden von einem Freund abgeholt, aber wir müssen noch ein paar Meter gehen, weil es ihm am Bahnhof zu voll ist«, meinte Jules, sah dabei aber nicht so aus, als würde ihn irgendwas von seinem Schattenplatz wegbewegen.

Wir rauchten noch einen, bevor wir uns auf den Weg machten. Mir fiel auf, wie dämlich es gewesen war, einen Rollkoffer mitzunehmen; während die anderen mit ihren Rucksäcken ganz leicht jedes Hindernis nehmen konnten, stolperte ich über jeden Stein. Alex bot mir an, den Koffer zu nehmen, doch ich bestand auf den kleinen Rest Selbstständigkeit, der mir geblieben war. Wir stellten uns direkt an die Straße. Ich fragte mich, ob das tatsächlich so ein guter Ort war, um auf jemanden zu warten, aber ein paar Minuten später hielt ein ehemalig weißer Transporter vor uns und wir stiegen ein. Mir war das Ganze zwar etwas unheimlich, aber wenn der Fahrer ein Freund von Jules war, dann konnte uns ja wohl nichts passieren. Jules saß vorne, wir anderen drei hinten, das Gepäck hatten wir in den riesigen Kofferraum geworfen. Der Mann, der hinter dem Steuer saß, war vielleicht um die vierundzwanzig und begrüßte Jules freudig. Er hatte einen Dreitagebart und sah auch sonst nicht sonderlich gepflegt aus, eher so, als hätte er gerade im Wald gearbeitet. Er war sehr muskulös, hatte ein perfekt geschnittenes Gesicht und volles, leicht verwuscheltes Haar. Fast hätte man ihn schön nennen können, aber irgendetwas war in seinen Zügen oder in seinem Ausdruck, das diesen Eindruck störte. Als er sich umdrehte und uns angrinste, entblößte er leicht schiefe Zähne, die ihn auf eine ganz merkwürdige Art gefährlich aussehen ließen.

»Willkommen in Praha, Freunde von Jules«, er sprach gebrochenes Deutsch, doch es reichte vollkommen aus, um ihn zu verstehen. Er fuhr los und unwillkürlich krallte ich meine Finger in Alex' Oberschenkel. Der Mann fuhr wie ein Irrer, vielleicht waren auch die Verkehrsregeln andere als in Deutschland, aber jedenfalls düste er durch alle Straßen, nahm so ziemlich jedem die Vorfahrt und redete dabei ununterbrochen und wild gestikulierend. Alex, der merkte, dass ich etwas ängstlich war, versuchte, mich abzulenken.

»Wir wohnen etwas außerhalb, also nicht direkt im Zentrum, dafür aber recht nah an der Moldau. Es wird dir dort gefallen, ich war da jetzt bereits vier Mal mit Jules, man kann einfach nicht anders, als sich in Prag zu verlieben.«

Ich lächelte, irgendwie wusste ich, dass er recht behalten würde, auch wenn die Teile, die ich bis jetzt von Prag gesehen hatte, nicht unbedingt die schönsten waren. Der weiße Transporter bog um eine Ecke und hielt vor einer kleinen Villa. Ich bemühte mich, so schnell wie möglich aus dem Auto auszusteigen, da ich Angst hatte, dass er sonst wieder losfahren würde. Der Mann stieg auch aus. Ich war überrascht, dass er nicht viel größer als Alex war. Er unterhielt sich mit Jules, während wir das Gepäck ausluden, und ich konnte sehen, wie er ihm irgendwas gab.

»Ist das sein Dealer?«, fragte ich Alex.

»Du meinst Jaromír?«

Ich nickte.

»Nein, nicht so richtig. Also, er bringt ihm oft was mit, aber wirklich dealen tut er nicht. Er ist echt korrekt, auch wenn er etwas gewöhnungsbedürftig aussieht.«

Ich war erstaunt, dass Alex Letzteres auch so sah wie ich, und blickte noch einmal zu Jaromír zurück. Als er bemerkte, dass ich ihn beobachtete, grinste er und ich schaute ertappt weg.

Wir trugen die Sachen nach oben zum Haus und Jules kam mit dem Schlüssel nach. Jaromír stieg in seinen kleinen weißen Transporter, ohne sich zu verabschieden, und fuhr mit aufheulendem Motor davon. Jules schloss die Tür auf und ich trat ungeduldig von einem Fuß auf den anderen. Es war irgendwie ein ganz anderes Reisegefühl als sonst. Früher hatte ich es immer so aufregend gefunden, in ein anderes Land zu kommen, andere Sprachen und fremde Kulturen kennenzulernen. Jetzt hoffte ich eigentlich nur, dass das Haus eine anständige Klimaanlage hatte und eine schöne Terrasse zum Rauchen. Meine Hoffnung wurde mehr als erfüllt, das Haus war ein Traum. Es war groß, zumindest groß genug für fünf Jugendliche, und recht altmodisch mit viel Holz eingerichtet. Ich verliebte mich sofort in einen großen braunen Ledersessel und ließ mich darin nieder. Alex warf mir Gras zu und gab mir die Anweisung, einen zu bauen, er selbst wollte Jules mit der Klimaanlage helfen. Als sie sie endlich in Gang gesetzt hatten, setzte ich mich mit Alex in den Garten und wir rauchten mein Werk.

»Du hast noch nie von deiner Familie geredet«, meinte er plötzlich ohne Vorwarnung. Ich betrachtete den Joint, der leicht in meiner Hand lag. Ich konnte Alex' Blick spüren, wie er auf meinem Gesicht ruhte, aber ich traute mich nicht, ihn anzusehen. Mir war klar, worauf er hinaus wollte, er hatte meinen Vater gesehen. Jeder, der auch nur über ein wenig Menschenverstand verfügte, sah, dass er krank war.

»Da gibt es auch nicht so viel zu erzählen«, sagte ich leise und erschöpft, die lange Fahrt und das Kiffen hatten an meinen Kräften gezehrt.

»Ich bin etwas verwirrt, Ella. Ich dachte inzwischen, ich würde dich kennen, aber immer, wenn ich an diesem Punkt bin, kommt irgendetwas dazu, was mich an meiner ganzen Einschätzung zweifeln lässt.«

Er machte eine kurze Pause. Er schien zu überlegen, ob er aussprechen sollte, was in ihm vorging. Als er wieder anfing mit Reden, war seine Stimme leise.

»Dein Vater hat Krebs, oder?«

Ich nickte. »Ja, aber die Therapie anzuschlagen.«

Ich schloss für einen Moment meine Augen. Das Sonnenlicht störte mich und meine Augen brannten.

»Warum hast du das nie gesagt?«

»Was hätte es genutzt?« Ich schaute ihn an, seine Miene war sorgenvoll. »Ich wollte nicht, dass man mich so ansieht, wie du mich gerade ansiehst. Es hätte so ausgesehen, als wenn ich damit alles rechtfertigen wollte. Wie ich mit meinen Freunden umgegangen bin, wie ich mich verhalten habe. Sie hätten sich dazu gezwungen gefühlt, für mich da zu sein, und das wäre nicht fair gewesen.«

»Aber es rechtfertigt alles, Ella. Ich weiß nicht, was ich an deiner Stelle getan hätte, aber es wäre wahrscheinlich weitaus schlimmer gewesen. Du kannst doch nicht versuchen, mit so etwas alleine klarzukommen, darüber muss man reden.«

Ich zuckte mit den Schultern und tötete den Joint. Wir redeten noch lange und rauchten einen nach dem anderen, bis mir langsam wirklich schummerig wurde. Als wir wieder reingingen, empfing uns Musik und ein Zettel: *Holen den Skoda ab.*

Verwirrt blickte ich Alex an, der meinte, dass Jules sich immer den Škoda von Jaromír auslieh, wenn er hier war, da dieser zwei Autos besitze.

»Ich wusste gar nicht, dass Jules schon achtzehn ist«, meinte ich verwundert, wobei das eigentlich ziemlich logisch erschien.

»Er ist sogar vor zwei Wochen neunzehn geworden.«

Ich wusste nicht, wie viel Zeit vergangen war, aber als die anderen zurückkamen, lagen Alex und ich immer noch auf dem Sofa und schauten uns die tschechische Version von den *Simpsons* an. Helen lachte über unseren Anblick und stellte zwei riesige Einkaufstaschen ab. Die anderen kamen hinterher, ebenso schwer beladen.

»Was habt ihr denn alles gekauft?«, rief ich überrascht. Wir blieben gerade mal eine knappe Woche, und das sah so aus, als hätten sie für ein paar Monate eingekauft.

»Ihr wart einkaufen?«, meinte Alex etwas verschlafen und richtete sich schwerfällig auf. Wir hatten eindeutig zu viel gekifft.

»Ja, mit dem Škoda, es lag fast auf dem Weg, außerdem mussten wir noch tanken.«

Ich gab Jules meinen Anteil an den Einkäufen; tausend Tschechische Kronen. Mein Vater hatte das Geld für die Reise in Berlin umgetauscht – viel zu viel, aber er meinte, dass ich schon irgendeine Verwendung dafür finden würde. Wenn ich mir unseren heutigen Cannabiskonsum anschaute, dann musste ich mir eingestehen, dass er wahrscheinlich recht behalten würde. Wir packten die Sachen aus und ich bemerkte, dass mein Magen knurrte. Sie hatten Massen an Fleisch, Spaghetti, Eis, Salzstangen und Konserven gekauft. Das ein oder andere Stück Gemüse und Obst hatte sich auch in die Tüten verirrt, doch den meisten Platz nahmen wohl die Getränke ein. Es war irgendwie alles dabei, von Absinth bis hin zu einem schwarzen Wodka, der mir etwas Angst machte.

Die Jungs holten auch noch fünf Kästen Bier aus dem Auto. Ich fragte, wer das alles trinken sollte. Helen rollte mit den Augen und begann, Fleisch zu braten. Ich aß ein wenig ohne Fett angeröstete Zucchini. Es war schon dunkel, als wir fertig waren mit Essen, und wir überlegten, was wir jetzt machen wollten.

»Also, ich hab vor, die ganze Woche wach zu bleiben«, grinste Helen und ich bekam etwas Angst. Meinte sie das wirklich ernst?

»Unwahrscheinlich, dass wir das schaffen, aber einen Versuch ist es wert«, warf Jules ein und wir stießen mit einem Mix aus Wodka und Orangensaft an.

»Auf unseren Urlaub!«

Ich schaute in die Gesichter der Leute, mit denen ich nun eine Woche zusammenleben würde. Leute, von denen ich zwei kaum kannte und zwei früher nicht mal gemocht hatte. Kevin prostete mir zu und mir fiel auf, wie anders er außerhalb der Schule war. Dafür dass er seit fünf Jahren in meine Parallelklasse ging, kannte ich ihn wirklich so gut wie gar nicht. Die anderen fingen an, irgendwas zu schnupfen, nur Alex und ich blieben noch beim Trinken. Ich wusste, dass er es nur wegen mir tat und irgendwie hatte ich ein schlechtes Gewissen.

»Wir machen einen kleinen Spaziergang«, informierte Alex die anderen und ich schaute ihn fragend an, ob mit »wir« er und ich gemeint waren. Daran schien kein Zweifel zu bestehen und so folgte ich ihm nach draußen.

»Ich dachte, du willst dir vielleicht mal die Gegend anschauen. Es ist zwar nicht das richtige Prag, aber das können wir ja die nächsten Tage noch erkunden.«

Ich nickte. Wir liefen ein Stück durch die Gassen, bis wir uns auf eine kleine Holzbank setzten. Es war keine Menschenseele unterwegs, was aber wahrscheinlich daran lag, dass wir einfach nicht im Zentrum Prags wohnten.

»Ihr nehmt ziemlich oft etwas, oder?«, fragte ich ihn.

Er schüttelte den Kopf. »Nein, eigentlich nicht, es geht. Also, Kevin und ich nehmen meistens nur was am Wochenende oder in den Ferien. Früher habe ich mit Jules zusammen echt viel ausprobiert, auch oft unter der Woche, aber die Zeit ist eigentlich vorbei, also zumindest für mich. Bei Helen kann man das nie so richtig einschätzen, sie hat immer ihre Hochs und Tiefs.«

»Du weißt schon, dass das nicht ganz normal ist.«

Er lachte. »Ach, was ist schon normal? Es ist ja niemand von uns abhängig, darauf achten wir schon. Wenn ich merke, dass es zu viel wird, lasse ich es auch wieder für eine Zeit, und ich nehme nie längere Zeit das Gleiche, sodass ich eigentlich wirklich nicht von einer Droge abhängig werden kann.«

Ich sagte darauf nichts, sondern betrachtete ihn nur. Es war mit ihm irgendwie ganz anders als mit Chris, aber trotzdem erinnerte er mich immer noch an ihn. Doch bei Alex hatte ich nie das Gefühl, dass ich etwas nicht sagen konnte, nur weil es zeigte, dass ich von einer Sache keine Ahnung hatte. Ich glaubte fest, dass Alex ein Mensch war, auf den man sich immer verlassen konnte, zumindest war er immer da, wenn man ihn wirklich brauchte.

»Weißt du, dass deine Augen immer anfangen zu leuchten, wenn du von Drogen redest? Manchmal habe ich das Gefühl, dass das deine Leidenschaft ist.«

Er schaute in die Sterne, es war bereits sehr spät geworden und ein angenehmer Luftzug umspielte uns.

»Drogen können keine Leidenschaft sein. Sie können Interesse wecken und auch eine Sucht sein, aber Leidenschaft kann man nur für richtige Dinge entwickeln, zu realen.«

»Aber sind Drogen nicht real? Musik kann ja auch eine Leidenschaft sein, auch wenn sie nicht zu fassen ist.«

»Du musst echt bei allem widersprechen, oder?«, tadelte er mich, doch so wie er es sagte, war es eher ein Kompliment. Wir schwiegen eine Zeit lang, doch dann drehte er sich plötzlich zu mir.

»Willst du es denn noch einmal ausprobieren? Du weißt, dass du das nicht machen musst, das stört niemanden. Aber hier kann dir auch wirklich nichts passieren, diesmal bleibe ich bei dir.«

Ich schaute in seine Augen und nickte. »Ja, aber ich will dabei nicht durch Prag rennen und in irgendeinen Club.«

»Gut, darauf habe ich heute sowieso keine Lust. MDMA ist sowieso am schönsten, wenn man sich auf die Gedanken konzentriert, die man dann hat.«

Ich lächelte, das klang doch schon viel mehr nach etwas, was mir gefallen könnte. Wir machten uns auf den Rückweg und fanden das Haus leer vor. Mir machte das etwas Sorgen, doch da Alex sich nicht im Geringsten wunderte, dachte ich mir, dass wohl alles mit rechten Dingen zuging. Ich trank noch einen Absinth, während Alex ein Baggy hervorholte.

»Willst du wieder ziehen oder oral einnehmen?«

Ich schaute ihn etwas verwirrt an.

»Also willst du dippen, bomben oder trinken?«, ergänzte er mir zuliebe, vergaß dabei aber, dass mir auch diese Wörter nicht viel sagten. Weil ich nicht unbedingt wieder ziehen wollte – ich konnte mich noch allzu gut an das schleimhautzerfetzende Gefühl erinnern, als ich mit Jules MDMA genommen hatte –, entschied ich mich fürs Trinken. Ich konnte an Alex Gesichtsausdruck erkennen, dass das die Konsumform war, die ihm am meisten widerstrebte, aber er sagte nichts dazu, sondern löste das MDMA in Wasser auf. Ich hatte bis zu diesem Zeitpunkt noch nie etwas von einer solchen Einnahme gehört und beobachtete ihn interessiert. Er reichte mir eines der Gläser und ich nahm es mit zitternder Hand entgegen.

»Willst du wirklich?«, fragte Alex mich und blickte mich prüfend an.

Zur Antwort hielt ich mein Glas hoch, mit einem Klirren stießen wir an. Ich schloss meine Augen und trank das Wasser mit einem Zug aus, bevor ich mich umentscheiden konnte, weil der Geschmack echt widerwärtig war. Ich schüttelte mich leicht und Alex lachte über meinen Gesichtsausdruck. Das Merkwürdigste an alldem war, dass ich wirklich nichts spürte danach, und das ziemlich lange. Wir setzten uns auf die Terrasse und rauchten. Wir redeten über alles Mögliche, nur manchmal lauschten wir dem sanften Wind.

»Hast du eigentlich darüber nachgedacht?«

Mir war klar gewesen, dass er mich danach fragen würde, doch ich wusste trotzdem nicht, was ich darauf antworten sollte. »Worüber genau?«

»Ob wir es versuchen sollten.«

Ich merkte, dass er etwas Angst vor meiner Antwort hatte, ich hatte ihn noch nie so verletzlich gelesen.

»Ich weiß nicht, ich glaube, ich kann so etwas einfach nicht. Ich bin einfach nicht …«

… genug, beendete ich den Satz in Gedanken, doch ich wollte es nicht aussprechen, weil ich genau wusste, dass er dann protestieren würde.

»Ella, du bist alles, du musst mal damit aufhören, dich immer selbst schlechtzumachen. Ich weiß, dass du gerade eine schwierige

Phase durchmachst, aber lass mich dir dabei helfen, ich glaube, zusammen würden wir das schaffen.«

Ich schaute ihn an und fragte mich, ob er eigentlich nicht merkte, dass er viel kaputter war als ich. Es gab so viel, was noch hinter ihm zu stecken schien, und mir ging auf, dass ich tatsächlich gerne die gewesen wäre, die ihn wieder aus seinem Loch herausholte. Diejenige, die ihm zeigte, dass das Leben ohne Drogen viel schöner sein konnte. Die Frage war nur, ob ein kaputter Mensch einen anderen wieder ganz machen konnte. Ich bezweifelte, dass ich die Richtige für ihn war, aber er wollte ja nur, dass ich es versuchte. Ein Kribbeln in meinem Körper kündigte mir an, dass entweder langsam die Wirkung des MDMAs einsetzte oder ich verliebt war.

Das war nun wirklich ein ganz schlechter Zeitpunkt. Warum mussten wir das Ganze überhaupt jetzt besprechen? Ich stand auf; für einen kurzen Augenblick wirkte es so, als wenn die Nacht voller Farben wäre, doch im nächsten Augenblick war die Illusion auch wieder verschwunden. Ich schwankte wohl ein wenig, denn Alex sprang sofort auf und hielt mich. Die Welt schien für einen Moment anzuhalten. Ich betrachtete Alex auf einmal mit ganz anderen Augen. Irgendwas in mir sehnte sich so schrecklich danach, ihn zu berühren, ihn zu spüren. Es war, als wenn ich nicht mehr ganz war ohne ihn, er konnte vielleicht helfen, die unendliche Leere in mir wenigstens ein bisschen zu füllen, doch dafür musste ich noch den letzten Zentimeter Distanz überwinden.

Ich war mir nicht ganz sicher, ob das Gleiche in ihm vorging, denn seine riesigen schwarzen Pupillen waren so undurchdringlich wie das Dunkel der Nacht. Es war das erste Mal in meinem Leben, dass ich einen Jungen von alleine küsste beziehungsweise dass ich den ersten Schritt machte. Seine Lippen fühlten sich so unendlich weich an, ich wollte mich gar nicht mehr von ihnen lösen. Ich nahm jedes kleinste Detail schrecklich intensiv war, jede Berührung, jedes Geräusch. Es war, als wenn ich süchtig werden würde nach diesen Empfindungen, und so sträubte sich alles in mir dagegen, als er sich sanft von mir löste und meinen Kopf in seinen Händen hielt. Er schaute mir in die Augen, dann ließ er plötzlich von mir ab und stolperte ein paar Schritte zurück. »Scheiße«, murmelte er und fuhr sich mit einer Hand durch die Haare.

Ich wusste nicht, was mit ihm los war, doch es war mir egal, denn ein Vogel erweckte meine Aufmerksamkeit. Fasziniert setzte ich mich auf den Rasen und betrachtete das Tier voller Neugierde. Wo es wohl schon alles gewesen war? Der Vogel war nicht sonderlich groß, hatte mattbraunes Gefieder, trotzdem fand ich ihn wunderschön. Es war wohl der schönste Vogel, den ich je gesehen hatte.

»Schau mal, Alex!«

Alex war ein paar Meter weitergegangen und schien ganz versunken in seinen Gedanken. Als ich ihn rief, erwachte er aus seiner Trance und kam zu mir.

»Siehst du den Vogel?«

Alex nickte. »Ja, ein Spatz.«

Soso, das war also ein Spatz, Spatzen kannte ich ja. Doch seit wann waren die so schön?

»Lass uns reingehen.«

Ich war zwar etwas traurig, dass ich meinen neuen Freund verlassen musste, aber ich folgte Alex trotzdem in das kühle Haus.

Alex nahm noch was von dem MDMA und ich sagte, dass ich auch wollte.

»Ich spüre noch gar keine Wirkung«, meinte ich und Alex lachte.

»Schau mal in den Spiegel.«

Ich folgte seiner Anweisung und musste zugeben, dass ich wirklich ziemlich drauf aussah.

»Du schaust auch nicht besser aus.«

Alex zuckte mit den Schultern und gab mir noch was von den aufgelösten Kristallen, auch wenn ich vermutete, dass er bewusst eine geringere Dosierung bei mir wählte. Danach wurde alles ziemlich krass, meine Gedanken waren auf einmal so klar und faszinierend. Wenn ich die Augen schloss, entstanden in meinem Kopf die schönsten Geschichten. Ich wollte nicht, dass das endete, und Alex schien es ähnlich zu gehen. Realität und Traum verschwammen. Die Musik war so klar zu verstehen, ich spürte sie in meinem ganzen Körper. Wir tanzten, küssten uns, lauschten der Musik. Alles in mir sehnte sich danach, Alex zu berühren, ihn in meiner Nähe zu haben, er konnte gar nicht nah genug bei mir sein.

Wir schwitzten ziemlich und zogen irgendwann unsere lästigen Klamotten aus. In diesem Moment hatte der Schweiß, der uns den Rücken herunterrann, nichts Ekelhaftes, es war vollkommen natürlich. Ich konnte nicht mehr tanzen, hatte keine Lust mehr, mich zu bewegen. Langsam ließen wir uns aufs Sofa fallen, die Hände ineinander verschränkt. Ich wäre so verloren gewesen, hätte er sie losgelassen. Die Berührungen waren mit nichts sonst zu vergleichen. Wenn er mit seinem Finger über meine Haut fuhr, war das Kribbeln noch Sekunden später auf meiner Haut zu spüren. In dieser Nacht schliefen wir miteinander.

*

Wir saßen alle am Frühstückstisch vor einem Berg aufgebackener Brötchen und niemand rührte auch nur irgendwas an. Der Kaffee schmeckte wie Abwasser und ich stellte ihn weg. Die anderen waren vor zwei Stunden nach Hause gekommen und hatten Alex und mich zusammen auf dem Sofa vorgefunden, wie wir nur dalagen und auf die Wand starrten, fünf Decken auf uns lastend, weil mir schrecklich kalt gewesen war. Sie hatten nichts gesagt, hatten sich nur in ihr Bett gelegt, um dann doch ein paar Minuten später wieder aufzustehen und sich nach unten zu setzen. Es war bereits 16 Uhr, niemand sagte etwas, keiner beschäftigte sich mit dem anderen. Alle starrten nur mit riesigen Pupillen auf den Essensberg.

Ich hatte mit Alex geschlafen. Die Erkenntnis traf mich wie ein Blitz und ich zuckte etwas zusammen. Möglichst unauffällig schaute ich zu Alex, der sich gerade eine drehte. Ich wusste jetzt überhaupt nicht mehr, wie ich zu ihm stand. In der Nacht war mir noch alles so klar erschienen, ich hatte genau gewusst, was ich wollte, doch jetzt, im nüchternen Zustand, war ich mir so unsicher wie zuvor, wenn nicht sogar um einiges mehr. Es war schön gewesen, es hatte sich so unglaublich richtig angefühlt, doch ich war mir nicht sicher, ob meine Empfindungen durch den Drogenkonsum beeinflusst gewesen waren.

Es ist interessant, dass man bis zu dem Zeitpunkt, wo man etwas, sagen wir Einschneidendes, tut, oft so viel Respekt davor hat und dass man sich danach meist fragt, warum man eigentlich so viel Angst davor gehabt hat. Das traf irgendwie auf so vieles in den letzten Tagen zu, sowohl auf das selbstständige Reisen, als auch auf die Drogen und den Sex.

»Wie war es gestern bei euch?«, fragte ich, weil mir die Stille unerträglich wurde. Da war zu viel Platz für zu viele Gedanken.

»Richtig geil«, meinte Helen und rupfte an einem Brötchen. Sie klang ein wenig bitter und man merkte ihr an, dass da noch was kommen würde. »Zumindest so lange, bis Jules ausgetickt ist und einen armen Tschechen zusammengeschlagen hat.« Sie schielte wütend zu Jules rüber, der ganz versunken eine rauchte.

Überrascht folgte ich ihrem Blick. Erst jetzt fiel mir auf, dass sein Kinn mit einem blau-roten Fleck verziert war.

»Ist alles okay?«, fragte ich ihn besorgt und er kam aus seiner Starre zurück in die Realität: »Dieser Hurensohn hat uns die ganze Zeit beleidigt, was hätte ich denn machen sollen?«, fuhr er Helen an, ohne meine Frage zu beantworten. Helen rollte mit den Augen.

»Er hat tschechisch gesprochen«, meinte Kevin sachlich und verwirrte mich noch mehr.

»Ich wusste gar nicht, dass du Tschechisch kannst«, meinte ich verwundert und betrachtete Jules erstaunt, doch an seiner Stelle antwortete Kevin. »Kann er nicht.«

Es entstand eine kurze Pause und dann fingen wir plötzlich alle an zu lachen, bis auf Jules, der weiterhin unbeteiligt an seiner Zigarette zog. »Seid ihr fertig?«, fragte er sichtlich angepisst und wir prusteten wieder los.

»Das heißt also, du hast einen Tschechen zusammengeschlagen, der dich beleidigt hat, was du aber eigentlich nicht verstehen konntest, weil du seine Sprache nicht sprichst?«, hakte ich nach, als ich mich wieder einigermaßen unter Kontrolle hatte.

»Er klang auf jeden Fall so, als würde er es tun«, grinste Jules, der langsam selbst einsah, dass das irgendwie nicht so ganz hinhaute. Die anderen mussten offenbar mindestens genauso drauf gewesen zu sein wie wir. Einige Zeit herrschte wieder Stille und ich hörte dem Gezwitscher eines Vogels zu. Ein kleiner Spatz setzte sich auf meine Armlehne und ich verscheuchte ihn.

»Ich zeige Ella heute mal Prag, kommt jemand mit?«, warf Alex fragend in die Stille.

»Ja, ich wollte auch noch mal was besorgen, aber wir können ja zusammen mit dem Auto hinfahren«, meinte Jules und alle stimmten zu.

Es wurde noch ein echt schöner Nachmittag, Alex zeigte mir den Wenzelsplatz, die Karlsbrücke, irgendeinen Dom und noch ein paar andere Gebäude. Das war zwar nur ein Viertel der Dinge, die ich eigentlich hatte sehen wollen, doch ich war viel zu erschöpft, als dass ich mir noch andere Sehenswürdigkeiten hätte anschauen können. Außerdem wurde es langsam ziemlich dunkel. Mich faszinierte alles in dieser Stadt, die alten Gebäude, die kleinen Statuen, die Sprache. Einmal blieb ich stehen, um mir ein Netz von Linien anzusehen, das sich wie ein Spinnennetz über den Köpfen der Menschen spannte.

»Das ist für die Bahn«, sagte Alex und lachte darüber, dass es mich so faszinierte, obwohl es so etwas doch auch in Berlin gab. Meine Eltern hatten mich schon in viele Städte auf allen Kontinenten geschleppt, doch merkwürdigerweise gefiel es mir hier tatsächlich am besten. Ich will nicht sagen, dass die Geburtsstadt Kafkas perfekt war, viele Teile waren dreckig und am Wenzelsplatz stand alle paar Meter ein Dealer, aber dieser Ort hatte etwas Ehrliches, Aufregendes.

Als es bereits 11 Uhr war, trafen wir uns mit den anderen in einer Bar nahe dem Wenzelsplatz.

»Hast du das bekommen, was du wolltest?«, fragte Alex Jules.

Der grinste. »Nein, nicht wirklich, aber ich habe dafür ein paar Pillen bekommen, die ziemlich krass sein sollen. Irgendwelche Chemos, auf die die Tschechen anscheinend gerade abfahren.«

Ich sah, wie Alex' Augen aufblitzten.

»Weißt du, was drin ist?«

Jules zuckte mit den Schultern. »Nein, keine Ahnung, aber ich habe die von einem Freund von Jaromír, der schien echt korrekt.«

Alex lachte laut auf. »Du bist wohl verrückt, ich nehme doch nichts, wo ich nicht weiß, was drin ist.«

»Musst du ja auch nicht, umso mehr bleibt für mich.«

Unsere Biere kamen und damit war das Gespräch erst mal beendet. Das kühle Bier tat unglaublich gut und ich lehnte mich zurück.

»Ich möchte heute in diesen einen Club, wo ihr gestern nicht reinwolltet«, meinte Helen, die aussah, als hätte sie schon wieder den nächsten Trip geschmissen.

Niemand sagte etwas dazu, wahrscheinlich weil niemand wusste, welchen Club sie meinte, doch Helen störte das wenig, da sie Schweigen immer als Zustimmung auffasste. Wir tranken noch ein paar Shots und freundeten uns mit drei Österreichern an, die sich spontan an unseren Tisch gesetzt hatten. Es war bereits eins, als Helen meinte, dass sie jetzt loswollte. Die Österreicher entschieden sich dazu mitzukommen, und so machten wir uns zusammen auf den Weg zu dem Club. Er lag abseits von allem Geschehen und ich hielt es für unwahrscheinlich, dass sich da viele rein verirrten.

Es gab nur einen kleinen dunklen Eingang, wo ein Türsteher stand, der uns misstrauisch beäugte. Nach einer Weile schien er uns genug geprüft zu haben und winkte uns vorbei. Wir gingen durch einen schmalen Gang, bis wir in einen Raum kamen, der einer kleinen Lagerhalle glich. Es waren einige Menschen da, die unglaublich gestört zu der lauten Musik tanzten. Recht große Abstände trennten sie voneinander, die aber auch zwingend notwendig waren, da sie sich sonst wahrscheinlich gegenseitig verletzt hätten. Wir gingen zu einer kleinen Bar und setzten uns auf die unbequemen Barhocker. Helen brach eine kleine runde Pille entzwei und gab mir eine Hälfte. Ich spülte sie mit meinem Absinth herunter und bestellte mir noch einen. Meine Augen fielen mir fast zu und ich hoffte, dass meine Müdigkeit mit der halben E so schnell wie möglich weggehen würde. Aus dem Augenwinkel sah ich, dass die Jungs auch irgendwas schmissen. Die Österreicher verschwanden zu dritt auf der Toilette. Ich war echt überrascht, dass es anscheinend wirklich kaum Menschen gab, die keine Drogen nahmen. Aus irgendeinem Grund störte mich das.

Die Wirkung der Pille setzte selbst nach einer Stunde nicht wirklich ein und so saß ich ganz alleine da, während die anderen schon tanzen gingen. Die Österreicher hatten inzwischen wieder Platz genommen, sie wirkten auch noch nicht so, als wären sie in einem anderen Zustand, und ich unterhielt mich mit ihnen. Doch es dauerte nicht lange und einer nach dem anderen verstummte, sie schienen mich gar nicht mehr richtig wahrzunehmen. Sie wirkten auf einmal wie weggetreten, der eine stolperte vom Stuhl und schlich in einem ganz merkwürdigen Gang zur Tanzfläche, wo er sich tranceartig zur Musik bewegte, wobei man das nicht wirklich »bewegen« nennen konnte. Ich hatte so etwas noch nie gesehen, es übertraf jeden Zustand, in dem ich mal irgendeinen Menschen wahrgenommen hatte. Ich dachte bei mir, dass Österreicher entweder echt keine Drogen vertrugen oder dass sie verdammt geiles Zeug gezogen hatten. Ich wollte auch unbedingt das haben, was sie hatten, meine Begeisterung erinnerte an ein fünfjähriges Kind.

Als ich meinen Kopf herumriss, um zu schauen, wo Alex war, bemerkte ich, dass ich doch etwas drauf war. Also stand ich auf und tanzte, wobei ich aber immer wieder von den Österreichern abgelenkt wurde. Einer hatte sich inzwischen auf eine gepolsterte Bank gelegt und zuckte manchmal ein wenig zur Musik. Ich wusste, dass mich das eigentlich hätte abschrecken sollen, aber aus irgendeinem Grund schrie nach wie vor alles in mir danach, auch das zu nehmen, was sie genommen hatten. Der, der auf dem Sofa lag, fiel herunter und schlug hart auf dem Boden auf, aber er schien nichts zu spüren. Niemand bemerkte etwas, alle waren viel zu sehr mit ihrem eigenen Trip beschäftigt. Ich näherte mich dem Österreicher und beugte mich zu ihm rüber, doch es stellte sich heraus, dass er noch bei vollem Bewusstsein war, zumindest hatte er die Augen auf und schien alles wahrzunehmen. Ich hielt ihm die Hand hin, doch er ergriff sie nicht.

»Hey, geht's dir nicht gut?«, fragte ich ihn eher interessiert als besorgt.

Er antwortete nicht, sondern starrte nur fasziniert auf die Wand und bewegte dabei seine Lippen, so als ob er irgendwas berechnen würde. Ich schüttelte ihn leicht, da ich langsam wirklich etwas Angst bekam, und er kippte ein wenig zur Seite, mir überhaupt keinen Widerstand leistend. Ich wiederholte meine Frage bestimmt fünf Mal, bis er nach ungefähr zehn Minuten endlich antworte. »Mir geht es wundervoll.«

Er nuschelte so stark, dass es mir schwerfiel, ihn zu verstehen, nur durch seine Lippenbewegungen erahnte ich, was er mir sagen wollte. Ich versuchte, ihn wieder zurück aufs Sofa zu hieven, als Alex mir zur Hilfe kam und wir gemeinsam den bestimmt 1,90 Meter großen Mann wieder in Position brachten. Wir setzten uns zu ihm und Alex begann mühsam ein Gespräch, obwohl seine Beine sich so stark bewegten, dass es aussah, als könnte er nicht ruhig sitzen bleiben.

»Alles okay?«

Ich nickte. »Weißt du, was die genommen haben?« Ich nickte mit dem Kopf zum Österreicher neben uns rüber, der geistesabwesend auf den Boden starrte und uns überhaupt nicht zu hören schien.

»Keine Ahnung, aber ich schätze mal Keta, so wie die aussehen …«

Ich kramte in meinem Gedächtnis nach einer Erinnerung an diese Droge, doch ich konnte mich nur entsinnen, dass Jules sie mal erwähnt hatte. Alex sah meinem Gesicht an, dass ich keine Ahnung hatte, was er meinte, und klärte mich auf.

»Ketamin ist eigentlich ein Narkosemittel, eine der krassesten Sachen, die ich je genommen habe, würde ich echt nicht jedem empfehlen.«

Ich erinnerte mich wieder daran, dass ich einiges darüber gelesen hatte, und in meinem Körper breitete sich ein Kribbeln aus. Wenn ich mich nicht irrte, schaffte es diese Droge in manchen Fällen, den Körper vom Geist des Konsumenten zu trennen. Ich war so vertieft in meine Gedanken, dass ich erst Minuten später wieder meine Umgebung wahrnehmen konnte. Alex' braune Haare waren ihm ins Gesicht gefallen und sein Blick huschte immer wieder zur Tanzfläche. Man konnte ihm deutlich ansehen, was für eine Anstrengung es für ihn war, sitzen zu bleiben.

»Geh ruhig tanzen«, grinste ich und dankbar wandte er sich zum ersten Mal richtig zu mir.

»Wirklich? Wir können auch gehen, wenn du willst. Ich richte mich da ganz nach dir.«

»Nein, ist wirklich okay, ich will gleich auch noch mal tanzen.«

Alex drückte mir einen kurzen Kuss auf den Mund und war wieder in der Menge verschwunden. Automatisch verzog sich mein Gesicht zu einem Lächeln und ich wandte mich wieder dem Österreicher zu. Ich spürte, wie in meinen Adern das Blut pulsierte und dass mich alles zur atemberaubenden, allumschlingenden Musik zog, doch ich widerstand dem Drang, weil ich ein Bedürfnis hatte, das viel dringender war. Also huschte ich schnell auf Toilette. Als ich gerade wieder aus der Tür heraustreten wollte, stieß ich mit dem Österreicher zusammen, der gerade noch auf dem Sofa gelegen hatte. Er schaute mir kurz in die Augen, doch sein Blick erreichte mich nicht wirklich. Er torkelte leicht und ich stützte ihn.

»Danke.« Seine Stimme war auf einmal ziemlich klar und ich hatte das Gefühl, dass er wenigstens etwas wieder bei sich war.

»Kann es sein, dass du als Einzige nichts genommen hast?«, fragte er mich leicht nuschelnd und ich zuckte mit den Schultern. Auch wenn ich ja eigentlich eine halbe E genommen hatte, spürte ich tatsächlich erstaunlich wenig. Irgendein dummer Gedanke schrie in mir, dass das meine Chance war, einmal Keta auszuprobieren, wenn ich ihn dazu überreden konnte, mir etwas abzugeben.

»Nein, hat sich leider irgendwie nicht ergeben.«

Ich bemühte mich um ein bemitleidenswertes Gesicht und hasste mich selbst ein wenig dafür, aber ich musste die ganze Zeit daran denken, wie atemberaubend das Gefühl sein musste, wenn man Keta nahm. Der Österreicher haderte sichtlich mit sich, wahrscheinlich war ihm sein geliebtes Keta zu kostbar, doch schließlich schien er sich doch zu einer Entscheidung durchzuringen.

»Hab noch ein bisschen Keta, wir fahren eh morgen.«

Er hielt mir die Toilettentür auf und ich folgte ihm. Ich wusste echt nicht, was sich die Clubbesitzer bei den Toiletten gedacht hatten. Sie waren Unisex und riesig, in drei Kabinen gab es sogar einen kleinen Tisch. Sie schrien also förmlich danach, dass man darauf Drogen nahm, wahrscheinlich waren sie eigens dafür errichtet. Der Österreicher, dessen Namen ich immer noch nicht kannte, legte zwei Lines. Mein Herz schlug bis zum Hals. Meine Vernunft brüllte, ich sollte umkehren, am besten wieder nach Berlin zurück, und mich in meinem Bett verkriechen. Doch das war nur ein kurzer Moment.

Wie in Trance rollte ich einen 200-Kronen-Schein zusammen, fuhr mir nervös durch die Haare und beugte mich schließlich entschlossen über das Pulver. Ich wünschte, ich könnte sagen, welche Gedanken man hat, wenn man das kristalline Pulver durch seine Nase zieht, doch es ist irgendwie nicht zu beschreiben. Bei mir spielte auch Panik eine Rolle. Ich befürchtete nicht, dass ich dabei sterben könnte, eher, dass ich auf einem Horrortrip hängenbleiben würde. Da ich nicht darauf geachtet hatte, hatte ich nicht das ganze Pulver auf einmal eingezogen, und ich konnte spüren, dass das den Österreicher neben mir nervös und wütend zugleich machte.

»Bist du fertig?« Er stand unruhig neben mir und zappelte merkwürdig mit seinen Beinen herum.

Ich ging einen Schritt beiseite und er schnupfte seine Line in weniger als einer Sekunde. Seine Anspannung schien auf einen Schlag von ihm zu fallen. Aus irgendeinem Grund verängstigte er mich etwas und ich schaute starr zu Tür. Ich wollte gerade hinausgehen, als er auf einmal seine Hose öffnete. Wie erstarrt blieb ich stehen und zwang mich, woanders hinzuschauen, doch er fing in Seelenruhe an, nicht sonderlich treffsicher ins Klo zu pissen. Er wankte gefährlich und ich hatte schon Sorge, dass ich ihn gleich wieder stützen musste, doch nach einer halben Ewigkeit war er fertig und blickte mich an, als hätte er gerade einfach nur ein Fenster geöffnet und nicht seine Hose. Wir gingen also aus der Toilette heraus und wieder schnurstracks auf unser Sofa zu. Ich hatte ein ganz mulmiges Gefühl im Magen, eines, wo man weiß, dass gleich etwas geschehen wird, worauf man keinen Einfluss hat. Der Österreicher schwieg und ich starrte mal wieder auf einen Fleck auf dem Boden. Ich hatte mich selten so einsam gefühlt und dabei saß ich doch in einem Raum voller Menschen. Es fühlte sich so an, als wenn ich Ewigkeiten auf den Fleck starrte, er hob sich ganz klar ab von dem dunklen Boden.

Ich sah nichts mehr außer ihn, nur noch den Fleck, alles andere wurde schwarz. Es war, als wenn ich durch ein Schlüsselloch schauen würde und mich dadurch nur noch auf einen ganz bestimmten Bildausschnitt konzentrieren musste. Der Fleck war rotbräunlich und vielleicht so groß wie meine Faust. Ich wollte ihn näher betrachten und versuchte aufzustehen, doch das stellte sich als schwieriger heraus, als ich gedacht hatte. Mühsam riss ich mich hoch und schwankte dabei. Das Schwanken machte mir Spaß, es fühlte sich witzig an, und so schwankte ich zu dem Fleck. Ich spürte, wie meine Arme hin und her geschleudert wurden. Was machte mein Körper da? Ich hielt an und versuchte, mich zu sammeln. Ich musste mich wieder hinsetzen, wieso war ich aufgestanden? Die Wände schienen näher zu kommen, schwarze Schwaden schränkten mein Sichtfeld ein. Sie pochten und zogen sich immer mehr zusammen. Couch. Ich musste zur Couch. Du bist auf Drogen. Was hatte ich getan? Warum hatte ich Keta gezogen? Wieso machte ich so etwas, ich war doch nicht wahnsinnig. War ich wahnsinnig? War ich vielleicht irre? Bildete ich mir vielleicht sogar mein ganzes Leben ein? Was war, wenn ich in Wahrheit gar nicht mit meinen Freunden in Prag war, sondern in einer Anstalt? Couch, ich wollte doch zur Couch.

Mein Körper musste sich bewegen, doch ich hatte keine Gewalt mehr über ihn. Nicht ich. Wer aber dann? Egal wie sehr ich mich anstrengte, der kleine Körper des blonden Mädchens bewegte sich nicht. Konzentriere dich auf etwas anderes. Versuche, dich an irgendetwas zu erinnern. Wie alt bist du? Wie heißt du? Unwichtig. Banale Dinge, die näher an der lügnerischen Realität als an der wahren Illusion sind. Der Körper bewegte sich, er schwankte leicht nach links. Normalität bewahren. Starker Linksdrall, Ausgleich durch Hüftverschiebung. Die Schwärze pochte, verschlang langsam, Stück für Stück, die Umgebung, als sei sie eine hungrige Schlange. Ich tauchte in sie ein, verlor mich in ihr, wurde von ihr geschluckt und wieder ausgespuckt. Ich kämpfte mit ihr, umarmte sie, liebte und hasste sie. Plötzlich ein Licht. Die Bar. Der Körper stand noch mitten im Raum, wie dämlich. Er sollte doch zur Couch gehen. Langsam torkelnd und tanzend bewegte er sich zur Couch. Er legte sich auf sie, doch ich spürte nichts. Atmete der Körper eigentlich, musste er atmen? Wer war ich? Der Mensch auf der Couch oder das, was ich als mich wahrnahm? Wo war ich? Die Frage war nicht, an welchem Ort ich war, sondern *wo* ich an diesem Ort war.

Leicht panisch schaute ich mich um. Doch, das Mädchen auf der Couch war ich. Ein Schatten tauchte über mir auf, seine Konturen vermischten sich mit der pochenden Schwärze. Der Schatten berührte meinen Körper, sagte irgendetwas, doch ich verstand kein Wort. Ich starrte wieder auf den Boden, ich hatte meinen Fleck wiedergefunden, ich hatte ihn ganz vergessen.

»Ella, kannst du mich hören?« Ja, stimmt, das hatte der Schatten gesagt, merkwürdig, dass ich das erst jetzt realisierte.

»Natürlich«, antwortete ich, ich war ja nicht dumm.

Der Schatten sprach weiter, als hätte er mich nicht verstanden, das störte mich. Nach einiger Zeit bemerkte ich, dass ich nicht laut geantwortet hatte. Also unternahm ich einen zweiten Versuch, doch ich merkte selbst, dass es eher einem Nuscheln gleichkam. Was war schon Zeit? Nur Zahlen. Zwölf, vier, sieben, drei, neunzehn … Plötzlich war kein Boden mehr unter mir, ich erhob mich in die Lüfte und schwebte. Ich öffnete meine Augen zur Hälfte und konnte sehen, wie das Sofa sich immer weiter entfernte. Wo flog ich hin? Mühsam breitete ich meine Arme aus, um meinen Flug zu steuern, so wie es Vögel taten. War ich ein Vogel? Oder war mein Geist ein Vogel? Ich flog an dem Türsteher vorbei nach draußen ins Freie. Der Boden sah von oben betrachtet ziemlich interessant aus, fand ich. So platt und doch auch künstlerisch. Ich realisierte, dass ich eigentlich nur in Alex' Armen hing und nicht flog, als ein Gesicht vor meinen Augen erschien. Jules.

»Lass uns zur Kaserne fahren, dann kotzt sie nicht ins Haus.«

Alex trug mich ein Stück zum Auto, legte mich auf die hintere Bank und setzte sich zu mir. Jules ging hinters Steuer.

Das Nächste, was ich wahrnahm, war das Plätschern von Wasser. Vor uns lag die Moldau, spärlich beschienen von der Sonne, die langsam wieder aufging. Eine verlassene Ruine, umgeben von spitzen Felsbrocken, befand sich etwas abseits und Alex und ich stolperten zu ihr. Wir betraten das kühle Gebäude und über meinen ganzen Körper zog sich eine Gänsehaut. Ich spürte, dass ich langsam wieder zu mir kam und realisierte erst jetzt, dass ich mich in einer Art Trance befunden haben musste. Eine schmale Steintreppe, die bedrohlich zerbröckelt war, führte nach oben und ich folgte Alex stolpernd. Vollkommen überwältigt blieb ich auf der Stelle stehen. Der Ausblick war einzigartig. Ich hatte zwar keine Ahnung, wo wir waren, aber es war einer der schönsten Orte, die ich je gesehen hatte. Alles wirkte komplett verlassen, wir mussten also ein ganzes Stück abseits von Prag sein. Die Moldau schlängelte sich den Weg durch die Natur und in der Ferne konnte man ein paar heruntergekommene kleine Häuser sehen.

»Wunderschön«, flüsterte ich.

Alex drehte sich zu mir um und lächelte. Er schien froh zu sein, dass ich wieder in der Lage war zu sprechen.

»Ja, es ist Jules' und mein Lieblingsort.«

Ich setzte mich zu ihm an den Rand des Daches, sodass wir unsere Füße in den Abgrund baumeln lassen konnten.

»Lässt es nach?«, fragte er mich besorgt, die Pupillen riesig und hektisch hin und her zuckend.

»Ja, es geht schon.« Das war zwar gelogen, denn mein Magen zog sich die ganze Zeit zusammen und mein Körper sehnte sich nach meinem alten Zustand, aber das musste Alex ja nicht unbedingt wissen.

»Warum hast du Keta gezogen? Ich hätte nicht gedacht, dass du das machst.«

Ich zuckte mit den Schultern. Es war eine gute Frage, doch leider hatte ich darauf keine Antwort. Wir schauten beide stumm auf das schwarz scheinende Wasser, das langsam vom Sonnenlicht erhellt wurde. Mein Körper zuckte immer wieder zusammen und ich versuchte, ihn zu kontrollieren, aber ich hatte keine Macht über ihn. Alex zog seine Jacke aus und breitet sie über mich. Ich lehnte mich an ihn und einige Zeit betrachteten wir so den Sonnenaufgang. Es wäre ziemlich perfekt gewesen, wenn ich mich nicht ohne Vorwarnung zusammengekrümmt und in die Tiefe gekotzt hätte. Mir war so plötzlich schlecht geworden, dass ich gar keine Zeit hatte, mich dafür zu schämen. Alex zog mich näher in seine Arme, doch er konnte mich auch nicht beruhigen. Eine Art Beben ging durch meinen Körper und ich zitterte so sehr, dass Alex mich kaum halten konnte. Ich bekam plötzlich Panik, dass dieser Zustand nicht vorbeigehen würde, und fing an zu schluchzen. Was hatte ich nur getan? Wieso wollte ich mir unbedingt mein Leben zerstören?

Alex fuhr mir beruhigend durchs Haar, aber das verstärkte nur noch das Kribbeln auf meiner Haut. Ich kratzte mich so sehr an meinem Arm, dass es anfing zu bluten, und einzelne Blutstropfen perlten an meiner Haut ab. Ich beobachtete sie und merkte, dass mein Atem dabei endlich wieder langsamer wurde. Erschöpft und vollkommen reglos lag ich in Alex' Armen. Er hielt meine Hand und wir schauten zusammen in die Tiefe.

»Wo ist Jules?«, wollte ich wissen. Erst jetzt fiel mir auf, dass er gar nicht mehr bei uns war.

»Er ist zurück zu Helen und Kevin gefahren.«

Ich fragte mich zwar, wie wir nun wieder zurück zum Haus kommen sollten, aber ich hoffte einfach mal, dass Alex einen Plan hatte.

Die Sonne tauchte das Wasser in ein rötliches Licht und ich umklammerte Alex' Hand fester, um mich zu vergewissern, dass das alles real war.

»Das hier ist ein wunderschöner Ort zum Sterben«, flüsterte ich. Aus irgendeinem Grund traten mir Tränen in die Augen.

»Nein, es ist ein wunderschöner Ort zum Leben.« Alex beugte sich zu mir runter und küsste mich auf meine Haare.

»Kannst du dir vorstellen, wie wir wohl mit dreißig sind? Oder mit sechzig? Egal wie sehr ich es auch versuche, es geht einfach nicht in meinen Kopf, dass wir älter werden, dass wir irgendwann Verantwortung übernehmen müssen.«

Alex dachte über meine Worte nach, ehe er anfing, mit rauer Stimme zu sprechen. »Ich glaube, dass denkt man zu jedem Zeitpunkt seines Lebens. Mit sechs konntest du dir wahrscheinlich auch nicht vorstellen, dass du irgendwann mal ein Jugendlicher bist, der raucht, trinkt und seine eigenen Erfahrungen macht. Menschen sehen immer nur das, was gerade mit ihnen passiert, viele blicken auch zurück, aber kaum jemand weiß wirklich, was er mit seiner Zukunft anstellen wird.«

»Aber ich sehe in der Zukunft irgendwie keinen Sinn. Wir sterben doch eh irgendwann alle, warum sollte ich mich dann überhaupt erst bemühen. Glücklich zu sein ist unmöglich.«

Alex schaute fasziniert auf das Wasser und lächelte leicht. »Nein, es ist nicht unmöglich. Ich bin gerade glücklich. Es gibt nichts, was ich in diesem Moment lieber tun würde, niemanden, mit dem ich lieber hier wäre.«

Er sagte es eher zu sich selbst als zu mir, doch die Worte trafen mich trotzdem tief in meinem Inneren. Reichte mir das auch aus? Wollte ich wirklich nichts anderes als das? Ich hasste mich selbst für meine Gedanken, aber mir wurde klar, dass es das nicht für mich war. Ich fühlte mich wohl, ich war zufrieden, aber irgendwas fehlte mir, ich wusste nur beim besten Willen nicht was. Alex warf einen kleinen Stein hinunter in die Tiefe. Man konnte das Klacken hören, als er auf die Felsen auftraf, und ein ganz merkwürdiges Gefühl breitete sich in mir aus.

Ich richtete mich etwas auf und setzte mich im Schneidersitz hin, sodass ich Alex ins Gesicht schauen konnte. Er war mir auf eine ganz besondere Art vertraut geworden, ich kannte jeden Gesichtszug, jede Geste. Seine dunkelbraunen Haare, die leicht in sein Gesicht fielen, die grünen Augen, die trotz der frühen Stunde aufmerksam jedes Detail wahrnahmen. Seinen Mund, der selbst im Normalzustand immer ein wenig spöttisch aussah. Langsam zeichnete ich mit meinen Fingerspitzen seine Gesichtszüge nach, während er mir unentwegt in die Augen schaute.

»Du meintest mal, dass du die Welt hasst, wie kannst du dann in ihr glücklich sein?« Meine Stimme ähnelte mehr einem Hauchen, ich hatte keine Kraft mehr, wirklich laut zu sprechen.

»Ich hasse nicht die Welt, ich hasse nur die Menschen. Kein Mensch ist gut, er kann es auch gar nicht sein, das ist unmöglich. Wir sind machtgierig, egoistisch und ignorant, die Welt wäre um einiges besser dran ohne uns. Aber ich bin in meiner Machtgier, meinem Egoismus und meiner Ignoranz für den Moment glücklich. Weil Letzteres mich die ersten beiden Dinge vergessen lässt. Ich sage ja nicht, dass ich vollkommen glücklich bin, das wäre utopisch, aber in dieser Sekunde bin ich es.« Er machte eine kurze Pause und wischte sich etwas Staub von der Hose. »Jetzt musst du mir sagen, warum du nicht glücklich bist.«

»Bin ich es denn nicht?« Ich schluckte, mein Mund war unheimlich trocken.

»Du siehst nicht so aus, als wärst du es. Es ist, als hättest du vor irgendwas Angst.«

Ich schaute auf meine Hände und versuchte, die richtigen Worte zu finden. »Aus irgendeinem Grund machen mir schöne Momente immer Angst. Weil ich weiß, dass sie nicht ewig dauern, dass alles ein Ende hat. Und wenn der Moment dann vorbei ist, dann steht man noch viel schlechter da als vorher, weil man weiß, wie es sein kann, wie es mal war.«

Ein kühler Windstoß ließ ein paar Steinchen von dem Dach herunterrollen und ich schloss meine Augen vor dem aufgewirbelten Staub.

»Das soll dich jetzt nicht verunsichern, aber das ist genau das, was bei dir anders ist, wenn du drauf bist. Du veränderst dich nicht groß, das Einzige, was anders ist, ist, dass du den Moment genießt. Dass du nicht darüber nachdenkst, dass er vorbeigehen könnte, sondern einfach jede Sekunde auskostest. Wenn du es schaffst, das auf dein Leben zu übertragen, ich glaube, dann wäre endlich deine Angst weg.«

Für ein paar Sekunden verschwamm die Landschaft vor mir, ich sah alles wie durch einen Schleier. Vermutlich hatte er recht, das würde auch erklären, warum ich es so genoss, drauf zu sein, auch wenn ich teilweise nicht allzu große Veränderungen sah. Ich blinzelte in die inzwischen aufgegangene Sonne. Es war immer noch recht kühl, aber vielleicht nahm ich es auch einfach nur so wahr. Wir saßen noch einige Minuten da, bis Alex sich langsam erhob und mir die Hand hinhielt. »Wollen wir?«

Ich ließ mir von ihm hoch helfen. Meine Beine hielten kaum die Last meines Körpers aus, alle Gedanken kamen nur verzögert. Es war eine lange Nacht gewesen und ich hatte viel zu wenig Schlaf bekommen in letzter Zeit. Wir liefen zum Haus; das war zwar ein ganzes Stück, aber durchaus zu schaffen, wenn man nicht wie ich die ganze Zeit einknickte. Als wir endlich zu Hause waren, legten wir uns sofort hin und waren einige Sekunden später eingeschlafen.

KAPITEL 12

Die Quelle der Angst liegt in der Zukunft, und wer von der Zukunft befreit ist, hat nichts zu befürchten.

Milan Kundera

»Und wie geht es dir so?«, fragte meine Mutter. Sie hatte mich die letzten Tage bestimmt zwanzig Mal angerufen, aber ich hatte nicht einmal auf mein Handy geschaut.

»Ganz prima, es ist wunderschön hier«, lallte ich leicht.

Es war unser vierter Tag, 13 Uhr und mein sechster Absinth. Jules war bereits auf Koks und traf sich mit Jaromír, wir anderen wollten mal einen Tag ohne Drogen verbringen, also ohne richtige Drogen. Nachdem mir meine Mutter eine ungefähr fünfminütige Rede darüber gehalten hatte, wie verantwortungslos es sei, dass ich nie an mein Handy ging, hatte sie sich langsam wieder beruhigt. Sie schien inzwischen begriffen zu haben, dass sie nichts ausrichten konnte, wenn ich nicht das machte, was sie wollte. Was hatte sie schon noch für eine Wahl? Sie konnte mich ja schlecht unter den Arm klemmen und in den Keller sperren. Also spielte sie notgedrungen die Verständnisvolle.

»Du weißt, wenn irgendwas ist, musst du es nur sagen und wir kommen. Wir sind jetzt an der Ostsee, in dem Apartment wäre auch noch ein Bett für dich frei.«

»Danke, aber hier ist wirklich alles gut. Wir kochen viel, schauen uns Prag an. Wir sind sogar Tretboot gefahren.«

Das hatten wir tatsächlich am Abend zuvor gemacht, aber ich erzählte ihr lieber nicht, dass wir da ziemlich drauf gewesen waren und Jules sich für Poseidon gehalten hatte.

»Das klingt echt schön, es freut mich, dass du Spaß hast. Aber wie gesagt, wenn was ist …«

»Ja«, versuchte ich, so schnell wie möglich das Gespräch zu beenden, denn ich wollte noch was von dem Joint abhaben, den die anderen gerade herumgaben.

»Und melde dich mal«, fügte meine Mutter mit etwas Sorge in ihrer Stimme noch hinzu. So ganz geheuer schien es ihr doch nicht zu sein, dass ihre kleine Tochter mit vier ihr unbekannten Menschen in Prag war.

»Mach ich.«

Ich legte auf und setzte mich wieder zu den anderen. Helen gab mir den Joint und ich musterte sie etwas besorgt. Sie sah echt fertig aus, vor allem jetzt, wo sie ungeschminkt war. Ihre Wangenknochen traten hervor und ihr Blick war vollkommen leer. Das sonst so energiereiche Mädchen wirkte wie eine wandelnde Leiche. Doch als ich herumschaute fiel mir auf, dass die anderen auch nicht besser aussahen, mich wahrscheinlich eingeschlossen.

Wir hatten seit einer Ewigkeit mal wieder gekocht, und jeder zwang sich, wenigstens ein bisschen was von den Spaghetti zu essen, nur Kevin schien wirklich Appetit zu haben. Wir redeten alle nicht, es herrschte eine angespannte Atmosphäre, und ich hatte Angst, dass ich, wenn ich ein Wort sagen würde, der Auslöser dafür sein würde, dass alle explodierten. Wir wussten nicht, was wir mit dem Tag anstellen sollten, was ein wenig traurig war, da es bestimmt tausend Dinge gab, die ich in Prag noch nicht gesehen hatte. Doch immer, wenn jemand was vorgeschlagen hatte, Sightseeing, Schwimmen oder einen Spaziergang, waren sofort alle dagegen gewesen. Wir waren so furchtbar lustlos, dass selbst das Spaghettikochen uns schon große Überwindung gekostet hatte.

Kevin kippte erneut vier Gläser mit Absinth voll und ich zündete den Zuckerwürfel auf meinem Löffel an. Fasziniert beobachtete ich die Flamme, bevor ich sie mitsamt dem Würfel in meinen Absinth fallen ließ. Jeder trank für sich alleine, wir hatten schon lange aufgehört anzustoßen.

»Sonst lasst doch heute den Tag über hierbleiben und heute Abend gehen wir dann noch in eine Bar und schauen uns wirklich mal Prag bei Nacht an«, schlug ich vor.

Auch wenn sich die Begeisterung der anderen in Grenzen hielt, hatten sie auch keinen besseren Vorschlag und so blieben wir erst mal noch beim Trinken. Der Alkohol schlug ziemlich schnell an und wir wurden etwas lebendiger, Alex und Kevin gingen sogar raus, um Federball zu spielen. Ich legte mich aufs Sofa und träumte ein wenig vor mich hin. Ich wollte gerade nach oben ins Schlafzimmer gehen, als ich lautes Schluchzen aus dem Badezimmer hörte. Verwundert öffnete ich die unverschlossene Tür und sah Helen am Boden kauern, den Kopf auf den Knien. Sie weinte so bitterlich, dass sie mich überhaupt nicht bemerkt hatte, und ich überlegte, ob ich umkehren sollte, bevor sie mich sah. Doch ich entschied mich dagegen und ließ mich neben ihr nieder. Vorsichtig berührte ich sie an der Schulter und sie zuckte zusammen. Mit verquollenen Augen blickte sie auf und fuhr sich sofort mit ihrem Pullover über das verweinte Gesicht.

»Was ist los?«, fragte ich sie leise, und sie versuchte, sich zu sammeln, was ihr nicht so richtig gelang. Nach ein paar Sekunden begann sie, mit gebrochener Stimme zu sprechen. »Keine Ahnung, es ist einfach gerade alles scheiße. Mein ganzes Leben zerbricht, und ich weiß einfach nicht, was ich dagegen tun soll.«

Überrascht über ihre Worte, wusste ich erst mal nicht, was ich darauf erwidern sollte. Ich hatte immer gedacht, dass Helen mit dem zufrieden war, was sie hatte, dass sie auf ihre Art glücklich war. Ja, vielleicht etwas zu viele Drogen, und sie hatte auch ganz sicher kein perfektes Leben, aber es hatte immer den Anschein gehabt, dass sie es so wollte, dass sie gar nichts anderes brauchte.

»Was ist genau passiert?«, fragte ich sie, schließlich musste ich ja irgendwas sagen. Auch wenn wir uns noch nicht sonderlich gut kannten, so gehörte sie doch irgendwie zu meinen Freunden.

»Einfach alles. Ich habe mein Abi abgebrochen und arbeite in einer Bar, in der Minderjährige eigentlich gar nicht arbeiten dürfen. Was soll denn aus mir werden? Ich habe überhaupt keine Zukunft.«

Ich hätte Helen vieles zugetraut, aber dass sie solche Gedanken hatte, dass sie der Schulabbruch so fertig machte, hätte ich beim besten Willen nicht gedacht.

»Du schaffst das schon. Du kannst doch auch wieder zur Schule gehen und wiederholen, wenn du das willst. Mit siebzehn hast du doch noch Zeit, dich zu verändern.«

»Nein.« Sie schluchzte wieder und ich streichelte ihr unbeholfen über den Rücken. »Ich habe mir alles kaputt gemacht, und jetzt auch noch das mit Jules. Irgendwie hatte ich gehofft …«

Ich reichte ihr etwas Klopapier und sie putzte sich die Nase.

»Keine Ahnung, es war dumm, zu denken, dass er anders reagieren würde.«

Ich hatte keinen Schimmer, wovon sie redete, aber ich vermutete, dass sie etwas von ihm wollte und sie sich jetzt gestritten hatten. Das würde auch erklären, warum Jules so plötzlich aufgebrochen war, um sich alleine mit Jaromír zu treffen.

»Was ist denn genau passiert?«

»Ich …« Sie holte tief Luft, nur um dann doch nichts zu sagen. Ich hielt sie im Arm und versuchte hilflos, sie zu beruhigen. Nach mehreren Anläufen brachte sie endlich einen Satz zustande. Sie redete so schnell und vernuschelt, dass ich Mühe hatte, ihn zu verstehen, und ihn erst Sekunden später begriff. »Ich bin schwanger.«

Ich hatte wirklich mit allem gerechnet, aber das warf mich vollkommen aus der Bahn. Helen schwanger? Die Helen, die ich nicht einmal wirklich nüchtern, ohne den Einfluss irgendeiner Droge, erlebt hatte? Die, die in den letzten Tagen ein Pulver nach dem anderen durch ihre Nase gezogen hatte, würde Mutter werden?

»Ich habe erst gestern den Test gemacht und es heute Jules gesagt. Und jetzt ist er weg.«

In meinem Gehirn kämpften meine Gedanken miteinander darum, welchem ich zuerst Aufmerksamkeit schenken sollte.

»Also ist Jules der Vater? Ich wusste gar nicht, dass ihr beide was miteinander habt.«

Helen schluchzte nur noch mehr und ich biss mir auf die Zunge. Ich war heillos überfordert mit der Situation.

»Weißt du, was du jetzt machen wirst?« Helens verweintes Gesicht verschwamm vor meinen Augen. Hätte ich mal lieber nicht so viel getrunken.

»Ich will abtreiben, wenn wir wieder in Berlin sind. Jules hat dazu nicht so viel gesagt, ich will eigentlich noch mal mit ihm reden.«

Ich nickte. Helen sah wieder erstaunlich gefasst aus, es schien ihr zu helfen, dass sie es mir erzählt hatte. Auf einmal wurde die Tür aufgerissen und das verschwitzte Gesicht Kevins erschien. Er hechtete zur Toilette, beugte sich vornüber und übergab sich. Überrascht sprangen Helen und ich auf. Das war wohl der unpassendste Zeitpunkt, den Kevin hätte wählen können. Er spülte seinen Mund aus und grinste uns an. »Wir wollen gleich los, kommt ihr mit?«

Helen richtete sich auf und lächelte. »Klar, ich mach mich nur eben fertig.«

Ich stimmte auch zu und wir flohen alle aus dem Badezimmer. Besorgt sah ich Helen immer wieder an, aber sie schien nicht zu wollen, dass die anderen erfuhren, was sie mir gesagt hatte, und so schwieg auch ich.

Es war schon 20 Uhr, als wir dann endlich losgingen. Meine Motivation hatte den Tiefpunkt erreicht, da erstens langsam die Wirkung des Alkohols nachließ, ich zweitens ziemlich fertig war und ich drittens nicht wusste, wie ich mit dem gerade Erfahrenen umgehen sollte. Es schien also alles in allem kein sonderlich guter Abend zu werden. Wir hatten Jules angerufen, ob er mitkommen wollte, und er holte uns mit dem verdreckten Škoda ab. Ich fand es immer noch keine gute Idee, dass Jules fuhr, da mir sein Drogenkonsum bedenklich erschien, aber da ich auch keine andere Idee hatte, wie wir von einem Ort zum anderen kommen sollten, beschwerte ich mich nicht. Jules war erstaunlich gut gelaunt, er tat so, als ob er den schönsten Tag gehabt hatte, und vorsichtig schaute ich zu Helen hinüber, der man aber auch nichts ansah, wenn man es nicht wusste.

»Und ihr habt immer noch nichts genommen?«, fragte Jules ungläubig, so als ob das eine unglaubliche Herausforderung wäre und er uns das nicht zutrauen würde. Kevin schüttelte den Kopf.

»Nur getrunken.«

Nach ein paar Minuten hielt Jules auf einmal unvermittelt vor einem kleinen Haus, das sehr heruntergekommen aussah. Er schaute nach hinten zu mir und blickte mir direkt in die Augen.

»Komm mal kurz mit.«

Verwundert stand ich auf und stieg zusammen mit ihm aus. Wir steuerten auf das kleine Haus zu. Jules schien es nicht für nötig zu halten, mir irgendeine Erklärung zu geben. Er klopfte energisch an die Tür und ein etwas kleinerer, aber sehr muskulöser Mann trat heraus. Jules gab ihm die Hand.

»I'm a friend of Jaromír.«

Der Mann musterte ihn misstrauisch, schaute dann auf mich und ließ uns schließlich rein. Am Tisch saßen drei weitere Männer und spielten Karten, der Fernseher lief im Hintergrund; irgendein Fußballspiel wurde gezeigt. Warum waren wir hier? Die Kulisse wirkte wie in einem Gangsterfilm, wo die Bösen immer Karten spielen, Bier und Whiskey trinken. Der Mann gab Jules zu verstehen, dass er mitkommen sollte, und sie gingen in ein Hinterzimmer. Etwas hilflos stand ich nun alleine in dem kleinen Raum mit den drei Tschechen und wusste nicht, was ich tun sollte. Die Luft war so schwer vom Rauch, dass man schon vom Einatmen high wurde. Einer der Tschechen drehte sich zu mir um und grinste mich mit gelben Zähnen an. Er sagte irgendwas auf Tschechisch, was ich nicht verstehen konnte.

»I'm sorry, I can't speak Czech.«

Die drei lachten schallend und ich trat nervös von einem Fuß auf den anderen. Sie redeten weiter auf mich ein, es schien sie überhaupt nicht zu stören, dass ich sie nicht verstehen konnte, eher im Gegenteil. Der eine hielt mir einen Joint hin, den ich dankend ablehnte, was er aber nicht zuließ. Also nahm ich ein paar Züge und musste zugeben, dass das Gras verdammt gut war. Der, der mir den Joint gegeben hatte, nahm eine Strähne meines Haares zwischen die Finger.

»Du bist wunderschön«, meinte er in gebrochenem Deutsch und mein Herz fing vor Angst an zu rasen. Er erinnerte mich irgendwie an den Mann vom Bahngleis, der, dem ich nur um Haaresbreite entkommen war. Die Männer amüsiertem sich über meine Angst, aber ich war wie gelähmt. Die Bilder des Abends, an dem der Mann mich bedrängt hatte, tauchten wieder vor meinen Augen auf. Ich spürte, wie der Tscheche mir über meine Wangen strich, und hörte die anderen weiterhin lachen. Mein Atem ging nur noch stoßweise und ich hatte mich komplett verkrampft. Ich wollte hier so schnell wie möglich raus. Jules kam wieder in den Raum und verabschiedete sich. Schnell sprang ich vom Stuhl auf und eilte durch die Tür. Erst als ich die Tür zuschlagen hörte, blieb ich stehen. »Was war das?«, schrie ich Jules an, der mich verwundert anschaute.

Ich blieb stehen, ich wollte eine Erklärung von ihm, bevor wir wieder zu den anderen ins Auto stiegen. Ich zitterte am ganzen Körper.

»Ich habe nur unseren Vorrat aufgebessert, wir haben schließlich noch zwei Tage und hier ist vieles billiger. Ich holte aus und schlug ihn. Ich war einfach mit meinen Nerven am Ende. Ich hatte keine Kraft mehr, meine Beine drohten nachzugeben. Fluchend hielt sich Jules die Wange.

»Bist du irre?« Nun schrie auch er.

»Warum hast du mich da mitgenommen? Hättest du nicht alleine gehen können?«

Jules stapfte weiter zum Auto und ich folgte ihm. »Nein, hätte ich nicht. Jaromír meinte, dass es besser sei, wenn ich ein Mädchen mitnehme, weil Vojtěch mir dann eher was verkauft.«

»Na dann ist ja alles okay, wenn du sonst nicht deine Drogen bekommst, dann kannst du mich ja auch ruhig vergewaltigen lassen.«

Meine innere Stimme flüsterte mir zu, dass es langsam reichte, aber leider wollte mein Mund nicht auf sie hören. »Weißt du was? Ich kann dich echt nur bemitleiden, du hast wirklich nichts anderes mehr im Kopf als Drogen. Wenn du so weitermachst, dann stehst du am Ende alleine da. Alles hat seine Konsequenzen und man kann nicht einfach vor seinen Problemen davonrennen.«

Jetzt kapierte auch Jules, dass es um mehr ging als seine Drogengier. »Helen hat es dir erzählt?« Seine Stimme war jetzt deutlich leiser.

Ich nickte nur.

Wir standen schon vor dem Auto. Ich drehte mich noch einmal um, bevor ich einstieg. »Pass einfach nur auf, Jules, dass du nicht das verlierst, was du liebst.« Ich wusste auch nicht ganz genau, ob das die richtigen Worte waren, aber wie so oft hatte ich schneller gesprochen als nachgedacht.

Ich quetschte mich wieder zu Alex und Kevin auf die Rückbank und auch Jules stieg ein.

»Alles okay?«, fragte Alex mich besorgt. Die Szene, die sich vor dem Auto abgespielt hatte, musste etwas verstörend ausgesehen haben.

»Klar.« Ich lächelte und gab ihm einen flüchtigen Kuss, es hatte erstaunlich gutgetan, meine ganze Wut herauszulassen und Jules die Meinung zu sagen. Nur doof, dass meine Hand jetzt wehtat.

»Warum hat denn das so lange gedauert?«, nörgelte Kevin.

Jules drehte sich um und holte ein riesiges Baggy aus seiner Jacke. Er warf es uns nach hinten zu.

»Darum.«

Kevin begutachtete den Stoff mit glänzenden Augen. »Krass, wie viel ist das?«

»Genug.«

Kevin nahm ein kleineres Baggy heraus. »Darf ich?«

»Nur zu, ist schließlich das Geld von uns allen.«

Wir hatten anfangs zusammengelegt, damit jeder ungefähr das Gleiche zahlen würde. Wir hatten jedoch eigentlich auch vorgehabt, das Geld, das am Ende des Urlaubs übrig sein würde, wieder untereinander aufzuteilen. Doch wenn ich mir den Berg an Drogen so ansah, schätzte ich mal, dass das nicht sonderlich viel sein würde.

Wir zogen noch alle Koks im Auto, bevor wir uns in eine Bar setzten. Das war es also dann auch wieder mit dem drogenfreien Tag. Nach einiger Zeit wurde uns die Bar irgendwie unheimlich. Ich hatte das Gefühl, dass alle Menschen uns anstarrten, und wurde richtig paranoid, außerdem wollten wir uns bewegen. Also gingen wir wieder raus. Nachdem wir einen kurzen Abstecher in einen Club nahe der Karlsbrücke gemacht hatten, setzten wir uns an die Moldau. Helen tanzte ganz alleine in der Nacht, sie sah aus, als wäre sie in ihrem eigenen Paralleluniversum. In einer Welt, wo sie die zehnte Klasse bestanden hatte, nicht schwanger war und alles in ihrem Leben hinbekam. Es erschien mir falsch, dass sie was genommen hatte, obwohl sie schwanger war, aber als ich sie darauf angesprochen hatte, hatte sie nur gemeint: »Stirbt doch eh.« Nichts deutete mehr auf die verletzliche Helen hin, doch es fiel mir schwer, ihrer Mir-ist-alles-egal-Masche zu glauben.

Alex hatte mir eine Wasserflasche gekauft, aus der ich artig trank, auch wenn ich keinen Durst verspürte. Ich war auf der Tanzfläche mehrmals umgekippt, mein Kreislauf schien das alles nicht mehr so mitzumachen. Es war die erste Pause, die wir an diesem Abend machten, ohne erneut nachzuziehen. Die Uhr zeigte an, dass es bereits zwei war.

»Lasst mal zu dem Club gehen, der mit dem roten Licht draußen.«

Ich hatte keine Ahnung, welchen sie meinte, aber die anderen schienen sie zu verstehen oder taten zumindest so. Jules und Kevin stimmten zu, doch Alex schüttelte den Kopf. »Geht ihr ruhig, Ella und ich gehen schon nach Hause.«

Überrascht schaute ich ihn an und wollte schon protestieren, als mir klar wurde, dass das wahrscheinlich das Beste wäre. Jules gab mir ein Baggy und ich steckte es in meine Hosentasche. Er gab auch Alex irgendwas, wenn ich auch nicht erkennen konnte was, und außerdem den Autoschlüssel.

»Nimm du es mal lieber, ich schaffe das nachher nicht mehr.«

Alex nickte und steckte den Schlüssel ein.

»Tschüss, ihr Luschen, ich hoffe, ihr verreckt im Bett«, verabschiedete sich Kevin grinsend von uns.

Alex lachte und wir machten uns auf den Weg zum Auto.

»Du kannst doch gar nicht fahren«, meinte ich, als er es aufschloss.

»Doch, schon ein bisschen. Ich habe es letztes Jahr ein paarmal mit Jules ausprobiert.«

Ich zuckte mit den Schultern und stieg ein. Ob ich jetzt starb oder in sechzig Jahren, machte auch keinen Unterschied. Nach ein paar Anläufen schaffte es Alex endlich, den Motor zu starten. Ich war zu fertig, als dass ich mir wirklich hätte Sorgen machen können. Ich hatte in den letzten Wochen tatsächlich ziemlich oft mein Leben aufs Spiel gesetzt, aber nie so eindeutig. Es war einfach absoluter Wahnsinn. Alex fuhr nicht schlecht, aber er war immer noch ein wenig auf Koks und fuhr viel zu schnell. Wir kannten den Weg nur so ungefähr und brauchten bestimmt dreimal so lange, als wenn Jules gefahren wäre. Ich schaute die ganze Zeit nur aus dem Fenster, ich war komplett in mich selbst versunken. Irgendwann würde es schon vorbei sein, auf die ein oder andere Weise. Als Alex anhielt, konnte ich es zunächst nicht fassen, dass wir die Fahrt überlebt hatten. Er grinste, aber man konnte ihm deutlich ansehen, dass auch er nicht daran geglaubt hatte.

»Ich würde sagen, wir haben es geschafft.«

Er hielt mir die Tür auf und wir liefen ins verlassene Haus. Mir war gar nicht aufgefallen, in welchem Chaos wir es zurückgelassen hatten, überall standen leere Flaschen und volle Aschenbecher. Wir zogen noch eine Line Koks, weil wir müde waren, aber eigentlich noch was machen wollten. Und dann wurde alles ziemlich verrückt.

Wir hatten keinen Horrortrip, aber wir hatten einen Zustand erreicht, in dem wir nicht mehr zwischen Realität und Illusion unterscheiden konnten. Wir saßen im Garten und redeten miteinander, aber das so schnell, dass wir den anderen nicht verstehen konnten. Wie am Rande bemerkte ich, dass die anderen zurückgekommen waren, Jules und Kevin schlugen sich, ich weiß nicht mehr, ob aus Spaß oder ernsthaft. Mit meiner ganzen Kraft krallte ich meine Finger in Alex' Arm. »Lass uns zur Kaserne gehen.« Ich hielt meinen Vorschlag für unheimlich klug, ich grinste wie ein Kind an Weihnachten.

»Ja.« Alex verzog sein Gesicht zu einer halben Grimasse, er schien keine Kontrolle mehr über seine Gesichtszüge zu haben. Die anderen wollten auch mit und wir liefen los, nur Kevin blieb zu Hause. Alex und ich gingen vorneweg, Helen und Jules in einigem Abstand hinterher. Wir mussten wohl ziemlich schnell gelaufen sein, denn keine zehn Minuten später waren wir an der Kaserne, also zumindest Alex und ich. Ich hüpfte über die Steine und fühlte mich so frei und losgelöst. In mir sprudelte die Energie, ich wollte laufen, rennen, die ganze Welt entdecken. Ich sprintete zu Alex und küsste ihn stürmisch. Er stolperte etwas, erwiderte dann aber meine Leidenschaft. Ich lächelte Alex an und spürte so viel Zufriedenheit in mir, womit hatte ich nur so viel Glück verdient? Alex zog seine Jacke aus und legte sie mir um die Schultern. Dabei fiel ihm eine kleine Tüte heraus und ich hob sie auf. In ihr waren zwei kleine gelbe Pillen, in die ein merkwürdiges Muster eingeritzt war.

»Ecstasy?«, fragte ich neugierig und musterte fasziniert den Inhalt des Baggys.

»Nein, das sind die Pillen, von denen Jules erzählt hat. Er hatte Angst, dass er sie heute nehmen würde, und wollte, dass ich sie aufbewahre.«

»Wie klug von ihm«, meinte ich nicht ohne Stolz. Wo war er überhaupt? Jules und Helen mussten sich verlaufen haben, anders konnte ich mir nicht erklären, warum sie noch nicht da waren. Ich leckte mir über meine trockenen Lippen, aber meine Zunge war zu rau, als dass es was gebracht hätte. Irgendwas zog mich zu den gelben Pillen, ich wollte sie ausprobieren, wissen, ob sie tatsächlich so krass waren. Aber vor allem reizte mich die Vorstellung, eine Droge vor Jules auszuprobieren.

»Wollen wir?«, Alex schien das Gleiche zu denken, denn die Worte kamen nicht von mir.

Er hielt das Baggy hoch und ich nickte grinsend.

»Ja, warum nicht.«

Jeder nahm sich eine halbe, wir hatten weder Ahnung von der Dosierung noch von den Wirkstoffen. Das Koks war noch lange nicht aus unserem Blutkreislauf und wir waren mitten im Nirgendwo. Das alles war mir durchaus bewusst, aber ich sah daran nichts Negatives oder Gefährliches. Es war einfach nur eine schöne Nacht und ich wollte jede Sekunde genießen. Also schmiss ich die gelbe Tablette.

Wir saßen recht dicht am Wasser und uns war kalt. Was auch immer die Pille für eine Wirkung haben sollte, sie zeigte sich nicht. Da wir weder eine Uhr noch ein Handy mithatten, vermuteten wir, dass bestimmt schon eine halbe Stunde um war, und ungeduldig schmissen wir die andere Hälfte. Nach einigen Minuten sprang ich auf und zog Alex hoch.

»Ich möchte wieder auf die Kaserne«, erklärte ich ihm und zog ihn hinter mir her.

Dabei hüpfte ich mit einer Leichtigkeit über die Steine, die ich mir selbst nicht zugetraut hätte. Wir gingen die breiten Steintreppen hoch und kleine Steinchen fielen herunter. Das leise Klacken klang wie Harfenspiel. Verzückt lauschte ich dem Klang. Auf einmal bewegten sich die Stufen. Sie nahmen andere Formen an und versuchten, mich abzuwerfen wie ein bockiges Pferd. Ich wollte mich an der Wand festhalten, doch auch sie begann, sich zu bewegen. Wie in Zeitlupe stolperte ich weiter und erklomm die letzten Stufen auf allen vieren. Oben angekommen, atmete ich tief durch. Die Nacht war so wunderschön, dass ich fast anfing zu weinen. Ich betrachtete die Moldau, wie sie sich langsam durch die Landschaft schlängelte, die Stelle, wo wir gerade noch gesessen hatten.

Wie in Trance ging ich ein paar Schritte weiter, ich konnte meinen Blick einfach nicht von der atemberaubenden Szene lassen. Langsam verschwammen die Wassermassen vor meinen Augen. Die Moldau nahm immer mehr Farben an, sie flackerten auf wie helle Lichter. Es sah so aus, als ob sie von einer unsichtbaren Kraft angezogen würden, und es bildete sich ein alles verschlingender Farbstrudel.

Gelb, rot, blau, türkis, lila – alles wurde von dem Strom erfasst. Ein sanfter Luftzug kitzelte meinen Nacken, und es fühlte sich an wie ein Kuss des Himmels. Schwerelos blickte ich in die Tiefe. Ich war fasziniert von der Schönheit der Landschaft. Ich hätte für immer hierbleiben mögen. Hier auf dem Dach einer heruntergekommenen Kaserne in Prag. Ich brauchte nicht mehr, ich wollte nicht mehr. Leise flüsterte ich dem Wind zu, dass er die Zeit anhalten solle, doch er schien mich nicht zu verstehen.

Wie hypnotisiert blickte ich auf den Himmel, die Bäume und den Fluss, die von hellen Farbsprenkeln bedeckt waren. Es war, als ob ein Gemälde Monets zu Leben erwacht wäre, allein um mir seine unendliche Schönheit zu beweisen.

Ich fühlte mich so sorglos. Wie hätte auch etwas Schlimmes in einer so wunderschönen Welt geschehen können?

Von irgendwoher kam ein Lichtstrahl und leuchtete in die unendliche Tiefe der Nacht. Er tastete sich durch die Dunkelheit wie ein Raubtier auf Beutezug. Meine Sinne waren aufs Äußerste geschärft, in diesem Moment hätte ich es mit jedem aufnehmen können. Ich war unbesiegbar, stark und schnell zugleich, mit den Reflexen einer Raubkatze. Ich hörte jeden Grashalm, jedes Blatt, jeden Wassertropfen. Ja, ich konnte sogar den Atem meiner Freunde hören, obwohl ich sie schon vor langer Zeit verloren hatte. Aber das war nicht wichtig, letztendlich war alles egal. Ich hatte mich und meine Farben. Ich war glücklich.

Lachend ließ ich meinen Kopf in den Nacken fallen und nahm dabei jedes kleine Detail wahr. Das Lachen klang unnatürlich laut in der Stille der Nacht, doch ich hatte das Gefühl, dass alles mit mir lachte.

Ich blickte auf den einzigen Stern, der am Himmel zu erkennen war, und schickte ihm all meine Gedanken. Wie musste es wohl als Stern sein? Plötzlich tat er mir unglaublich leid, wie er da so einsam in der Nacht funkelte. Ich wollte zu ihm, ihm sagen, dass er nicht alleine war. Mit einer fließenden Bewegung sprang ich auf und stellte mich an den Rand des Daches.

Dann breitete ich meine Arme aus und schrie.

Alex war zu mir herangetreten und umschlang meine Hüfte. Er küsste mich auf den Hals und ich drehte mich überrascht um. Er war nicht mehr Alex, er war eine Schattengestalt, sein Platz war in der Nacht. Steine. Auf dem Boden lagen Steine. Alex' Hand auf meiner Wange.

»Ich liebe dich.«

Schöne Worte, doch ich erwiderte sie nicht. Weil ich die Wahrheit nicht kannte, weil ich es nur sagen wollte, wenn ich sicher war. Ich nahm seine Hand und fuhr die Linien nach. Er starrte verstört auf meine Bewegung. Wir standen bestimmt zehn Minuten so da.

»Wieso nur?«, rief Alex auf einmal. Er hatte einen Stein in der Hand und drückte ihn so sehr, dass Blut aus seiner Handfläche floss.

»Weil es so ist.« Ich wusste nicht, worüber wir redeten, aber es würde schon irgendeinen Sinn ergeben. Ich versuchte, Alex den Stein aus der Hand zu nehmen, doch ich spürte meine eigene nicht mehr. Wo war meine Hand?

»Stell dir mal vor, das hier wäre für immer. Kein Beruf, der uns zerstört, keine Gesellschaft, die uns einengt, keine Zukunft.«

»Das wäre schön.«

Ich lauschte fasziniert seinen Worten. Sie trafen mich bis tief in die Seele, ich empfand sie als schrecklich wahr.

»Ich will nichts von der Zukunft erleben, ich lebe schon alles, was ich leben will. Warum kann das nicht alles sein?« Er redete nicht zu mir, sondern mit sich selbst. Er hatte sich von mir abgewandt und blickte auf die Moldau.

Meine zuvor rasenden Gedanken stoppten mit einem Mal. Ich hörte nur noch ein Rauschen. Alex schien mir so weit weg, ich wollte, dass er mich anschaute, wieder zu mir fand, doch er war wie in Trance. Er trat noch näher an den Rand des Daches und schaute in den Abgrund.

»Alex«, rief ich in die Nacht, »komm, setz dich zu mir!« Meine Stimme war klar und deutlich zu verstehen, aber er hörte mich nicht.

Ich spürte, dass irgendwas in Alex vorging, doch ich war viel zu sehr mit meinem eigenen Trip beschäftigt, sodass es mir schwerfiel, mich auf ihn zu konzentrieren. Grüne Blitze zerteilten den Himmel und erleuchteten die Kaserne. Ameisen fielen herunter und versuchten zu fliehen. Weg von dem Dach der Kaserne. Plötzlich wackelte das Gebäude, wahrscheinlich die Ameisen, dachte ich und krallte mich in dem Staub fest. Alex drehte sich um, sein Gesicht wirkte fremd und verzerrt.

»Wir sind an unseren Körper gebunden. Solange er lebt, können wir nicht frei sein«, flüsterte er verzweifelt, so, als wenn ihn gerade die Erkenntnis getroffen hätte.

Warum redete er so? Wo war er gerade? Das Gebäude wackelte schon wieder, ich bekam panische Angst. Was war das hier? Der Staub verfing sich in meinen Wimpern und ich blinzelte, um wieder klar sehen zu können.

»Ich muss hier raus.« Der Wind trug Alex' leise geflüsterten Worte zu mir. Er blickte in meine Richtung, öffnete den Mund und schloss ihn dann wieder. In seinem Blick lag so viel Verzweiflung und Angst, dass ich ihn in den Arm nehmen und ihm sagen wollte, dass alles gut werden würde. Wir würden das schon irgendwie schaffen.

Plötzlich beugte sich sein Körper nach hinten, weg von mir, weg von der Kaserne, hin zum Abgrund. Er blickte mich immer noch an, doch er war schon im Fallen. Ich sah alles tausendfach langsamer. Ich sah, wie seine Miene sich von Entschlossenheit zu Angst zu Panik veränderte. Wie seine Augen ganz groß wurden, ehe er sie resigniert schloss. Er wollte seinen eigenen Fall aufhalten, doch es war wie mit einem Stein. Wenn man ihn einmal geworfen hatte, gab es kein Zurück. Ich schrie.

Ich hastete zum Abgrund, wollte ihn stoppen, wollte ihn retten, aber es war zu spät. Nur schemenhaft konnte ich in der Dunkelheit erkennen, wie sein Körper in den Abgrund fiel. Ich konnte nicht sehen, wie er auftraf, aber ich konnte es hören. Ich werde nie dieses Geräusch vergessen. Ein dumpfer Ton, ein endgültiger Ton. Und ein Knacken, ein Knacken, das so unerträglich laut war in der Stille. Dann war alles leise. Kein Grashalm bewegte sich, kein Vogel sang. Ich kauerte Millimeter von dem Abgrund entfernt und blickte hinunter. Ein pfeifendes Keuchen entfuhr mir. Langsam beugte ich mich noch weiter vor, doch es hatte sich nichts verändert. Immer noch alles schwarz. Die Natur interessiert es nicht, ob gerade die Welt für einen zusammenbricht, sie macht weiter wie zuvor, sie lässt sich nicht beirren.

Ich wollte um Hilfe schreien, ich wollte zu Alex eilen, aber ich kauerte nur am Rand des Daches. Hoffte zu verstehen, was da gerade geschehen war, hoffte darauf, dass der Trip endlich ein Ende hatte. Langsam bewegte ich mich auf dem Boden krauchend vorwärts, doch nach ein paar Metern brach ich zusammen. Ich schrie mich selbst an, ich solle jetzt endlich zu Alex, ich müsse ihn schließlich verarzten, und ich stolperte los. Meine Beine verfingen sich ineinander, jeder Stein war für mich eine Herausforderung, aber dafür hatte ich keine Zeit. Ich musste Alex retten. So schnell es ging, rannte ich um die Kaserne, dorthin, wo ich dachte, dass er aufgetroffen war. Aber da war kein Körper, da war nichts außer Stein. Ich suchte alles ab, rannte, schlug mir die Knie auf, und mit jeder Sekunde, mit der ich seinen Körper nicht fand, wuchs in mir die Hoffnung, dass das alles nur ein Horrortrip war. Doch dann sah ich ihn. Er lag wie eine Puppe zwischen zwei Felsen, zurückgelassen, weil niemand mehr mit ihr spielen wollte. Ich hastete zu ihm und zog ihn ein wenig hoch.

»Alex«, flüsterte ich, erfreut darüber, dass er endlich wieder bei mir war, »ich habe mir schon Sorgen gemacht.«

Er antwortete nicht. Sein Gesicht war voller Blut, er musste auf der Spitze aufgeschlagen sein, aber die Wunden sahen nicht sonderlich tief aus. Ich drehte seinen Kopf so zu mir, dass er mich ansehen musste. Besorgt schaute ich ihn an. Zwei leere, aufgerissene Augen starrten zurück. Erschrocken ließ ich seinen Kopf los, er sackte sofort nach hinten weg. Ich keuchte. Mein Körper krampfte sich zusammen. Langsam streckte ich meine eiskalte, zitternde Hand nach Alex' Hals aus. Kein Puls. Verzweifelt suchte ich weiter, nahm sein Handgelenk, fühlte sogar seinen Herzschlag. Nichts. Der Kopf kugelte herum, als würde kein Knochen ihn halten. Ich starrte auf den Leichnam. Nein, das war nicht Alex, das war nur eine Illusion, Alex war immer noch auf dem Dach. Obwohl, wahrscheinlich war er schon vorgegangen, ich musste ihn finden, ihm sagen, dass es mir gut ging. Nicht, dass er sich Sorgen machte. Der Körper dort, das war nur eine Puppe, nicht Alex, nur eine Puppe. Mit braunen Haaren und grünen Augen. Mit einem spöttischen Mund, der selbst jetzt noch zu lächeln schien. Eine Puppe.

Ich rannte. Rannte, so schnell ich konnte. Schatten verfolgten mich, sie wollten mich einholen, wollten mich töten. Alle meine Gedanken schrien nur eins: Alex. Ich musste ihn finden, musste ihn im Arm halten. Die Schatten würden mich nicht bekommen, nicht diese Nacht, ich war schneller. Weil ich ein Ziel hatte. Meine Füße verfingen sich in einer Wurzel, ich knallte hart mit dem Kopf auf den Boden. Ich sprang auf, rannte weiter. Der Weg schien nicht enden zu wollen, er war endlos und ich war verdammt dazu, ihm zu folgen. Ich stolperte wieder und diesmal blieb ich liegen. Keuchend versuchte ich, mich auf dem erdigen Boden abzustützen, doch ich hatte keine Kraft mehr. Mit zitternden Fingern strich ich mir meine Haare aus dem Gesicht. Sie waren voller Blut. Mein Magen zog sich zusammen und ich erbrach mich. Würgend stand ich auf und schleppte mich weiter. In der Ferne konnte ich erkennen, wie der Wald sich lichtete, und ich nahm meine letzten Kräfte zusammen.

Im Haus brannte noch dämmriges Licht. Ich ging durch die Terrassentür in die kleine Villa.

»Alex«, schrie ich. Ich wusste, dass ich keine Antwort bekommen würde, aber dennoch hoffte ich. »Alex«, meine Stimme zersplitterte die Stille, die in den Räumen herrschte. »Alex, bitte!«

»Was ist denn los?«, kam es vom Sofa, und für eine Sekunde machte mein Herz einen Hüpfer. Alex!

Doch nicht Alex' Gestalt erhob sich vom Sofa, sondern Kevins.

»Ella, was ist denn los?«

Ich hörte nur ein Rauschen. Er war nicht hier, er war nirgendwo, ich hatte ihn verloren. Schwarze Punkte schränkten mein Sichtfeld ein. Inzwischen wusste ich, was das hieß, und ich war so froh darüber, dass die Schwärze mir meine Verzweiflung nahm. Kurz bevor ich mein Bewusstsein verlor, brachte ich noch ein Wort hervor: »Alex.«

*

Braun. Ich blickte auf eine braune Decke. Langsam drehte ich mich um und bemerkte, dass ich auf einem Sofa lag. Doch wo war ich? Alex. Irgendwas war mit Alex gewesen. Ich war mit ihm auf einer Kaserne, ein Stern war am Himmel gewesen. Es war irgendwas passiert, ich musste mit ihm reden, musste herausfinden, was passiert war. Ich richtete mich auf und wurde wieder vom Schwindel erfasst.

Genau in dem Moment, wo ich aufstehen wollte, sah ich plötzlich ein Bild vor Augen. Zwei leblose Augen und ein spöttischer Mund. Eine kalte Hand fasste mich am Handgelenk und drückte mich wieder ins weiche Kissen zurück. Ich hatte Alex getötet. Ich hatte ihn fallen lassen, hatte ihn zurückgelassen. Ich war der Grund gewesen, warum er die Tablette überhaupt genommen hatte, ich war an allem schuld. Hätte ich ihm auch gesagt, dass ich ihn liebte, hätte ich ihn in den Arm genommen, dann wäre er nicht gefallen, dann wäre er vielleicht nicht gesprungen.

Die kalte Hand strich mir über den Arm. Sie gehörte Helen, die auf mich einredete. Meine Augen zuckten hin und her. Ich musste zu Alex, ich musste ihn finden. Das war alles nur ein schrecklicher Alptraum, nichts war wahr.

»Wo ist er?«, schrie ich, um meine eigenen Gedanken zu übertönen.

»Jules und Kevin suchen ihn, sie sind zur Kaserne gefahren, da wart ihr doch, oder? Ist ihm irgendwas passiert?«

Ich antwortete nicht, hörte ihr noch nicht einmal richtig zu. Jules und Kevin würden ihn finden und nach Hause bringen, er würde über meine Sorgen lachen und mich küssen.

Er war nicht tot, er durfte nicht tot sein.

Jules und Kevin kamen tatsächlich nach ungefähr zwei Stunden wieder, allerdings ohne Alex. Ihr Blick genügte und ich fing an zu schreien.

»Wo ist er?«, schrie ich immer wieder, bis irgendwann meine Stimme versagte und ich keinen Ton mehr hervorbringen konnte. Ich wollte losrennen, wollte weg von hier, doch Helen hielt mich. Sie schaute mich an, als wäre ich irre.

Jules erklärte Helen alles im ruhigen Ton, er flüsterte, damit ich nicht mithören musste, doch ich vernahm jedes Wort. Er brauchte einige Anläufe, bis er die Worte zustande brachte, aber als er sprach, klang seine Stimme klar und irgendwie fremd.

»Alex ist von der Kaserne gefallen, genau auf die Steine, er muss sich dabei das Genick gebrochen haben. Wir waren gerade bei Jaromír, er hat für uns die Polizei alarmiert und meinte, dass er das alles für uns klären würde.«

»Das alles.« Das alles war Alex gewesen, und Jules sprach so über ihn, als wenn er irgendein Problem wäre, das aus der Welt geschafft werden musste.

Helen starrte Jules an, als wenn er sich einen Scherz mit ihr erlauben würde. Dann schien sie endlich zu begreifen, dass es sich um keinen handelte. Sie brach zusammen und heulte. Ich betrachtete sie stumm. Schaute sie an, wie sie eine kostbare Träne nach der anderen vergoss, wie sie bei Jules Halt suchte und wie ein kleines Kind in seinen Armen versank. Ich hatte niemanden. Langsam und mit weichen Knien stand ich auf und setzte mich auf die Terrasse. Die Luft war kühl, ein neuer Morgen hatte begonnen, die Grashalme bewegten sich, die Vögel sangen. Kevin setzte sich zu mir und sprach einige Zeit kein Wort.

»Es ist besser, wenn du nicht sagst, dass du bei ihm warst«, meinte er irgendwann. »Wir haben es mit Jaromír besprochen, und wir denken, dass es besser ist, wenn wir sagen, dass er alleine losgelaufen ist. Wir waren alle zusammen feiern, sind nach Hause gegangen und haben dann noch ein wenig Musik gehört. Irgendwann ist Jules dann aufgefallen, dass Alex nicht mehr da war, und wir sind ihn suchen gegangen. Wir haben ihn gemeinsam bei der Kaserne gefunden, nur Helen ist zu Hause geblieben, für den Fall, dass er wiederkommt. Dann wirst du nicht alleine verhört, wir werden das alle zusammen durchziehen. Ich –« Er brach mitten im Satz ab.

Ich hatte gar nicht bemerkt, dass er die ganze Zeit über geweint hatte. Er schlug mit der Hand auf den kalten Stein und es knackte. Er schien den Schmerz gar nicht zu spüren. Plötzlich sprang er auf und rannte los. Ich schaute ihm nach, doch meine Gedanken waren zu langsam, um irgendwas zu verstehen. Wie aus weiter Ferne hörte ich ein Klingeln.

*

Danach ging alles ganz schnell. Jaromír vermittelte, ein Tumult entstand, uns wurden ein paar Fragen gestellt. Man suchte Kevin, er wurde von ein paar Polizisten zurück ins Haus gebracht, er schien, als hätte er vollkommen den Verstand verloren. Seltsamerweise ließ man mich in Ruhe, die anderen mussten irgendwas gesagt haben, sodass man es für nicht passend hielt, mich zu belästigen. Unsere Eltern wurden angerufen, die Pässe gezeigt. Auf meinem Bein krabbelte eine Ameise. Ich zerquetschte sie. Zeit hatte auf einmal keine Bedeutung mehr für mich. Jemand legte mir eine Decke über die Schultern und stellte mir einen Kaffee hin. Ich rührte mich keinen Zentimeter. In mir waren so viele Fragen, doch ich würde auf keine je eine Antwort bekommen. Warum? Warum ausgerechnet Alex und nicht ich? Aber vor allem, und das war die zentrale Frage, die mich nicht mehr losließ: Hätte ich mit ihm springen sollen?

Irgendwann hörte ich noch einmal die Tür schlagen, ich vermutete, dass die meisten Polizisten gegangen waren. Mindestens einer blieb aber bei uns, denn ich konnte durch die Terrassentür hören, wie er Jules ein paar Fragen stellte. Es dauerte nicht lange, vielleicht vier Stunden, und Jules' Mutter traf ein. Ich hörte es an der Begrüßung, konnte mich aber nicht dazu überwinden, mich zu bewegen. Aus den Gesprächen, die die anderen führten, ging hervor, dass auch Alex' Eltern bereits in Prag waren. Sie waren auf dem Polizeirevier. Kevins Vater kam kurze Zeit später. Helens Eltern hatte man nicht erreicht, ohnehin waren sie in den USA und hätten deshalb eh nicht kommen können. Meine eigenen Eltern würden wahrscheinlich noch ein paar Stunden brauchen, schließlich kamen sie ja von der Ostsee. Das alles hatte ich durch die Glasfront mitbekommen, ohne mich auch nur ein Stückchen zu bewegen oder was zu sagen.

Ich wollte irgendwas machen, helfen, mich entschuldigen. Wollte sagen, wie leid mir das alles tat, dass ich ein furchtbarer Mensch war, aber ich wusste nicht mehr, wie ich mich ausdrücken konnte. Es war, als wenn alles zerstört worden war in der Nacht, als wenn Alex alle guten Eigenschaften mit sich genommen hatte. Mein

Mund war trocken und ich musste auf Toilette, aber ich ignorierte meine menschlichen Bedürfnisse. »Wir sind an unseren Körper gebunden, solange er lebt, können wir nicht frei sein.« Wie recht Alex doch gehabt hatte.

Ich spürte, wie eine Träne langsam meine Wange runterlief. Es war die erste, die ich um ihn weinte, auch wenn sie wahrscheinlich eher daher kam, dass ich seit Minuten nicht mehr geblinzelt hatte. Tief im Innern hatte ich immer noch nicht verstanden, dass er weg war, dass er in Französisch nie wieder neben mir sitzen würde, ich nie wieder seine Hand halten könnte, nie wieder seine Lippen auf den meinen spüren würde.

Ich bekam nicht so recht mit, was dann alles noch geschah. Irgendwann spürte ich eine kalte Hand auf meinem Rücken, jemand zog mich hoch und drückte mich. Ich ließ es mit mir geschehen und hing wie eine Puppe in den Armen der Frau. Etwas später realisierte ich, dass es meine Mutter war. Mein Vater redete noch mit dem Polizisten, dann kam auch er zu mir. Er nahm meine Hand in seine und drückte sie ganz fest. Meine Eltern kamen mir so fremd vor, ich erkannte sie kaum. Sie sahen besorgt, vor allem aber erleichtert aus, erleichtert darüber, dass ihre Tochter noch am Leben war. Wie es Alex' Eltern jetzt wohl gehen mochte.

Eva versuchte, mich zu trösten, redete und tätschelte mein Bein. Die Berührung war mir unangenehm, und fast hätte ich ihre Hand weggenommen, aber ich wollte sie nicht verletzen.

»Es müssen noch ein paar Sachen geregelt werden, bevor wir fahren können, deswegen müssen wir noch ein paar Tage in Prag bleiben, dann fahren wir zusammen nach Hause. Wir haben uns hier ein Hotelzimmer gemietet, du kommst natürlich mit uns«, erklärte mir meine Mutter.

Ich schüttelte kaum merklich den Kopf. Das Letzte, was ich in diesem Moment wollte, war, mit zwei Menschen zusammen zu sein, die sich nur Sorgen um mich machten und nicht die Trauer um Alex verstanden.

»Ella, komm schon. Wir wollen dich hier wirklich nicht alleine lassen.«

Erneut schüttelte ich den Kopf. Meine Eltern schauten sich besorgt an.

Nun setzte zum ersten Mal mein Vater zum Reden an. Er kniete sich zu mir herunter und sprach recht bestimmt: »Wir werden dich hier nicht alleine lassen, du wirst schon noch Gelegenheit haben, mit deinen Freunden zu sprechen, aber jetzt kommst du erst mal mit uns mit.«

Ich hatte keine Kraft zu widersprechen und so ließ ich mich von meinem Vater hochziehen.

»Wir lassen deine Sachen einfach noch hier, oder willst du, dass wir sie mitnehmen?«

Ich schüttelte den Kopf.

Mit vereinten Kräften verfrachteten meine Eltern mich ins Auto und meine Mutter setzte sich zu mir nach hinten. Ich schaute aus dem Fenster, sah, wie die Landschaft langsam an uns vorbeizog. Es war inzwischen sehr dunkel geworden, es musste kurz vor Mitternacht sein. Mir war schlecht und ich kotzte auf den Boden, meine Mutter sagte nichts, sondern tätschelte nur meine Hand. Irgendwann kamen wir am Hotel an. Meine Eltern checkten ein, ich folgte ihnen ins Zimmer und legte mich vollkommen angezogen ins Bett. Meine Eltern ließen mich in Ruhe, wofür ich ihnen sehr dankbar war.

»Ich muss hier raus.« Immer wieder fielen mir Wortfetzen ein, Bilder, die mich einfach nicht mehr losließen. Ich fühlte mich so unglaublich machtlos. In mir war nichts außer einer tiefen gähnenden Leere. Ich war nichts mehr, ich fühlte mich substanzlos. Seine kalten grünen Augen. Er hatte das nicht gewollt, oder? War es Selbstmord gewesen oder ein Unfall? Ich wollte zu ihm, ich hatte ihm doch noch so viel sagen wollen. Mein ganzer Körper zitterte, ich krümmte mich zusammen, doch die Magenschmerzen gingen nicht weg. Ich hatte das Gefühl zu verbrennen. Der Schweiß rann mir über den ganzen Körper, mir war übel, doch das Schlimmste waren meine Gedanken. Sie stachen mich immer und immer wieder, sie brüllten mich an, schrien durcheinander: Du bist schuld, du hast ihn getötet. Du hättest nur sagen müssen, dass du ihn auch liebst, und er würde noch leben. Du hättest an seiner Stelle sein sollen. Er ist weg, er wird nie wiederkommen, er ist tot. Ich hielt mir meine Ohren zu, aber die Stimmen gingen davon nicht weg. Meine Augen hielt ich weit aufgerissen, damit ich nicht wieder die Bilder von Alex sah, wie er tot auf den Steinen lag.

Es war dunkel im Raum, man konnte seine Hand nicht vor den Augen erkennen. Ich hörte ein leises Knacken. Mein Herz setzte für einen kurzen Moment aus.

»Alex?«, flüsterte ich in die Dunkelheit, doch niemand antwortete. Langsam begann mein Herz wieder zu schlagen. Ich legte mich auf die Seite und strampelte meine Bettdecke weg. Mir war so heiß. »Wir sind an unseren Körper gebunden, solange er lebt, können wir nicht frei sein.«

Ich rammte meine Fingernägel in den Arm, um den Schmerz, den meine Erinnerungen verursachten, zu verdrängen, doch ich spürte nicht mal etwas. Plötzlich hatte ich unheimlichen Durst, ich suchte nach einer Wasserflasche und kippte einen Liter gierig in meinen Rachen. Ich ging ins Bad und ließ mir kaltes Wasser übers Gesicht laufen.

Irgendwer schaltete das Licht an und ich schaute hoch. Mitten in den Spiegel. Ich hatte nichts mehr mit einem Lebenden gemeinsam. Abgesehen davon, dass ich blass war, die Knochen abstanden und tiefe Augenringe mein Gesicht zierten, war mein Ausdruck leer und angsteinflößend. Meine Pupillen waren riesig, sie starrten mich an, als wären sie kein Teil von mir.

»Ella, ist alles okay?« Meine Mutter stand im Türrahmen und betrachtete mich besorgt.

Meine Pupillen starrten mich weiterhin an. Nach einiger Zeit drehte ich mich zu meiner Mutter um und nickte.

Sie betrachtete mich bekümmert. »Oh Liebes, zieh doch deine Klamotten aus, die sind doch ganz dreckig.« Sie verschwand kurz und brachte mir ein Kleid von sich. »Komm, du duschst jetzt erst mal und dann ziehst du dir was Sauberes an.«

Ich nickte.

»Soll ich drinnen bleiben?«, fragte sie mich besorgt, als ich keine weitere Reaktion zeigte.

Ich schüttelte den Kopf.

Sie verschwand und schloss leise die Tür hinter sich. Für ein paar Minuten stand ich einfach nur da. Dann zog ich mich langsam aus. Meine Klamotten waren voller Blut und Erde. So schnell ich konnte, schmiss ich sie in die Ecke. Ich betrachtete meinen Körper, der mit Schrammen und blauen Flecken übersät war. Vorsichtig stieg ich in die Dusche und drehte den Wasserhahn voll auf. Eiskaltes Wasser lief meinen Körper herunter und verschwand wieder im Abfluss. Die plötzliche Kälte verdrängte alle meine Gedanken und froh über die kurze Pause schloss ich die Augen. Ich begann, mich einzuseifen, versuchte, mir den Tag vom Körper zu waschen, das ganze Blut. Mein Körper gewöhnte sich langsam an das kalte Wasser und ich drehte den Temperaturregulator in die entgegengesetzte Richtung. Meine Haut wurde feuerrot, doch ich spürte die Hitze nicht wirklich. Nach ein paar Minuten wiederholte ich den Vorgang. Ich stand bestimmt zwei Stunden unter der Dusche, bis ich den Wasserhahn ausschaltete und aus der Kabine trat. Ich trocknete mich flüchtig ab und warf mir das Kleid über. Als ich wieder ins Bett gehen wollte, saß da schon meine Mutter.

»Soll ich mich zu dir legen?«, fragte sie leise und ich nickte.

Langsam ließ ich mich neben ihr nieder. Ich starrte an die Decke, auch wenn ich sie in der Dunkelheit nicht sehen konnte, und wartete darauf, dass das alles vorbeiging.

*

Es waren die längsten Tage meines Lebens, es gab keine Sekunde, keine Situation, in der ich nicht an Alex dachte. Alles erinnerte mich an ihn, und mochte es auch nur eine Kleinigkeit wie das Rauchen sein. In Gedanken ging ich immer wieder den Abend durch, strafte mich für jeden Fehler, den ich begangen hatte. Dass ich schuld an vielem war, war mir mit jeder Faser meines Körpers bewusst. Ich hatte zur Kaserne gehen wollen, ich hatte zugestimmt, die Pillen zu nehmen, obwohl wir nicht einmal gewusst hatten, was drin war. Vor allem aber gab ich mir die Schuld dafür, dass ich ihm nicht auch gesagt hatte, dass ich ihn liebte.

Ich rauchte in diesen Tagen unglaublich viel, vor allem, damit ich den anderen Menschen entfliehen konnte. Meine Eltern bekamen das natürlich mit, sagten jedoch nichts dazu. Sie machten mir auch sonst keine Vorwürfe, nur meine Mutter hatte ein paarmal versucht, herauszufinden, was in der Nacht wirklich geschehen war, aber ich konnte ihr nicht die Wahrheit sagen, konnte ihr nicht sagen, dass ihre Tochter eine Mörderin war. Es kam mir immer noch so vor, als wenn Alex jeden Moment um die Ecke kommen und mich lachend umarmen könnte, doch nichts dergleichen geschah.

Ich hatte Schlaftabletten bekommen, aber ich wollte sie nicht nehmen, es kam mir so vor, als wenn ich leiden musste, als wenn das meine gerechte Strafe war. Meine Eltern hatten einen befreundeten Therapeuten aus Berlin nach Prag geholt, der jeden Tag mit uns sprach. Es war auch seine Idee gewesen, dass wir noch eine Woche in Prag blieben, um die Geschehnisse vor Ort zu verarbeiten. Ich war mir nicht sicher, ob das eine gute Idee war, aber andererseits war es mir eigentlich egal, wo ich war, meine Gedanken wären überall die gleichen gewesen. Inzwischen war auch Helens Mutter nach Prag gekommen und hatte sich ein Zimmer in unserem Hotel genommen.

Ich redete in diesen Tagen sehr wenig, es war, als hätte ich verlernt zu sprechen. Man sagte mir, dass es irgendwann besser werden würde, aber ich war mir sicher, dass das eine Lüge war. Niemand von ihnen war dabei gewesen, niemand hatte den Ausdruck in seinem Gesicht gesehen. In seinen letzten Sekunden hatte er nicht sterben wollen, dessen war ich mir bewusst. War er sich vorher noch so sicher gewesen, in dem Moment, als er gefallen war, hatte er alles ganz klar gesehen. Ich hatte recht wenig von den Untersuchungen mitbekommen, vielleicht hielt man das auch nur alles von mir fern. Sowieso versuchte man, mich möglichst nicht zu verletzen, alle flüsterten und schlichen wie Geister umher. Doch egal wie schlecht es mir ging, wie viele Vorwürfe ich mir machte, das war nichts gegen den Zustand von Alex' Eltern. Immer wenn ich sie sah, dachte ich, dass ich selbst eigentlich gar kein Recht auf Trauer oder Trost hatte. Seine Eltern sahen aus, als hätten sie schon längst mit allem abgeschlossen, als wenn sie kaum noch etwas auf der Welt hielt. Ich wusste, dass sie Anspruch darauf hatten, zu erfahren, wie ihr Sohn gestorben war, aber ich war mir nicht sicher, ob ich ihnen damit nicht noch mehr Qualen zumutete. Deswegen schwieg ich. Ich beschloss, es ihnen erst zu sagen, wenn die Zeit dazu gekommen war.

*

Es war bereits über eine Woche vergangen seit dem Tod von Alex. Wir saßen wieder im Garten, Helen, Jules, Kevin und ich. Es war unser letzter Abend, wir alle würden morgen in der Frühe losfahren. Es dämmerte leicht und wir saßen im Kerzenschein um den Tisch herum, jeder ein Blatt Papier vor sich und einen Stift in der Hand. Der Therapeut hatte uns gesagt, wir sollten Alex einen Brief schreiben, in dem wir uns von ihm verabschiedeten. Ich starrte in die Flamme der Kerze, betrachtete ihren flackernden Schein. Langsam senkte ich meine Hand und fing an zu schreiben.

Alex,

ich weiß nicht, was ich schreiben soll, weil alles, was ich schreiben kann, sinnlos ist. Du bist tot. Ich habe es immer noch nicht begriffen, will es nicht begreifen. Es tut mir so furchtbar leid, dass ich dich sterben lassen habe, dass ich dich nicht gerettet habe. Ich dachte nie, dass mich je etwas dazu bringen könnte, nicht für die Menschen, die ich liebe, da zu sein. Ich würde alles dafür tun, dass ich dort anstelle deiner gestorben wäre, dass ich jetzt dort wäre, wo auch immer du gerade bist. Eines Tages werde ich dich wiedersehen und dann werde ich dich dafür schlagen, dass du mich hier alleine gelassen hast. Du bist schuld daran, dass ich das Leben nicht mehr ertrage, weil ich durch dich überhaupt erst dachte, es könnte erträglich sein.

Aber wenn ich dann bei dir bin, dann werde ich meine Antwort haben, die Antwort auf alle meine Fragen. Ich werde dich ansehen können und wissen, was ich sage, wissen, was ich tue. Ich werde keinen Zweifel haben. Du bist etwas Besonderes und es macht keinen Unterschied, dass du gegangen bist, du wirst immer etwas Besonderes bleiben. Weil du die Menschen, mit denen du zusammen warst, berührt hast. Ich habe mich bei dir so sicher gefühlt wie bei keinem sonst und ich werde mich auch nie bei jemand anderem so sicher fühlen. Du hast mir unglaublich viel gegeben. Ich wünschte, wir hätten mehr Zeit gehabt. Aber vielleicht musstest du sterben, vielleicht wurdest du von dieser Erde geholt, weil dein Sinn ein viel höherer ist, einer, den ich jetzt noch nicht begreifen kann. Ich beneide dich fast ein wenig, dass du dem allem hier entfliehen kannst.

Wir werden uns sehen, halt mir, wo auch immer du bist, einen Platz frei. Ich hätte dir an dem Abend folgende Worte sagen sollen, aber da wusste ich noch nicht, was sie bedeuten. Wie so vieles im Leben habe ich erst gemerkt, dass es wahr ist, als es schon zu spät war. Ich liebe dich.

Eine Träne fiel auf das Papier und die letzten Worte verliefen. Ich schaute auf und sah, dass die anderen auch fertig waren mit ihrem Geschriebenem.

»Wollen wir?«, fragte Jules nach einigen Minuten.

Wir erhoben uns und liefen mit schweren Schritten los. Jeder ging für sich alleine, aber irgendwie gingen wir auch wieder zusammen. Es war, als hätte die Trauer um unseren Freund uns auf eine ganz besondere Weise verbunden. Wir liefen zum Ufer der

Moldau, nicht zu der Stelle bei der Kaserne, diese war noch immer abgesperrt, sondern etwas weiter nördlich. Wir setzten uns alle nebeneinander und Kevin baute einen.

»Für Alex«, sagte er und wir alle nickten nur stumm.

»Willst du?«, fragte Kevin mich und hielt mir den noch nicht angezündeten Joint hin.

Mit zitternden Fingern nahm ich ihn entgegen. Ich suchte in meiner Jackentasche nach meinem Kugelschreiber und begann, seinen Namen auf das Pape zu schreiben. Niemand hinterfragte, was ich dort tat, jeder war mit seinen eigenen Gedanken beschäftigt. Meine Hand rutschte mehrmals ab, aber am Ende konnte man es so einigermaßen erkennen, »ALEX«.

Dankbar nahm ich das Feuer entgegen, welches Kevin mir reichte, und zündete den Joint an. Das X verschwand nach und nach, Tränen rannen mir übers Gesicht. Der Joint wurde herumgereicht und unsere Tränen vermischten sich mit dem sanften Rauch. Ich hielt den letzten Rest in der Hand.

»Er ist tot«, flüsterte Kevin leise. Wie recht er doch hatte.

Ich schmiss den übrig gebliebenen Tip ins Wasser und fing an zu weinen. Helen nahm mich in den Arm und auch Jules und Kevin kamen näher. Wir weinten alle zusammen, weinten um unseren Freund. In dem Moment war es uns egal, dass die anderen merkten, wie schwach wir eigentlich waren. Nachdem die letzte Träne vergossen war, standen wir gemeinsam auf und gingen zum Fluss hinunter. Jeder nahm seinen Brief in die Hand. Ich atmete noch einmal tief durch.

»Du wirst uns fehlen.« Es waren die ersten Worte, die ich seit dem Unfall gesprochen hatte, und ich war selbst erstaunt, wie anders meine Stimme klang.

Wir zerrissen unsere Briefe in kleine Stücke und ließen sie in die Moldau fallen. Ich beobachtete, wie der Wind mit ihnen spielte, sie ein wenig höher trug, bis sie letztendlich auf den Fluss trafen und sich die Tinte mit dem Wasser vermischte.

EPILOG

Dem Menschen ist sein Sinn sein Dämon.

Heraklit

Ich grabe meine Füße tiefer in den warmen Sand und genieße das Gefühl von Geborgenheit. Die Ostsee liegt friedlich da, einzig ein paar seichte Wellen zeigen, dass sie real und kein Gemälde ist. Die Sonne geht langsam unter, das rote Licht gibt der Umgebung einen geheimnisvollen Schimmer. Ein paar Möwen fliegen dicht über dem Meer, kein Lufthauch regt sich. Es ist jetzt genau ein Jahr her, dass Alex starb.

Gerade habe ich den letzten Satz meiner Geschichte geschrieben, den letzten Punkt gesetzt. Es ist befreiend, sie endlich beendet zu haben. Es hat lange gedauert, bis ich meine Gedanken zu Papier bringen konnte. Wenn ich mir die Zeilen durchlese, bin ich erstaunt, wie viel Leid ich in ihnen spüre, wie wenig Humor und Freude aus ihnen spricht. Sollte sich dies alles jemals jemand durchlesen, so muss er denken, ich sei ein freudloser Mensch, und ich möchte ihm hiermit versichern, dass dem nicht so ist, es bringen mich leider nur die traurigen Momente zum Schreiben, die schönen genieße ich.

Das alles liegt nun in so weiter Ferne, das meiste erscheint mir heute schrecklich unbedeutend. Wie zum Beispiel Chris. Ich kann mich selbst nicht mehr verstehen, wie ich denken konnte, er könne ein Teil meines Lebens sein. Er hat sich ein paar Mal gemeldet, aber ich wollte mich nicht mehr mit ihm treffen. Er gehört zu diesen Menschen, die versuchen, sich möglichst interessant darzustellen, die ihren Worten extra mehrere Bedeutungen geben, nur damit sie sich selbst nicht verletzbar zeigen müssen. Das brauche ich nicht mehr.

Es fällt mir im Moment sowieso sehr schwer, mit Menschen zu kommunizieren, denen ich nicht vollständig vertraue. Mir ist aufgefallen, wie wenig gute Freunde man tatsächlich hat. Man kann mit jedem Menschen einen rauchen, aber nur mit wenigen kann man wirklich reden. Als ich mir meine Einträge in diesem Buch durchgelesen habe, ist mir aufgefallen, wie wenige von denen, die damals ein so wichtiger Bestandteil meines Lebens waren, ich heute noch kenne. Die Erinnerungen bleiben natürlich und ich möchte sie auch nicht missen, aber ich könnte nicht mehr sagen, wie Max oder Nina aussehen. Dafür könnte ich noch ganz genau das Gefühl beschreiben, als ich mit ihm vor der Polizei weggerannt bin oder als ich mit Nina die Nacht durchtanzte. Auch wenn ich einiges bereue, was ich in dieser Zeit getan habe, war sicherlich nicht alles schlecht. Ich vermisse einiges, ich vermisse die Leichtigkeit, die so mancher Abend gebracht hat, das Gefühl, wenn man drauf ist, dass einem alles offen steht, dass man, wenn auch nur für einen kurzen Moment, vollständig glücklich ist. Aber so aufregend die Menschen auch gewesen sind oder das Erleben immer neuer Sachen, so fühle ich mich doch jetzt wohler, wo ich alles bewusst erlebe und weiß, wer ich bin. Vielleicht stehe ich nicht mehr mitten in der Nacht auf, um zu einer Feier zu fahren, oder renne vor der Polizei weg, aber dafür verbringe ich meine Zeit mit Menschen, die mir wirklich wichtig sind.

Ich drücke meine Zigarette aus und atme tief ein. Es hat sich viel verändert, seit Alex gegangen ist. Es scheint, als wäre er immer noch bei uns, als würde er jeden von uns begleiten. Ich habe das Gefühl, dass wir alle mehr wir selbst geworden sind seit dem Unfall. Er hat uns nicht verlassen, da bin ich mir ganz sicher. Er ist bei uns an einem besseren Ort. Ich werde das alles nie vergessen können, sein

Gesicht, seine Stimme, sein Lachen. An manchen Tagen vermisse ich ihn so sehr, dass ich schreien muss, dass ich meine ganze Trauer rauslassen will. Aber wenn ich dann den Mund aufmache, kommt kein Wort raus.

Kevin kam zunächst mit alldem nicht so gut klar, doch inzwischen verzichtet er auf Drogen. Weil Alex es so gewollt hätte. Wir wollen alle nächste Woche noch einmal ein paar Tage in Prag verbringen, also Helen, Jules, Kevin, Alexa und ich. Alexa ist Helens und Jules' Tochter. Sie haben sie nach Alex benannt, denn seinetwegen ist sie überhaupt auf die Welt gekommen. Ich hätte nie gedacht, dass die beiden es hinbekommen würden, aber irgendwie schaffen sie es erstaunlich gut. Natürlich sind sie zu jung, um Eltern zu sein, aber wenn ich in ihre glücklichen Gesichter schaue, dann bin ich der festen Überzeugung, dass es die richtige Entscheidung war, das Kind zu behalten.

Ich denke in letzter Zeit sehr viel darüber nach, wie ich mich so schnell verändern konnte, ich habe mir verschiedene Erklärungen zurechtgelegt, aber keine scheint mir passend. Es war, glaube ich, vor allem das Gefühl, dass mir das nicht reicht, dass dieses Leben mich nicht glücklich macht, dass ich keine Aufgabe habe in dieser Welt. Egal, was man tut, man kann irgendwie doch nichts ändern, man wird geboren, man stirbt. Leben ist nur das Warten auf den Tod. Ich habe in den letzten Monaten so viel über mich selbst erfahren, Dinge, die mir vor einem Jahr noch nicht klar waren. Seit dem Unfall spreche ich auf Wunsch meiner Eltern regelmäßig mit einer Therapeutin. Ich mag das nicht so gerne, weil es sich falsch anfühlt, einer Frau dafür Geld zu geben, dass sie mir zuhört, aber die Gespräche helfen mir tatsächlich. Ich habe wirklich alles gemacht, um dem Tod näher zu kommen, ich habe nicht gegessen, habe Drogen konsumiert, kaum geschlafen, habe mich in gefährliche Situationen begeben. Aber ich lebe noch.

Ich habe auch mit Michelle über meine Erfahrungen geredet, ich habe ihr erzählt, was ich alles genommen habe, wo und mit wem. Sie hat mir zugehört und amüsiert gelächelt. Sie fragte mich, ob ich mich noch daran erinnern könnte, was ich damals zu ihr gesagt habe, als sie meinte, dass ich auch irgendwann mal trinken würde oder rauchen. Mir fiel es erst wieder ein, als sie danach fragte. Ich hatte behauptet, dass ich mich immer unter Kontrolle haben würde, egal was passiere. Welch ein Irrtum. Auch wenn es mir schwerfällt, es zuzugeben, so war das wahrscheinlich sogar einer der Gründe, warum ich das alles getan habe. Weil ich nicht mehr die Kontrolle haben wollte, weil ich mich mal gehen lassen wollte, Spaß haben, ohne an die Konsequenzen oder die nächste Matheklausur zu denken. Inzwischen bewundere ich Michelle fast ein bisschen. Sie raucht und trinkt, aber an allen anderen Dingen hat sie kein Interesse, sie übertreibt es nicht. Ich wünschte, ich hätte mein Maß auch früher gefunden, hätte gesehen, wo meine Grenzen sind. Aber genau das wollte ich ja nicht, ich wollte frei sein, ohne Grenzen, und jetzt bin ich gefangen in meinen eigenen Erinnerungen, sie sind wie ein Schwarm Mücken, sie stechen immer und immer wieder zu.

Mein Vater ist gerade gekommen und hat gesagt, dass das Essen fertig ist, ich muss also gleich los. Er sieht dünn und schwach aus, der Krebs ist zurückgekommen. Aber er lächelt, und das macht ihn unglaublich stark. Ich bin merkwürdigerweise trotz allem glücklich. Ich bin dankbar für alle Menschen, die ich habe und die für mich da sind. Für Maja, die die Einzige ist, der ich wirklich alles über die Nacht erzählt habe, in der Alex starb. Sie hat mich nicht einmal darauf angesprochen, dass ich sie so vernachlässigt habe, sie war einfach nur für mich da, als wäre es selbstverständlich. Für meine anderen Freunde, die mir gezeigt haben, dass Freundschaft so viel mehr bedeutet, als nur die schönen Momente zu genießen. Vor allem aber bin ich dankbar für meine Familie, die ich über alles liebe.

Ich habe mal gesagt, dass Liebe nicht existiert, doch das ist nicht wahr. Für mich ist Liebe viel mehr geworden, die fünf Buchstaben können es gar nicht beschreiben. Es ist vielmehr das Gefühl, dass du alles für jemanden tun würdest, dass du sogar dieses Leben erträgst, weil du weißt, dass der andere sonst Schmerzen erleiden würde. Und wenn ich das Wort jetzt nicht vollkommen missinterpretiere, dann liebe ich. Dann liebe ich meine Freunde und meine Familie. Dann habe ich auch Alex geliebt, er ist einfach nur vor mir gegangen.

Doch obwohl ich zufrieden bin mit dem, was ich habe, und mit dem, was kommen wird, gleich was es ist, bleibt mir noch eine Frage, auf die ich wohl nie eine Antwort bekommen werde: Hat das Leid einen Sinn?

KAREN OLLROGGE, 1997 in Berlin geboren, besucht zur Zeit ein Zehlendorfer Gymnasium. Sie begann bereits mit sechs Jahren, Kurzgeschichten zu schreiben, und schuf mit HIGH ihren ersten Roman, in dem sie Eindrücke ihrer Generation verarbeitet. Nach ihrem Abitur im Jahr 2015 will sie sich weiterhin dem Schreiben widmen.

DANK

Ich danke meiner Familie, meiner besten Freundin Luisa
und dem Schwarzkopf & Schwarzkopf Verlag
für das Vertrauen und die Unterstützung.

Karen Ollrogge
HIGH
Roman

ISBN 978-3-86265-398-0

KATALOG

Wir senden Ihnen gern kostenlos unseren Katalog
Schwarzkopf & Schwarzkopf Verlag GmbH / Abt. Service
Kastanienallee 32 | 10435 Berlin
Telefon: 030 – 44 33 63 00
Fax: 030 – 44 33 63 044

INTERNET | E-MAIL

www.schwarzkopf-schwarzkopf.de
info@schwarzkopf-schwarzkopf.de